KB201023

완전한
사랑

완전한 사랑

1판 1쇄 찍음 2015년 5월 7일
1판 1쇄 펴냄 2015년 5월 14일

지은이 | 김서현
펴낸이 | 고운숙
펴낸곳 | 봄 미디어

기획·편집 | 손수화, 정수경, 박혜진

출판등록 | 2014년 08월 25일 (제387-2014-000040호)
주소 | 경기도 부천시 원미구 소향로17, 304(두성프라자) (우)420-864
영업부 | 070-5015-0818 편집부 | 070-5015-0817 팩스 | 032-712-2815
E-mail | bommedia@naver.com
소식창 | http://blog.naver.com/bommedia

값 9,000원

ISBN 979-11-5810-053-7 03810

※파본은 구입하신 서점에서 교환하여 드립니다.

완전한 사랑

김서현 장편 소설

contents

프롤로그 — 7

chapter 1 날카로운 키스의 여운 — 13

chapter 2 악연 혹은 인연 — 41

chapter 3 Happy Sunrise — 71

chapter 4 빠져들다 — 103

chapter 5 Defence, Offence — 147

chapter 6 내 눈에만 보이는 사람 — 187

chapter 7 과거의 유령 — 239

chapter 8 우리 사귀고 있어요! — 277

chapter 9 내 세상의 중심은 너 — 313

에필로그 1+1=4 — 335

외전 그 남자의 짝사랑 — 349

작가 후기 — 383

프롤
로그

"아저씨, 좀 빨리 가 주세요."

벌써 세 번째 시간을 확인한 서영은 초조한 목소리로 택시 기사를 재촉했다. 하지만 출퇴근 시간을 막론하고 언제나 교통 체증인 서울에서 제시간에 도착하기란 낙타가 바늘구멍 통과하는 것만큼 어려운 일이었다. 게다가 눈까지 소복하게 내려 오늘따라 차가 더 느리게 가는 것 같았다.

아, 물론 늦게 출발한 제 탓이 가장 크기는 하지만 지금은 누구의 잘잘못을 가릴 시간조차 없었다.

"아저씨, 조금만 더 빨리요. 이렇게 부탁드려요."

서영의 애처로운 목소리에도 택시 기사는 심드렁한 표정

을 지으며 액셀을 밟을 뿐이었다. 그나마 몇 미터 가지도 못하고 다시 서 버렸지만……

차가 계속해서 가다 서다를 반복하자 서영은 주먹을 불끈 쥐었다. 차라리 내려서 뛰는 편이 나을 것 같아 지갑을 꺼냈다.

"여기서 내릴게요."

"이봐요! 위험해요!"

4차선 도로에 서 있던 택시에서 과감히 내린 서영은 기사 아저씨의 고함을 뒤로하고 차 사이를 요리조리 빠져 인도로 올라섰다.

저 건물만 돌면 바로 약속 장소였다. 다시 시간을 확인한 그녀는 크로스백을 단단히 잡고 오르막길을 뛰기 시작했다. 눈이 내려 땅이 미끄러웠지만 취재차 뛰어다니는 것에 이골이 난 터라 그녀는 아슬아슬하게 약속 장소 앞에 도착할 수 있었다.

"후하, 한국호텔, 오케이. 그럭저럭 맞출 수 있겠다."

열심히 달린 덕분에 땀으로 살짝 얼룩진 화장을 고칠 시간도 있었다. 서영은 서둘러 호텔로 들어가 화장실을 찾았다. 파우치를 꺼내어 화장을 손본 후 거울을 보며 방긋 웃음 지었다.

"좋아. 오늘도 잘하자."

입 주변에 희미하게 잡히기 시작한 주름을 톡톡 건드리며 화장실을 나섰다. 라운지로 올라가기 위해 엘리베이터를 찾던 그녀의 눈동자가 문득 한곳에 고정되었다.

오늘 만난 지 6주년이 되는 오랜 남자 친구 태현이었다. 명색이 기념일이었지만 기대나 떨림 같은 건 없었다. 감정 없이 나누었던 어제의 의미 없는 대화를 떠올린 서영의 얼굴이 무심하게 변했다.

그저 의무적으로 만나는, 그런 관계가 된 지 이미 오래였다. 인터뷰 때문에 확실한 약속 시간을 정할 수 없다고 하자 자신도 미팅이 잡혀 있다는 답변이 돌아왔다. 그 미팅이라는 것이 호텔에서 여자를 만나는 것인지는 미처 몰랐다.

태현의 팔에는 늘씬한 몸매의 여자가 매달려 있었고, 그의 입가에는 미소가 잡혀 있었다.

크게 숨을 들이쉰 그녀는 룸으로 연결된 엘리베이터로 향하는 두 사람을 보며 심드렁하게 말했다.

"놀랍지도 않네."

어깨를 으쓱한 그녀는 바로 핸드폰을 들었다.

—왜?

왜라니, 오늘 만나기로 한 것도 잊은 걸까?

문득 그를 위해 지난 주말에 급히 사 둔 스테이크용 소고기와 와인이 아깝게 느껴졌지만 입에서 흘러나오는 목소리는 너무나 평이했다. 마치 아무 일도 없는 것처럼, 아주 일상적인 이야기를 하는 것처럼.

"우리 헤어지자."

—뭐?

"그만 만나자고."

—…….

대답이 없다. 서영은 엘리베이터에 올랐다. 결국 약속 시간에 늦어 버렸다.

—그래.

"이만 끊을게."

잠시 후 태현의 대답을 들은 그녀는 전화를 끊고 서둘러 라운지로 갔다. 5분 정도 늦은 걸 트집 잡지 않았으면 좋겠는데.

"안녕하세요, 늦어서 죄송합니다. 차서영이라고 합니다."

그녀는 미안한 마음에 환하게 웃으며 손을 내밀었다.

그렇게 6년 동안 사귄 애인과 헤어졌다.

chapter 1

날카로운
키스의 여운

"욱…… 우욱."

집 안으로 들어온 미선은 요상한 소리에 고개를 갸웃거렸다. 한 뼘쯤 열린 욕실 문 사이로 변기에 머리를 박고 있는 서영의 뒷모습이 보였다. 미선은 부엌으로 가서 물을 꺼내며 물었다.

"임신했니?"

"후…… 체했나 봐."

임신한다 해도 전혀 이상할 것 없는 연애 6년 차였다. 첫 경험에 애를 낳았으면 그 아이가 유치원에 입학하고도 남을 긴 시간이니까.

입을 헹구고 거실로 걸어오는 서영의 얼굴이 퀭했다. 한바탕 게워 냈는데도 여전히 입은 썼고, 속은 울렁거렸다. 미선이 건네주는 차가운 물병을 받은 그녀가 무너지듯 소파에 앉았다. 온몸이 무거워 몸이 소파 속으로 파묻히는 것 같았다.

서영은 쓴 입맛을 지우려 미선이 건넨 물을 단숨에 반이나 비웠다.

두꺼운 코트를 벗어 식탁 의자에 걸친 미선이 숨을 내쉬며 옆에 앉았다. 그녀의 숨결에서 술 냄새가 진하게 풍겼다. 살짝 찡그린 얼굴과 달리 늘어진 모습이 참 편안해 보였다.

기운이 하나도 없는 목소리로 서영이 물었다.

"파티 재미있었어?"

"생일 파티가 거기서 거기지. 자긴 왜 집에 있어? 태현 씨 만나러 간 거 아니었어? 오늘이 사귄 지 6주년 되는 날이라며."

"그렇게 됐어."

서영에게 다시 물병을 건네받아 꿀꺽꿀꺽 마시던 미선의 행동이 2초쯤 정지 화면인 양 멈추었다. 그러다 다시 꿀꺽, 물이 넘어갔다. 평소와 다름없는 분위기지만 분명 뭔가가 달랐다. 하지만 자고로 남의 연애사에는 함부로 개입하는 게 아니었다.

입가를 닦은 그녀는 물병을 내려놓으며 한숨을 내쉬었다.

술을 너무 마셔서 나온 한숨인지, 서영의 연애 때문인지는 모르겠지만.

"그랬구나. 난 좀 자야겠어. 머리가 너무 아프다."

"응, 쉬어."

미선이 손을 흔들며 비틀비틀 방으로 들어가자 서영은 좀 더 깊이 소파에 몸을 묻었다. 아무것도 묻지 않는 미선이 오히려 고마웠다. 무슨 일이냐고 물어보면 헤어졌다는 얘기를 해야 하고, 왜 헤어졌냐고 물어보면 딱히 할 말이 없었다.

그저 이제 그를 사랑하지 않는다는 것밖에는 할 말이 없었다. 더 이상 그도 나를 사랑하지 않고, 나도 그를 사랑하지 않는다. 그것이 전부였다.

사랑이 끝났다. 6년의 사랑이 끝났는데 눈물이 나오지 않았다. 하다못해 나쁜 새끼라는 욕도 나오지 않았다. 태현을 떠올려도 아무런 느낌도, 감정도 들지 않았다. 미간을 조금 찌푸린 그녀의 입에서 한숨이 폭 나왔다.

무릎을 가슴으로 모아 끌어안은 그녀가 멍한 눈으로 탁자 위에 놓인 물병을 물끄러미 바라보았다. 시간이 지나면 보기만 해도 설레거나 손만 잡아도 짜릿하던 감정은 사라질 수 있지만, 최소한의 의무감은 가져야 하는 것 아닐까.

가령 주기적인 데이트나 섹스 같은 것 말이다. 결혼한 사람들은 사랑이 아닌 의리, 동지애라는 게 생겨서 그걸로 버티며 산다던데.

언제부터인가 서로 연락을 안 하는 것이 자연스러워졌다. 가끔 통화해도 할 말이 없었다. 그렇게 전화는 안 한 지 오래였고 가끔 간단한 메시지만 주고받았다.

어쩌다 서로의 집에 가서 저녁을 해 먹는 것이 데이트라면 데이트였다. 그것도 한 달에 한두 번 정도, 섹스도 한 달에 한두 번쯤……. 사랑이 식었어도 아직 스물아홉 혈기 왕성할 때 아닌가?

혼자 생각에 빠져 있던 서영은 느린 동작으로 소파에서 일어났다. 더 있다간 지하까지 몸이 파묻힐 것 같았다. 물병을 다시 냉장고에 넣고 문을 닫던 그녀가 동작을 멈추었다.

생각해 보면 태현은 처음부터 자유로웠다. 다른 사람에게는 눈도 돌리지 않고 오로지 그만 바라보던 서영과는 달랐다. 다른 여자들과 잘 어울리며 식사를 하거나 술자리도 자주 가졌다. 신경이 쓰였지만 누구와 만나는지 알고 있었기 때문에 그냥 넘어갔다.

음악을 하는 그의 주변에 사람들이 많은 건 어쩌면 당연했다. 화려하고 자유분방한 남자들, 섹시하고 매력적인 여자들. 태현의 주변에는 그런 사람들이 많았다. 그리고 가끔 그에게 친근하게 다가오는 여자들에 대해 불편한 감정을 내비치면 이해해 달라고 했다. 사심이 있어서 그런 게 아니라 너무 순수해서 그런 거라고.

그의 말을 믿었다. 그랬다, 그가 다른 여자와 한 침대에 누워 있는 것을 보기 전까지는 말이다.

다른 여자와 자고 난 후 그는 변명을 했다. 자신을 붙잡으려고 애를 쓰며 애원했다. 그때는 그를 사랑했기 때문에 용서할 수밖에 없었다.

그때부터였던 거 같다. 그를 볼 때마다 심장이 삐거덕거리고 벌레가 갉아먹듯 마음이 조금씩 사그라지더니 지금은 한 조각도 남지 않은 것 같았다.

그때 태현에 대한 자신의 사랑은 끝이 난 거다.

그런데 한심한 자신은 그걸 인정하지 못하고 이제껏 붙잡고 있었던 거다.

미련하게.

여느 때와 다름없이 출근을 했다. 그와 헤어지든 말든 봐야 할 원고는 설날 고속도로에 차가 밀리듯 주르륵 밀려 있었고, 다른 직원들은 1·2월 특별호를 준비하느라 눈코 뜰 새 없이 분주하게 움직이고 있었다. 바쁜 일상 속에서 그녀의 실연은 작은 일에 불과했다. 빽빽한 A4 용지에 찍힌 마침표처럼 말이다.

서너 페이지만 확인하면 끝이다. 그리고 바로 회의 자료를 정리해야지. 이번 인터뷰에는 누굴 섭외해야 하는 거야? 사이코 같은 놈이 걸리면 안 되는데.

번개같이 원고를 넘긴 그녀는 자료를 가지고 회의실로 들어갔다. 모두들 초췌한 모습이었다. 신년이 되면 늘 그랬다. 지난해와는 다른 새로운 아이템을 넣어야 하기 때문에 스트레스를 받았지만 막상 실리는 기사는 언제나 거기서 거기였다. 넘쳐 나는 잡지들 속에서 새로운 아이템을 찾기란 불가능에 가까웠으니까.

그녀가 몸담고 있는 곳은 2·30대 여성 잡지 출판사였다. 쥐꼬리만 한 월급이었지만 책을 좋아하는 그녀가 책임감을 가지고 일하기엔 적당한 곳이었다.

이번엔 뭔가 획기적인 내용을 신자고 편집장 이하 직원 모두가 투지를 불태웠지만 그전에 구멍 난 위가 위액에 불타 응급실로 실려 갈 것만 같았다.

그녀가 자리에 앉고 막내인 은혜와 인정까지 앉자 회의가 시작되었다.

"2월호 표지 모델 조율 끝났어?"

"네, 촬영 일자 통보했고 그쪽에서도 오케이했어요."

"싱글녀들을 위한 하우스 인테리어 기사는 어떻게 됐어?"

"그게, 저희가 잡았던 콘셉트를 L잡지에서 먼저 싣는 바람에 수정 중입니다."

"지금 다시 콘셉트를 잡으면 언제 마무리를 해! 일을 대체 어떻게 하는 거야!"

"죄송합니다."

"죄송이고 뭐고 오늘까지 콘셉트 정해서 3일 안으로 기사 뽑아내."

"네."

말도 안 되는 요구였지만 도현은 기어 들어가는 목소리로 대답했다. 연초가 다가오면 편집장은 늘 심기가 예민해졌다. 이럴 때는 그냥 네, 하고 따라가는 게 제일 편했다. 신경질적으로 입술을 질겅거린 탓에 립스틱이 반쯤 지워진 편집장이 자료를 넘겼다.

"대세남 기사는 누구로 할 거야?"

"정호영 씨 어때요?"

"정호영?"

미선의 말에 편집장의 미간에 주름이 잡혔다. 누구인지 뇌 속에 저장된 데이터를 뒤져 보고 있는 거겠지. 미선은 편집장이 말을 꺼내기 전에 먼저 선수를 쳤다.

"지난해 국제 요리 대회에서 준우승한 사람이잖아요. 서른 두 살에 아직 미혼이고 외모도 그만하면 훈훈하고, 호텔 부주방장에……."

"지난달에 약혼했어. 품절남 기사 쓸 거 아니면 다른 사람

찾아보지 그래."

"헐, 언제 약혼을 했대."

신경질적인 편집장의 말에 미선이 꼬리를 내렸다. 어느 틈에 약혼을 한 건지. 재빨리 자료들을 뒤적거리며 다른 사람을 찾았지만 괜찮은 놈은 보이지 않았다.

서영은 종이에 괜한 낙서를 끼적거렸다.

괜찮은 남자들은 누가 다 채 가는구나. 아니, 남아 있는 사람 중에 괜찮은 남자가 있긴 한가?

무의미한 낙서는 계속되었다.

그때 막내 인정이 번쩍 고개를 들었다.

"루카스 한 어때요?"

"루카스 한? 누구야, 그게?"

편집장의 물음에 미선은 눈을 크게 뜨며 서영을 보았다. 편집장이 모르는 남자도 있다는 눈치였다.

근사한 남자를 혼자 알고 있다는 생각에 인정은 신이 나서 떠들기 시작했다. 보아하니 루카스 한을 그냥 알고 있는 것이 아니라 그의 사생팬인 것 같았다.

"화가예요. 최근에 섹시한 화풍으로 유명세를 타고 있는데, 그림도 꽤 고가에 팔리고 전시회를 열었다 하면 완전 대박! 올해 29세, 키 183cm, 몸무게 72kg, 국적은 미국이고……."

"잠깐, 외국인이야?"

"아뇨. 한국 사람인데 다섯 살 때 부모님과 미국으로 이민을 가서 거기 오래 살았거든요. 성이 한 씨잖아요."

인정이 열심히 설명하는 사이 누군가 루카스 한의 자료를 찾아 편집장 앞에 내밀었다. 노트북의 엔터 키를 톡톡 치던 편집장의 얼굴에 희미한 미소가 어렸다. 궁금해진 서영도 인터넷으로 루카스 한을 검색했다.

잘생긴 얼굴이다. 눈에 확 띄는 조각 미남은 아니지만 다소 마른 듯한 인상을 주는 얼굴선은 섬세했고 긴 속눈썹으로 눈가에 진 그늘은 약간의 우울함을 느끼게 했다. 그러고 보니 태현도 조울증 비슷한 걸 앓았다. 예술을 하는 사람들은 약간의 우울함을 달고 사나 보다.

못마땅한 듯 입술을 비죽 내민 그녀가 다음 페이지를 클릭하자 다른 사진이 나왔다. 두 손을 모아 오똑한 코끝에 대고 고개를 살짝 숙인 사진이었다. 화가라더니 손가락이 피아니스트처럼 길고 우아하다.

키스 잘하게 생긴 입술이네.

도톰하고 붉은 입술과 가지런한 치아가 입맛을 다시게 할 정도로 섹시했다. 그의 그림을 클릭하자 감탄사가 절로 나왔다. 미술 쪽으로는 완전 문외한인 그녀였지만 그의 추상화를 보자 저절로 오금이 저려 왔다.

조선시대 춘화(春花)도 아니고, 그렇다고 형태가 분명한 것도 아닌 그저 색깔만 있는 그림인데 입술이 살짝 말라 왔다. 언젠가 태현이 졸라 야동을 봤을 때와 비슷한 느낌이 든 건 비단 자신만이 아닌 듯했다. 옆에서 같이 보던 미선의 입에서 으흠 하는 야릇한 신음이 나왔다.

사진이나 동영상도 아니고 그저 그림만으로 이런 기분에 휩싸이게 하다니……. 인정은 허풍이 심했지만 실력이 있다는 말만큼은 믿어야 할 것 같았다.

"인터뷰만 따낼 수 있으면 그림 나올 거 같네. 좋다, 이 사람 섭외하자. 누가 할래?"

모두들 구미가 당기는 눈치였지만 선뜻 자원하는 사람은 없었다. 편집장 말대로 인터뷰가 성사된다면 좋겠지만 쉬운 일은 아닐 터였다. 눈치를 보던 사람들 중 누군가가 작은 목소리로 변명하듯 입을 열었다.

"루카스 한, 여행 좋아하지 않아요? 지금 어느 나라에 있는지도 모르고, 인터뷰 안 하기로 유명한 사람이라 언론에 노출된 게 거의 없어요."

잠시 생각에 잠겼던 편집장이 개인 수첩을 꺼내 이리저리 뒤적거렸다. 그리고 어느 페이지에서 시선을 멈춘 채 그것을 뚫어지게 쳐다보았다.

그 모습에 미선이 서영에게 속삭였다.

"역시 편집장이 모르는 남자는 없었어."

"후훗."

서영도 동의하는 의미로 싱긋 미소를 지었다. 그러다 편집장의 목소리에 화들짝 놀라 자세를 바로 했다.

"지금 한국에 있어. 8월에 들어왔고 앞으로 몇 달간은 더 머물 예정이야. 이 부분이 좀 이상하긴 하네. 그동안 한곳에 6개월 이상 머문 적이 없던 것 같은데…… 어찌 됐든 인터뷰는 사양하고 있지만 그건 너희 실력에 달린 거고. 이번 대세남 특집 최 팀장이 맡았지? 꼭 따와. 이상 회의 끝."

뭔가를 항의하기도 전에 회의가 끝나자 그림을 보며 침을 흘리던 미선은 사색이 되어 편집장을 향해 손을 뻗었다. 하지만 편집장은 그 손길을 본 척도 하지 않은 채 그대로 회의실을 나가 버렸다.

"아으, 아으. 인터뷰는 개뿔! 루카스 한이라는 이름을 오늘 처음 들었는데 어디서 찾으라고. 크리스마스이브에 이게 무슨 날벼락이야."

"찾으라. 그러면 루카스 한이 보이리라."

"크리스천도 아닌 주제에 발칙하게 성경 패러디 하지 마."

서영의 놀림에 미선이 눈을 부라렸다. 그러다 이내 주먹을 불끈 쥐었다.

서영은 오늘 약속이 잡혀 있는 것 같은 미선을 보며 희미한 미소를 지었다. 그래, 누군가에게는 즐거운 크리스마스이브가 되어야 하지 않겠어? 누군가는 실연을 했지만 말이야.

대부분 약속이 있다며 일찌감치 퇴근을 했지만 2월 특별호를 핑계로 늦게까지 일한 서영은 피곤한 몸을 끌고 회사를 나섰다. 몸이 노곤하니 머릿속이 텅 비어 버린 것 같아 차라리 나았다.

물 먹은 솜처럼 축 늘어진 몸으로 집에 들어가자 한참 전에 퇴근하여 한껏 멋을 낸 미선이 보였다.

"어디 가?"

"크리스마스이브잖아. 이런 날 집에 있으면 안 되지."

"왜, 예수님이 생일 파티 초대라도 했어?"

"홍대 쪽에 죽여주는 클럽이 있거든. 거기서 오늘 특별한 파티를 한단다."

"그래?"

모든 클럽에서 하는 파티는 항상 '특별'이란 말이 붙었다. 단지 어떤 점이 특별한지를 찾지 못할 뿐이지.

소파에 몸을 늘어뜨린 채 시큰둥한 반응을 보이는 서영의 모습에 미선은 고개를 갸웃거렸다.

예수님과 아무런 관련이 없는 사람이라도 설레며 즐길 수 있는 크리스마스이브다. 하물며 연애 6년 차, 남편이나 다름

없는 남친이 있는 여자가 이 시간에 집에 늘어져 있는 게 수상했다. 하지만 내색하지 않고 슬쩍 그녀를 떠봤다.

"넌 집에 있을 거야?"

"음, 같이 갈까?"

서영의 말에 미선은 살짝 당황했다. 데이트 안 하냐는 소리였는데 같이 클럽엘 가자니. 이런 날 데이트를 하지 않는다면 이유는 두 가지 중에 하나일 것이다. 애인과 헤어졌거나, 헤어지는 중이거나.

더 이상 묻지 않았다. 지난 6주년 기념일 때부터 뭔가 이상하더니 오늘 서영의 행동을 보니 분명해졌다.

잠시 후 방을 나온 서영을 본 미선은 두 눈을 크게 뜨고 팔짱을 끼며 으흠, 신음을 흘렸다. 그리고 다시 한 팔을 풀어 검지로 제 볼을 톡톡 두드렸다.

"음…… 뭐랄까. 오늘은…… 특별하네."

적당한 말이 떠오르지 않아 마침표임에도 불구하고 말꼬리가 올라갔다. 다소 고지식한 서영은 늘 평범하고 무난한 디자인의 옷을 선호했다. 푹 파인 브이넥보다는 부드러운 라운드넥을 입었고 스커트도 무릎 길이만 입었다. 다리가 예뻐서 그렇게 입어도 잘 어울리긴 하지만 말이다.

평범한 디자인과 튀지 않는 무채색 계열의 옷들이 대부분인데 어디서 났는지 찢어진 청바지에, 요란한 셔츠와 가죽

재킷까지……. 평소라면 절대 하지 않을 것 같은 옷차림에 미선은 어정쩡한 미소를 지어 보였다. 과도한 스모키 화장까지 한 걸 보니 뭔가 작정을 한 게 분명했다.

"오늘 콘셉트가 '평소와 다른' 인가?"

미선의 말에 서영이 장난스럽게 웃어 보이며 엄지와 검지, 그리고 새끼손가락을 펴서 눈을 찡긋거렸다.

"오늘 밤은 삐딱하게."

서영과 미선의 입에서 동시에 웃음이 터졌다.

미선을 따라나서길 잘했다. 쿵쾅거리는 음악이 누구의 것인지는 모르겠지만 꽉 막힌 것 같던 속을 가볍게 해 줬다. 생각 없이 몸을 흔들며 술을 마시자 기분이 좋아지는 것 같은 착각이 들었다.

이마에 송골송골 땀이 맺힐 정도로 춤을 추다 자리에 앉자 미선이 기다렸다는 듯 그녀의 곁에 바짝 붙어 앉으며 소리를 질렀다.

"자리 옮기자!"

"뭐?"

"나 아는 동생들 만났는데 합석하재!"

"콜!"

뭐든 좋았다. 지금 이 순간을 잊을 수 있다면 말이다. 미선의 손에 이끌려 룸으로 들어가자 서너 명의 남자가 눈에 들어왔다.

미선이 뭐라 소개를 시켜 주는 것 같았지만 그들의 이름과 얼굴을 기억하기에 그녀의 정신은 이미 안드로메다 저 멀리로 날아가 버린 후였다.

손을 까딱거려 인사를 하고 몇 번인가 술잔도 부딪혔다. 그러다 속이 부글부글 끓어올라 금방이라도 폭발할 것 같은 느낌에 서영은 비틀거리며 자리에서 일어섰다.

"왜? 속이 안 좋아?"

"음, 잠깐……."

대답도 제대로 하지 못한 그녀는 화장실로 달려가 마신 술의 반을 쏟아 냈다. 취한 건지 체한 건지 머리도 아프고 속도 아팠다. 물로 입을 헹구자 지워진 립스틱 때문에 얼굴이 초라해 보였다.

거울을 멍하니 보던 그녀가 한숨을 내쉬었다.

"추하다."

스물셋의 자신은 희망찼고, 자신감이 넘쳤었다.

스물여섯의 자신은 정열적이고 쿨한 여자였는데…….

스물아홉, 자신은 질척거리고 소심함만 남은 노처녀가 되어 가고 있었다.

"아씨……."

입술을 문질러 남은 립스틱을 지워 버리고 번진 화장을 대충 손으로 매만졌다. 좀 나아진 것 같았지만 보기 좋은 모습은 아니었다. 한숨을 내쉰 서영은 비틀거리며 화장실을 나서다 누군가와 부딪혔다.

"미안합니다."

오른쪽으로 피하자 앞사람도 같은 방향으로 움직였다. 왼쪽으로 움직이자 또 따라온다.

아, 진짜. 되는 일이 없어.

옆으로 몸을 트는데 앞에 서 있던 사람이 그녀의 어깨를 잡아 세웠다. 누군가 싶어 고개를 들었지만 얼굴이 선명하게 보이지 않았다. 설령 보인다고 해도 지금의 정신 상태론 누군지 알아볼 수도 없을 것이다.

"괜찮아요?"

괜찮냐는 남자의 말에 고개를 끄덕였다. 아는 척을 하는 걸 보니 아까 미선이 소개시켜 준 남자 중에 한 명인 것 같았다.

"네, 뭐 좀. 웁! 우엑!"

대답하기가 무섭게 속에서 토네이도가 일었다. 다시 화장실로 뛰어 들어간 그녀는 남은 술을 모조리 변기 속에 쏟아 붓고는 멍하게 눈을 깜빡였다. 버튼을 눌러 시원하게 내려가는 물줄기를 보고 나서야 비척거리며 나와 손을 씻고 입안을 헹궜다.

아, 최악이다.

지금 당장에라도 침대에 눕고 싶었다. 이제 그만 집으로 돌아갈까? 서영은 조금 전보다 더 멍한 상태로 휘청거리며 화장실에서 나왔다. 그러자 기다리고 있었는지 남자가 다가오며 다시 물었다.

"이제 괜찮아요?"

"안 괜찮아요. 어디, 좀 앉을 데 없나?"

머리를 붙들고 인상을 벅벅 쓰는 사이 남자가 그녀를 룸으로 데려갔다. 문을 닫자 시끄러운 세상과 반걸음 정도 멀어진 것 같았다. 등을 소파에 대고 눈을 감자 울렁거리던 바닥과 흔들리던 뇌가 진정됐다.

"물 마셔요."

남자의 목소리에 서영이 눈을 떴다. 상대도 취했는지 말투가 조금 이상하긴 했지만 낮은 목소리는 참 편안했다. 남자가 내민 차가운 물병을 받아 들자 손을 통해 전해진 냉기가 팔을 타고 올라와 심장에 스몄다. 차갑다. 손도 차갑고, 머리도 차갑고, 심장도 차갑다.

"정말 안 괜찮나 봐요."

흐릿한 눈앞으로 남자가 휴지를 뽑아 내밀었다. 무슨 의미인지 몰라 고개를 드는데 갑자기 눈물이 볼을 타고 뚝 떨어졌다. 지금까지 단 한 방울의 눈물도 나오지 않았는데 갑자기 소나기가 쏟아지듯 주룩주룩 흐르고 목까지 메였다.

남자는 울고 있는 그녀를 말없이 지켜봐 주었다.

서영은 한참 동안 울면서 뭐라고 횡설수설 떠들어 댔다. 아무런 감정도 남아 있지 않다고 생각했는데 태현을 꽤 좋아하긴 했나 보다.

눈가를 휴지로 찍어 내던 그녀는 멍한 눈으로 휴지에 묻은 거뭇거뭇한 자국을 보았다. 마스카라가 번진 모양이다. 언제 나갔는지, 남자는 사라지고 없었다.

이 남자는 에스코트를 하려면 끝까지 해야지 어딜 간 거야? 이놈이나 저놈이나 책임감이라고는 약에 쓰려고 해도 찾을 수가 없다.

룸을 나와 화장실에서 찬물로 얼굴을 빡빡 문질렀다. 그러자 술기운이 약간 가셨다. 의도하진 않았지만 펑펑 울었더니 속이 조금 후련해지는 것도 같았다.

마스카라가 번져 판다가 되어 버린 자신의 얼굴을 바라보던 그녀는 이내 룸으로 발걸음을 옮겼다. 문을 열자 미선이 술을 마시다 손을 흔들었다. 룸 안은 사람들로 시끌벅적했다. 문득 그녀는 의아한 생각이 들어 룸 밖을 살펴보고 다시 안을 둘러보았다.

여기가 맞는데……. 아까 그 룸은 뭐였지? 그 남자는 누구였지?

"왜 이렇게 오래 걸렸어?"

"그게, 누굴 봤는데……."

"누구?"

"몰라."

"뭔 소리야?"

누구였을까? 크리스마스이브라서 예수님이 보내 주신 아기 천사인가? 아기치고는 키가 엄청 컸다. 교회를 다니라는 신의 계시인가 보다. 바쁜 시기가 지나면 한번 진지하게 검토를 해야겠다.

✳   ✳   ✳

크리스마스 파티의 여운이 채 가시기도 전에 미선은 루카스 한의 소재를 미친 듯이 찾아다녔다. 연락처 하나 없이 직접 발로 뛰어 만나려니 쉽지 않은 모양이었다.

파티 준비로 부산스러운 사람들 사이를 비집고 편집장이 다가오는데도 파김치가 된 미선은 일어날 생각을 하지 않았다.

"미선 씨, 어떻게 됐어?"

편집장의 말에 책상에 쓰러져 있던 미선이 천천히 상체를 일으켰다. 초췌한 얼굴이었지만 그녀는 희미한 미소를 지으며 승리의 브이를 그렸다.

"신년 파티에 온대요. 루카스 한이. 바로, 여기에."

"수고했어."

한 음절마다 거만함을 담은 미선의 말에 만족한 편집장이 자리로 돌아가자, 서영이 의자를 밀어 그녀 곁으로 다가왔다.

"파티는 고사하고 인터뷰도 안 하는 사람을 어떻게 초대했어?"

미선이 의기양양한 미소를 지었다.

"나도 놀랄 일이지만 온다는데 마다할 거 있어? 감지덕지할 따름이지. 아직 인터뷰를 허락한 건 아니지만 그날 오면 일단 안면 트는 거고, 그럼 우리 편집장이 말발로 어떻게든 따내겠지. 난 내가 할 일 다했어."

정말 힘들었는지 미선은 눈을 감고 의자에 축 늘어졌다. 그 모습에 서영이 웃으며 속삭였다.

"애썼다."

매년 신년 파티 때는 일손이 모자랐다. 파티 업체에 의뢰해 입구까지 풍선과 꽃으로 요란하게 장식을 했다. 출장 뷔페에서 주문한 음식들이 긴 탁자에 보기 좋게 올려졌고, 직원들은 각종 주류와 음료수, 탄산수까지 진열하느라 분주하게 움직여야 했다.

그러나 파티 담당자가 아닌 서영과 미선은 괜히 홀을 왔다 갔다 하다가 탄산수 하나를 슬쩍 들고 목을 축였다.

파티 시간이 가까워지자 초대 손님들이 하나둘 회사를 찾았고, 텅 비어 있던 홀은 금세 가득 찼다. 발 디딜 틈도 없는 공간에서 직원들은 손님을 맞이하기 바빴고, 편집장도 평소와는 달리 고상한 웃음을 흘리며 일일이 인사를 건네고 있었다.

미선은 사람들 틈을 비집고, 몸의 곡선이 드러나는 핑크빛 원피스를 입은 서영에게 가까이 다가왔다. 그리고 쿵쾅거리는 음악 소리를 뚫고 은밀하게 속삭였다.

"루카스 한 봤어?"

"아니, 아직. 오긴 왔나 보네."

"지금 편집장 입이 아주 찢어진다. 한국에 왔으니 이 기회에 어떻게 해 보려고 접근한 잡지사가 한둘이 아니야. 광고 회사 쪽에서도 눈독 들이는 것 같던데?"

"와, 근데 우리랑 하겠다고 한 거야? 언니 인센티브 받는 거 아니야?"

"아직 결정 난 건 아니야. 계약서에 도장 쾅쾅 찍어야 하는 거지."

"파티까지 왔는데 설마 입 싹 닦겠어?"

서영의 말에 미선이 더 은밀하게 속삭였다.

"근데 루카스 한이 천재는 맞나 봐. 성격이 약간……."

미선이 머리 옆으로 손가락을 현란하게 움직였다.

미쳤다는 뜻인가? 아니면 사이코?

"성격이 그렇게 더러워?"

"아니, 더러운 건 아니고 4차원을 넘어서 265차원 정도?"

"그게 무슨 소리야?"

"그냥 하고 싶은 대로 다 하나 봐. 좋게 말하면 아이처럼 순진한 거고, 나쁘게 말하면 나잇값 못 하는 건데. 그래도 실력이 받쳐 주니까 주위에서 뭐라고 못 한다더라."

"그래?"

어른이 아이처럼 행동하는 게 나쁜 건지 좋은 건지 잘 분간은 되지 않지만 4차원을 넘어선다는 건 확실히 부담스러웠다. 뭐 어찌 됐든 제 담당은 아니니까.

소곤거리며 얘기를 하던 둘은 접대를 위해 이내 흩어졌다. 서영은 맘 편히 파티를 즐겼다.

취하지 않으려고 했는데 이 사람, 저 사람과 인사를 하다 보니 꽤 술을 많이 마시게 되었다. 샴페인 잔을 든 그녀는 바람이라도 쐴까 싶어 비상구로 걸음을 옮겼다. 옮기는 걸음걸음마다 사람들이 어찌나 아는 척을 해 대는지 열 걸음밖에 안 되는 그 거리를 지나가는 데 장장 10분이나 걸렸다.

겨우 비상구 문 앞까지 온 그녀는 주변의 눈치를 살피다 살짝 문고리를 돌리고 재빨리 비상구 안으로 들어갔다.

"휴, 이제야 숨통이 좀 트이네."

가슴을 쓸어내리며 안도의 숨을 내쉬는데 누군가가 그녀의 손을 잡았다. 샴페인 잔을 든 손을 잡아끄는 바람에 서영의 몸이 옆으로 주르륵 딸려 갔고, 이어 억센 팔이 허리를 감쌌다. 순식간에 누군가의 품에 안겨 버렸다.

"누, 누구……?"

그녀의 입술 위로 따뜻하고 두툼한 입술이 닿았다. 거칠게 끌어안은 행동과 달리 입맞춤은 부드러웠다. 뭐라고 항의를 하기도 전에 남자가 입술 사이로 혀를 넣어 매끄러운 치아를 핥았다.

누군가와 착각을 하는 게 분명하다. 미리 약속을 한 것이 틀림없다. 그러니까 문이 열리자마자 입술부터 들이댄 거겠지.

아니라고, 뭐라 말이라도 할 양 입을 벌렸더니 기다렸다는 듯 남자의 혀가 그녀의 것을 어루만졌다.

"읍……!"

놀란 그녀의 손이 남자의 가슴을 밀어 내자 키스가 난폭해졌다. 뒷목을 꽉 잡아 깊숙하게 입안으로 들어온 혀가 안

쪽의 여린 살을 핥더니 사납게 그녀의 혀를 잡아 버렸다. 순간 그녀의 내부에서 뭔가가 쑥 올라왔다.

남자의 키스가 도화선이라도 된 양 심장이 두근거리기 시작하더니 이내 뜨거운 기운이 온몸을 휘감았다.

격렬한 살사를 추는 듯 두 개의 혀가 엉켰고 누가 먼저라 할 것도 없이 빨고 핥고 물기 시작했다. 비릿한 피 맛이 느껴지자 더욱 사나워진 혀가 야수처럼 입안을 휘젓고 다녔다. 뜨거운 타액과 말랑한 혀가 주는 황홀함에 서영은 밀어 내던 손으로 남자의 옷깃을 꽉 잡았다.

밀어 내야 하는데, 너무 오랜만에 하는 키스에 넋이 나갈 지경이었다. 태현과 키스다운 키스를 한 게 언제였는지 기억도 나지 않았다. 아니, 앞으로도 영원히 기억나지 않을 것 같았다. 이 남자가 누구인지는 모르겠지만 키스 실력 하나는 예술이었다.

입안 구석구석 안 건드리는 곳 없이 움직였고 방향 전환도 자유자재였다. 그러면서도 절대 입술을 떼지 않았다.

폐 속의 숨까지 모조리 흡입당한 서영이 헐떡이기 시작했다. 숨이 막혀 죽을 것 같은데 키스는 멈출 줄 몰랐다. 심장이 폭발할 것 같은 두근거림과 함께 아랫배가 슬며시 뜨거워졌다. 이대로라면 산소 부족으로 뇌에 이상이 올 것 같아 아쉽지만 남자의 가슴을 두드리며 밀어 냈다.

기특하게 신호를 알아들었는지 입안을 휘젓고 다니던 그의 혀가 서서히 멈추더니 그녀의 혀를 쪼옥 빨아 당겨 키스가 마무리됐음을 알렸다. 기승전결이 확실한 키스였다.

입술을 뗀 그가 그녀의 입술을 혀로 날름 핥았다. 그녀가 제일 좋아하는 키스 취향이었다. 어떻게 알고 에필로그까지 확실하게 마침표를 찍는지, 놀라울 따름이었다.

낯선 사람과의 키스가 이렇게 기분 좋을 수 있다니. 조금 민망했지만 그녀는 일단 환한 미소를 지었다. 입술이 조금씩 멀어지자 어슴푸레한 빛 속에서 남자의 얼굴이 보였다.

날렵하고 섬세한 얼굴선 안에 짙은 눈썹과 외까풀의 눈이 부드럽게 미소 짓고 있었다. 어쩜 저렇게 눈동자가 맑고 검을 수 있을까? 농밀하게 키스한 남자의 눈이라고 하기엔 순수하기까지 했다. 도도하고 오뚝한 콧날과 은밀함을 주고받던 입술까지.

어둠 속에서도 또렷한 입술 선이 그대로 보였다. 그녀도 같이 빨고 핥은 덕에 약간 부풀어 오른 입술이 오히려 섹시하게 느껴졌다.

자신이 그가 생각하던 사람이 아니라는 것을 깨달으면 얼마나 당황하고 민망해할까. 서영은 상대방이 덜 당황하도록 최대한 환하게 미소 지으며 그의 눈을 보았다.

그런데 이 남자, 그녀의 얼굴을 훑어보고도 여전히 같은

미소를 짓고 있었다. 뭔가 이상한 기분이 들어 서영이 먼저
입을 열었다.

"저, 사람을 잘못 보셨나 봐요."

"맞는데."

"네?"

"그쪽 기다린 거 맞다고."

"절 아세요?"

서영의 물음에 그가 고양이처럼 다시 그녀의 입술을 할짝
거리며 핥았다. 그리고 미소가 사라진 그녀의 커다란 눈을
보며 작게 속삭였다.

"키스 끝에 핥아 주는 거 좋다고 했잖아요. 고양이 같아
서……."

서영은 멍하니 입을 벌렸다. 분명 어디선가, 누군가에게
했던 말이다. 누구였더라? 이 남자는 누구지?

그녀는 멍한 눈으로 남자를 보았다.

"다음에 만나면 내가 키스한다고 했는데, 분명히 말했는
데……."

남자는 여전히 미소 짓고 있었다.

|
chapter 2

악연
혹은 인연

책상에 앉아 모니터를 뚫어져라 노려보던 서영은 볼펜 뒤를 잘근잘근 씹었다.

누구지? 누구였더라?

아무리 애써도 생각이 나질 않았다. 그 정도의 섹시함을 가진 남자를 기억 못 할 리가 없었다. 가만히 있어도 섹시한 남자가 흔한 건 아니니까.

입술까지 삐죽거리며 생각에 잠겨 있는 그녀에게 미선이 다가와 어깨를 툭 건드렸다.

"왜? 모니터가 싸우자고 해?"

"응? 아니, 아니야. 왜?"

"편집장이 불러."

"나를?"

"너랑 나랑."

기사에 무슨 문제가 생겼나? 확실하게 확인하고 넘겼는데…… 무슨 트집을 잡으려고?

서영은 오전 내내 머리 한구석을 차지하고 있던 낯선 남자에 대한 생각을 날려 버리고 미선을 따라 몸을 일으켰다.

그러나 우려와 다르게 편집장은 환한 웃음으로 그녀들을 맞이했다. 서영과 미선이 자리에 앉자 둘을 번갈아 보던 편집장은 두 손으로 책상을 탁 쳤다.

"파티 준비하느라 수고들 했어."

"감사합니다."

고작 파티 준비를 잘했다며 치하하려고 부른 건 아닐 텐데…… 싱글벙글 웃는 편집장의 얼굴이 왠지 불길했다.

"미선 씨, 정말 수고했어. 루카스 한이 우리 쪽과의 인터뷰를 긍정적으로 검토해 보겠다고 통보해 왔어."

"정말이요? 우와!"

역시 편집장의 말발이 먹힌 모양이었다. 남자에 관해서라면 모르는 것도, 못 하는 것도 없으니 당연한 결과였다. 파란만장한 연애 끝에 일찍 결혼을 한 그녀는 아들만 셋이었다. 거기에다 두 명의 시동생까지.

긍정적이라고 했으니 십중팔구 예스일 가능성이 높았다. 그 어렵다는 루카스 한의 인터뷰를 따내다니……. 미선이 어깨를 으쓱했다. 그런데 편집장이 엉뚱한 말을 꺼냈다.

"한 가지 조건만 충족되면 우리랑 인터뷰를 생각해 보겠대."

"무슨 조건이요?"

미선의 물음에 편집장이 서영을 쳐다보았다. 그 시선에 서영은 잘못한 것도 없는데 몸을 움찔거렸다. 편집장이 입가를 길게 늘이며 강렬한 눈빛으로 서영을 가리켰다.

"루카스 한 인터뷰, 서영 씨가 맡아 줘야겠어."

"제가요? 그건 최 팀장이……."

"루카스 한의 특별 요청이야. 차서영 씨가 붙는다면 긍정적으로 검토해 보겠다고. 서영 씨, 루카스 한이랑 아는 사이야?"

"설마요."

말끝을 길게 늘인 그녀는 어이없다는 표정을 지었다.

얼굴도 제대로 본 적 없는 남자인데……. 어째서? 왜?

서영은 황당한 표정으로 편집장실을 나와 자리로 돌아왔다. 뒤따라온 미선이 그런 서영의 어깨를 툭 건드렸다.

"좋겠다. 루카스 한의 선택씩이나 받고 말이야."

"좋긴, 난 그 사람 만난 적도 없는데. 대체 왜 날 지목한 거야? 그 사람이 날 안대?"

"내가 어떻게 알아. 그런데 루카스 한 못 봤어? 그날 파티
에 왔었잖아."

"아, 몰라."

갑작스런 키스 후 집요하게 따라다니는 낯선 남자 때문에
루카스 한은 고사하고 파티에도 끝까지 참석하지 못했다.
스토커야? 대체 내 키스 취향을 어떻게 알게 된 거야?

기억 속에는 없었지만 그 남자는 서영을 확실히 알고 있
었다. 인상을 와락 구긴 그녀는 머리를 마구 헝클어트리고
책상에 팍 엎어져 버렸다.

✳   ✳   ✳

호텔 커피숍에 도착한 서영은 화장실에 들러 코트를 매만
지고 머리를 다시 한 번 정리했다. 긴 머리를 풀어 한껏 여
성미를 강조할 예정이었는데 늦잠을 자는 통에 그냥 하나로
묶을 수밖에 없었다.

"아, 나의 빛나는 미모로 확 밀고 나가야 하는데. 머리 스
타일이 영 안 따라 주네."

화장실 거울 앞에 서서 마지막 점검을 하는 것은 하나의
습관이었다. 명도가 낮은 화장실 불빛이 모든 단점을 흐릿

하게 해 주기 때문이었다.

잡티와 막 생기기 시작한 미세한 주름을 감쪽같이 커버해 주고 오로지 장점만을 아름답게 보여 주는 마법의 거울 앞에서 서영은 자신감을 얻었다.

거울 속의 자신을 향해 마지막으로 파이팅을 외친 그녀는 커피숍 안으로 들어갔다.

약속 시간까지는 아직 10분이나 남아 있었다. 미리 와서 자신에게 조금 더 유리한 상황을 만들 생각이었는데 상대방이 먼저 도착한 모양이었다.

커다란 창가에 자리를 잡은 남자는 창밖을 보고 있었다. 따사로운 햇살을 받은 그는 그 자체로 하나의 빛 덩어리 같았다.

화장실의 음침한 불빛 따위에 의지하지 않아도 그의 피부는 빛이 났다. 두꺼운 화장과 장신구 따위 없이도 그 자체로 아름다웠다.

남자에게 아름답다는 표현을 쓰다니……. 완벽한 조각 미남은 아니지만 묘한 분위기와 다소 마른 듯한 몸매는 섹시미까지 느껴졌다.

그의 작품에 자꾸만 시선을 빼앗기고, 기분이 몽롱해졌던 것처럼 지금 저 남자를 보는 기분이 그랬다.

서영은 풀어지려던 눈빛을 바로 했다. 아직 인터뷰 수락을 한 것이 아니기 때문에 대답을 들으려면 정신을 바짝 차려야 했다.

물 잔을 잡은 손가락이 예술적으로 길고, 마주친 눈동자가 빨려 들 듯 맑더라도 정신 차려야 한다.

서영은 굳은 결심을 하고 루카스를 보며 손을 들어 인사했다. 자신 있고 당당한 걸음으로 다가간 뒤 여유 있는 자세로 자리에 앉았다.

늦게 왔지만 갑인 양 굴어야 했다. 하지만 그의 얼굴을 코앞에서 마주하자 그녀는 그대로 얼음이 되어 버렸다.

그가 섹시한 입꼬리를 한껏 늘이더니 그녀를 향해 반갑게 손을 내밀었다.

"하이! 잘 지냈어요?"

"당신······."

"난 잘 못 지냈는데. 서영 씨 보고 싶어서."

"당신!"

너무 놀란 서영은 루카스를 향해 삿대질을 했다. 그 행동에도 그는 여전히 기분 좋은지 싱글벙글했다.

"당신도 나 보고 싶었어요? 기분 좋아요."

"그날, 당신 맞죠?"

"그날 나 맞아요."

"어떻게, 어떻게 처음 보는 사람한테······."

"처음 아닌데?"

"뭐라고요?"

루카스의 말에 서영은 붕어처럼 뻐끔거리던 입을 다물고 그를 가리키던 손도 내렸다.

루카스는 다리를 꼬고 등받이에 몸을 기대어 편하게 앉았다. 자기 집 거실에 앉아 손님을 맞이하는 듯한 포즈에 서영은 탁자로 바짝 당겨 앉았던 몸을 얼른 뒤로 했다.

또 선수를 빼앗겼다. 여유 있는 갑의 모습은 사라진 지 오래였다. 지금은 누가 봐도 루카스가 갑이었다. 키스를 당한 건 자신인데 말이다.

서영은 떨리는 손을 재빨리 맞잡아 무릎 위에 올렸다. 그리고 루카스 모르게 숨을 몰아쉰 뒤 마음을 가라앉혔다.

"그날이 처음이 아니라니 무슨 소리예요?"

서영의 물음에 루카스는 웃기만 할 뿐 대답이 없었다. 얼굴을 굳힌 그녀와 달리 재미있다는 표정이었다.

"그전에 만난 적이 있다는 거예요?"

이번에도 돌아오는 답은 없었다. 답답한 마음에 서영이 이를 꽉 물었다. 그러자 그가 느릿하게 손을 올려 왼손 약지로 아랫입술을 문질렀다. 별것 아닌 동작인데 팔뚝에 소름이 쫙 돋았다.

에로 열매를 먹었나, 동작 하나하나가 다 에로틱했다. 자꾸 저 남자의 페이스에 말리는 것 같았다.

그래, 일 얘기를 하자.

서영은 가방에서 얼른 수첩과 녹음기를 꺼냈다. 그리고 루카스를 힘 있게 노려보았다.

"뭐, 좋아요. 지금 중요한 건 그게 아니니까요. 제 소개를 하지 않아도 되니 편하고 좋네요. 그럼 인터뷰 얘기를 해 볼까요? 먼저……."

"난 중요해요."

"네? 뭐가 중요해요?"

"서영 씨가 나 기억하는 거 중요하다고요. 언제인지 설마 기억 안 나는 건 아니죠?"

"어, 그게……."

당연히 기억이 안 난다. 이 세상에 루카스 한이라는 남자가 있다는 것도 며칠 전에 알았다. 사진으로 본 것이 처음이었고 신년 파티에서 느닷없는 키스가 두 번째, 그리고 인터뷰 때문에 만난 오늘이 세 번째였다.

파티에서 만난 게 처음이 아니라면 도대체 언제 봤다는 소리인가. 어눌한 한국어 발음으로 사람을 당황하게 만들다니.

"어, 그게…… 그러니까 언제냐 하면……."

대답할 말을 찾지 못한 서영은 초조함을 감추려고 물을

마셨다. 주도권을 잡기는커녕 뜻 모를 질문 때문에 정신이 하나도 없었다.

슬쩍 루카스를 보니 그는 느릿하게 입술을 당기며 미소 짓고 있었다. 그 천진한 모습이 얄미워 입을 꽉 다문 그녀는 다시 뇌 속을 뒤지기 시작했다.

만난 적이 있다면 조금의 흔적이라도 남아 있을 것이다. 반드시 알아내고 말겠어.

서영이 뇌를 풀가동하며 기억을 뒤지고 있을 때, 그는 즐거운 표정으로 그녀를 바라보았다. 당황하여 약간 상기된 볼이 사랑스러웠다.

지난 몇 달 동안 우울하고 기운 없는 모습이 못내 신경 쓰였는데 기억해 내겠다고 주먹까지 불끈 쥔 모습이 생기 있어 보여 다행이었다.

쉽게 생각해 내지 못할 텐데……. 첫 만남은 죽었다 깨어나도 모를 테고, 그녀가 기억할 수 있는 첫 번째 만남은 알려 줘야 할 것 같았다.

꼰 다리를 푼 그가 몸을 앞으로 당겼다. 상쾌한 화장품 냄새와 함께 그의 체취가 확 풍겨 와 그만큼 서영도 뒤로 몸을 뺐다. 그러자 그가 비밀 이야기라도 하듯 속삭였다. 영어 억양이 담긴 말투가 장난스럽게 느껴졌다.

"힌트 좀 줄까요?"

"뭔데요?"

그를 따라 서영의 목소리도 저절로 작아졌다. 그가 몸을
좀 더 앞으로 내밀며 검지를 까딱거려 그녀를 불렀다. 무엇
에 홀린 듯 서영이 몸을 바짝 숙였다. 두 사람의 얼굴이 한
뼘 거리만큼 가까워졌다.

서영의 얼굴을 흐뭇하게 바라보던 루카스가 몸을 일으키
더니 쪽 하고 그녀의 입술에 입을 맞췄다. 전혀 예상치 못한
행동에 서영이 헉하고 숨을 멈추자 이번엔 날름 입술을 핥
았다. 뒤늦게 두 손으로 입을 막은 서영은 얼른 몸을 의자에
묻었다.

느릿하게 자리로 돌아가 앉은 루카스가 나른한 미소를 지
었다.

"고양이처럼 핥는 거 좋아한다고 했죠? 당신이 직접 말한
건데……."

"내, 내가요? 언제……!"

말을 더듬는데 순간 머릿속으로 어떤 영상이 스쳐 지나갔
다.

크리스마스이브!

"하, 눈물 더럽게 많이 나오네. 내가 지금 좀! 슬프거든요. 왜!
슬픈지 알아요? 있잖아요, 내가요. 6년 동안 사귄 애인이랑 쫑났

다구요. 그런데 눈물이 한 방울도 안 나. 조금도 안 슬픈 거예요. 근데 이 눈물은 뭐냐고요? 6년의 사랑이 끝났는데 어떻게 아무렇지도 않은지, 그게 슬퍼서 우는 거예요. 내 메말라 버린 심장이 불쌍해서 우는 거라고요. 알아요? 엉엉엉!"

꿀꿀한 기분을 달래려고 미선과 함께 클럽에 갔었다. 급하게 마신 술에 떡이 되어 정신이 들락날락할 때였다. 힘들어하는 자신을 룸까지 데리고 가서 물을 주었던 사람이 있었다. 어쩐지 마음이 편해져서 그 남자에게 이상한 말을 지껄였던 것 같다.

술 때문이었겠지만 부드러운 남자의 목소리에 별의별 얘기를 다 했다. 태현과의 첫 만남, 첫 키스, 아! 키스에 대해 불만이라며 자신이 좋아하는 것은 이런 거라고 일장 연설도 했다.

"난요, 딥 키스보다는 베이비 키스가 좋고 키스가 끝난 뒤엔 입술을 핥아 주는 게 좋아요. 고양이가 된 기분이랄까? 고양이란 동물이 상당히 요염하잖아요. 히히."

거기까지 생각이 나자 서영의 얼굴이 일그러졌다.
거기, 딱 거기까지만 해도 부끄러워 쥐구멍에 숨고 싶을 지경인데 그 뒤에 한 말은 더 가관이었다.

"나도 섹스 좋아하는데……. 이젠 한 달에 한두 번 하는 섹스
도 끝이고, 성의 없는 키스도 끝이네. 휴우, 나 너무 불쌍하다.
훌쩍. 20대의 마지막 크리스마스가 뭐 이러냐고!'

울다가 웃다가 나중에는 화를 내는 등, 온갖 주접을 다 떨
었다. 소파에 올라가 고양이 흉내까지…….

파도처럼 밀려오는 기억에 얼굴이 떨어져 나갈 정도로 화
끈거렸다. 차라리 생각나지 말고 그냥 뇌 주름 속에 얌전히
파묻혀 있지. 영원히 발굴되지 않게 화석으로 변해 버리지.

루카스의 눈을 피한 서영은 입술을 깨물며 두 주먹을 꽉
쥐었다. 이대로 사라져 한 줌의 재가 되길 바라면서…….

그녀의 얼굴이 빨개진 것을 본 루카스가 순진한 표정으로
입을 열었다.

"생각난 거면 위로 올라갈까요?"

"뭐, 뭐요? 위, 위?"

목소리가 커졌다. 위라면 호텔 룸을 말하는 건가?

대체 그날 어떻게 행동했기에 저 남자 입에서 저런 소리
까지 나오는 건지 정말 기가 막히고 코가 막혔다.

서영은 너무 어이가 없어 손까지 벌벌 떨었다.

"가, 가긴 어딜 가요?"

루카스는 한 대 칠 기세로 입을 앙다문 서영을 보며 순진한 표정을 지었다.

"라운지로요. 점심 예약해 놨어요. 지금 가면 시간이 맞는데……."

손목에 찬 시계를 보며 그가 태연하게 대답했다.

점심……. 그렇네, 조금 이르지만 점심 먹을 시간이구나.

서영은 민망함을 감추려고 괜히 얼굴을 만지작거렸다.

"라운지 좋죠. 올라갈까요?"

"네, 올라가요."

그가 자리에서 일어나 예의 바르게 에스코트를 하자 어깨를 움츠린 서영이 가방을 메고 앞으로 걸어갔다.

루카스가 뒤에 있어서 다행이었다. 아직도 화끈거리는 얼굴을 진정시킬 시간이 필요했다. 그가 눈치채지 못하게 얼굴에 손부채질을 열심히 하던 서영은 엘리베이터에 올라타자 언제 그랬냐는 듯 손을 내렸다.

원래 이렇게 삽질하는 스타일이 아닌데 날카로운 키스의 여운이 너무 진했던 모양이다. 완전 초보처럼 굴고 있으니 말이다.

이제라도 프로의 모습으로 대하자. 이쪽에 들어선 지 벌써 5년, 아니, 해가 바뀌었으니 6년 차였다. 멋지게 일하는 평소 모습으로 돌아가자고 생각했다.

서영의 결심과 상관없이 루카스의 매너는 완벽했다. 식탁 의자를 빼 주어 그녀가 편하게 앉을 수 있도록 했고, 장난스런 미소에 어눌한 말투였지만 시종일관 예의 바르게 행동했다. 오랜만에 받아 보는 배려에 어색하기도 했지만 저도 모르게 우쭐해지는 기분이 들었다.

"서영 씨 뭐 좋아해요?"

루카스의 물음에 서영은 메뉴판을 보며 대답했다.

"아무거나 잘 먹는 편이라……. 그쪽은 뭐 좋아하세요?"

"루카스."

"네?"

"그쪽이 아니고, 루카스."

발음 한번 찰지네.

도르르 굴러가는 본토 발음에 감탄하던 그녀가 사과했다.

"아, 미안해요. 루카스 씨는 먹고 싶은 거 있으세요?"

"여기 스테이크가 유명하대요."

"그럼 스테이크로 할까요?"

곧 맛있게 구워진 스테이크가 나왔고 둘은 이른 점심을 먹기 시작했다. 잘 익은 고기의 육즙이 입안을 풍성하게 채웠지만 예상치 못한 남자와의 만남에 놀란 것인지 서영은 별맛을 느끼지 못했다.

그녀가 음식을 깨작거리자 루카스의 미간에 의아한 듯 가는 주름이 잡혔다.

"맛, 없어요?"

"아뇨, 맛있어요."

예의상 짓는 미소가, 억지로 먹고 있다는 추측에 확인 도장을 쾅쾅 찍었다. 달칵, 그가 나이프와 포크를 접시에 내려놓자 그녀도 포크를 내려놓고 시선을 마주했다.

"왜요?"

"내가 잘못 알았어요. 우리 나가요."

"네?"

중얼거린 그는 이렇다 할 설명도 없이 무작정 그녀의 손을 잡고 자리에서 일어섰다. 호텔을 나선 후 택시를 잡아타고 행선지를 말할 때까지도 손을 놓지 않았다. 정신없이 택시에 탄 그녀는 차가 출발하자 그제야 입을 열었다.

"어디로 가는 거예요?"

"맛있는 거 먹으러."

이를 보이며 미소 짓는 얼굴이 참 천진난만했다.

잠시 후 택시에서 내린 그녀는 아직도 그와 손을 잡고 있다는 것을 깨달았다. 슬며시 손을 비틀어 빼내려는데 마주 본 그가 활짝 미소를 지었다. 덩달아 미소를 지었더니 손을 놓기는커녕 당연한 듯 잡아끌었다.

"들어가요."

간판도 없는 허름한 식당이었다. 자리에 앉자 그제야 그가 손을 놓아주었다. 그리고 익숙하게 음식을 주문했다.

"이모, 백반이요."

주문하는 그의 목소리가 마치 외국인 말투처럼 들려 쿡하고 웃음이 나왔다. 그러자 물방울처럼 귀여운 눈초리가 섹시하게 치켜 올라갔다. 기분을 상하게 했나 싶어 서영이 손을 저었다.

"아, 미안해요. 주문이 익숙해 보여서."

"자주 왔어요. 여기."

"가정식 백반 좋아하나 봐요."

"음. 되도록 많이, 자주 먹으려고 해요."

"자주?"

"그 나라에서는 그 나라의 음식을 많이 먹는다. 내가 정한 규칙이에요."

여행을 좋아하는 사람다운 규칙이었다. 서영은 고개를 끄덕였다.

그런데 왜 스테이크를 먹자고 예약까지 했을까? 의아함도 잠시, 곧 소박하지만 맛깔스러운 상이 차려졌다. 서너 가지의 나물과 생선구이, 청국장과 보리밥이 나왔다.

식욕을 자극하는 맛있는 냄새에 젓가락이 행복한 고민으

로 주춤거렸다. 먹음직스럽게 음식을 먹는 루카스를 보니 없던 식욕이 절로 솟아날 지경이었다.

서영도 그를 따라 반찬을 집어 먹었다. 정말 엄마가 해 준 음식처럼 맛있었다.

둘은 말없이 열심히 식사를 했다. 뜨거운 청국장을 후후 불어 가며 먹는 그를 엄마의 마음으로 대견하게 보던 그녀는 문득 해야 할 일이 생각났다.

"아! 일 얘기 해야죠?"

숟가락을 내려놓은 그녀가 수첩을 꺼내려고 하자 그는 눈을 동그랗게 떴다.

"나 인터뷰한다고 한 적 없는데……."

"네?"

갑자기 웬 청천벽력 같은 소리인가 싶었다. 물론 확답을 하진 않았지만 이렇게 단호하게 안 한다고 할 줄은 몰랐다. 편집장에게 듣기로는 분명 긍정적으로 검토하겠다고 했는데…….

느닷없는 그의 선언에 서영의 목소리가 커졌다.

"한 적이 없다뇨? 무슨 말을 그렇게 칼로 무 자르듯 단호하게 해요? 사람이 융통성이 있어야지, 융통성이!"

"융통성?"

"그러니까 딱 잘라서 아니라고 하는 게 아니라 생각을 좀 더 해 보겠다든가, 시간이 더 필요하다든가, 아니면 무슨 조건이 있다든가 등등……."

"조건! Ok! 그거, 그거 할게요."

"조건, 이요?"

인터뷰가 아주 물 건너간 건 아니라는 생각에 일단 안도했지만 조건이란 단어가 명치에 덜컥 걸렸다. 루카스의 인터뷰를 따내지 못하면 편집장이 자신을 가만두지 않을 것이다.

그래, 이미 갑은 루카스다. 부글거리는 속을 감추고 서영이 미소를 지었다.

"그럼요, 조건 좋죠. 뭐든 말씀하세요. 저희가 조율하면 되니까요."

"나 한국에 온 지 몇 달 됐는데 일하느라 많이 못 놀았어요. 그러니까 같이 놀아 줘요."

"같이 놀자고요?"

어린아이처럼 기대에 찬 얼굴로 고개를 끄덕이는 그를 보니 고민이 됐다.

외국인이나 다름없는 사람과 놀아 주려면 경복궁, 민속촌, 경주 같은 곳엘 가야 하나? 아니면 한옥 체험 같은 거? 경주는 너무 멀다. 아쉬운 대로 민속촌을 알아볼까?

그녀가 고민하는 사이 밥 한 그릇을 뚝딱 해치운 그가 검지를 까딱거리며 손짓했다. 강아지를 부르는 듯한 동작에 기분이 나쁠 법도 하건만 생각할 겨를도 없이 몸이 자동으로 그에게 기울어졌다.

따뜻한 숨결과 함께 낮은 속삭임이 들려왔다.

"요즘 핫한 영화가 뭐예요?"

❋　　　❋　　　❋

눈발이 약간씩 흩날리고 있었다. 서영은 바글거리는 사람들 사이를 열심히 두리번거리다 손에 든 영화표로 눈을 돌렸다.

그의 취향을 몰라 고민하다 박스 오피스 1 · 2 · 3위 영화를 모두 골랐다.

그의 취향에 맞는 게 있기를 바라며 다시 고개를 든 그녀는 긴 다리로 성큼성큼 걸어오는 루카스를 발견했다.

키가 워낙 커서 다른 사람들의 머리 위로 쑥 올라온 탓도 있었지만 목에 두른 바이올렛 목도리가 유독 눈에 띄었다.

그러고 보니 코트는 연보랏빛이고 운동화는 진한 자주색이었다. 하얀 얼굴과 잘 어울리는 보랏빛에 청초함과 더불어 신비스러움까지 느껴졌다.

뭘 먹어야 저렇게 크는지. 예술 작품을 보듯 잠깐 그의 모습을 감상한 그녀는 손을 들어 인사하는 그에게 마주 손을 들어 보였다.

"왔어요? 뭘 좋아하는지 몰라서 이렇게 샀는데……."

"잠깐."

말을 막은 그가 그녀를 지나쳐 갔다. 상황 파악이 안 된 그녀는 당황스러운 얼굴로 루카스의 뒷모습을 빤히 바라보았다.

잠시 후 팝콘과 콜라를 손에 든 그가 다가왔다. 아! 간식거리를 미처 생각하지 못했다.

"무슨 영화예요?"

신 난 표정으로 묻는 얼굴이 딱 초등학생 같았다. 섹시하게 귀엽네. 입가에 흐뭇한 미소를 머금은 서영이 영화표 세 장을 부채처럼 쫙 펴서 그에게 보여 주었다.

"이건 블록버스터 액션, 이건 19금 로맨틱 코미디, 이건 만화."

"만화?"

"애니메이션이요. 방학이라 이게 1위거든요. 요즘 대세긴 하죠."

"으음, 대세라……. 그럼 이거 봐요."

겨울방학이라 박스 오피스 1위가 애니메이션이었다. 동화 같은 환상적인 분위기에 어른들이 봐도 멋진 영화라고 들었지만 이제 서른이 된 남자가 보기엔 무리가 있지 않을까 싶어 걱정을 했는데 저렇게 반색할 줄은 몰랐다.

양손에 팝콘과 콜라를 든 그가 어서 들어가자며 재촉했다.

일찍 예매한 덕분에 뒤쪽 가운데 자리를 잡을 수 있었던 서영은 혹시 그가 불편하지 않을까 살펴보았다.

"여기가 감상하기 좋은 자리예요. 괜찮아요?"

"뭐 보기는 괜찮은 것 같은데……."

말끝을 흐린 그는 그러나 대답과 다르게 몸을 이리저리 틀며 자리를 제대로 잡지 못했다. 왜 그러지? 덩달아 불편해진 그녀도 좌불안석이 되어 그를 살피다 문득 깨달았다.

긴 다리가 문제였다. 그녀에게는 한 뼘이나 남는 공간이 그에게는 무릎이 앞 좌석에 닿을 정도로 좁았다.

한참 동안 다리를 움직이던 그가 포기했는지 허탈한 웃음을 지었다. 종아리를 교차해 아래로 쭉 내리니 일단 무릎은 앞좌석에 닿지 않았다.

"좀 괜찮아 보이죠?"

"미안해요. 좀 넓은 좌석을 구할걸……."

"내가 잘못이죠. 다리가 길어서 미안해요."

왕자병 기질이 다분한 말임에도 불구하고 그가 진정으로 미안해하는 것 같아 서영은 그저 웃을 수밖에 없었다.

자리가 정리되고 주변이 어두워지더니 눈부신 겨울을 배경으로 한 영화가 시작되었다.

특유의 밝은 분위기와 여자 주인공의 비정상적인 커다란 눈동자에 역시 만화라는 생각이 들었지만 오랜만에 보는 해피엔딩 이야기에 마음이 따뜻해졌다.

엔딩 자막이 올라가고 주위가 서서히 밝아지자 서영은 행복한 숨을 내쉬며 남은 팝콘과 콜라를 들었다. 그러다 자신을 빤히 바라보고 있는 루카스를 발견하고 화들짝 놀랐다.

"왜, 왜요?"

"얼굴이……."

"얼굴이 뭐요? 뭐 묻었어요?"

서영이 황급히 얼굴을 더듬었다. 그러자 루카스가 손가락으로 얼굴을 가리키며 동그라미를 그렸다.

"행복해 보여요."

"네?"

"좋아요."

서영은 뜬금없는 그의 말에 당황했다. 아직 한국말이 서툴러서 그런 건가? 가끔 무슨 의미인지 알 수가 없었다. 제 얼굴이 행복한 게 뭐가 좋다는 건지 이해가 가지 않았다. 뭐라 대꾸도 하지 못하고 의아함을 안은 채 서영은 루카스를 따라 영화관을 나섰다.

어찌 됐든 그의 기분이 좋아 보여서 다행이라는 생각이 들었다. 타이밍을 잘 맞춰서 인터뷰 얘기를 꺼내면 좋겠는데…….

"밥 먹으러 가요."

"그렇죠. 밥 먹어야죠."

언제쯤 일 이야기를 시작하나 눈치를 보며 대충 대답을 하던 그녀는 '아!' 하며 얼른 핸드폰을 꺼냈다.

"한식 좋아한다고 해서 예약해 놨어요. 가정식 백반도 맛있지만 여기도 괜찮은 곳이에요. 이 근처인데 좀 걸어도 괜찮겠어요?"

"걷는 거 좋아요."

뭐든 좋다네. 인터뷰도 좋다고 하면 좋을 텐데…….

아쉬워하던 그녀가 슬쩍 그의 의향을 떠보았다.

"영화 재미있었어요?"

"여기가 따뜻해졌어요."

그가 가슴 위로 손을 살며시 올려놓았다. 아직까지 감동이 가시지 않았는지 티 하나 없는 맑은 눈빛이 순수하고 섹시해 보였다. 여러 가지 매력을 발산하느라 참 바쁜 남자다.

어찌 됐든 그의 기분이 좋은 것 같아 서영은 은근슬쩍 인터뷰 이야기를 꺼냈다.

"저 영화처럼 저희 잡지도 따뜻한 이야기를 담거든요. 루카스 씨의 따뜻한 그림 이야기를 담으면 참 좋을 것 같아요."

"내 그림이 따뜻해요?"

의아한 듯 내려다보는 그의 눈빛에 찔끔한 그녀가 눈길을 피하며 얼버무렸다.

"따뜻하죠. 이렇게 따뜻하고, 막 뜨겁고⋯⋯."

애매하게 가슴과 아랫배 쪽을 손으로 휘저어 가며 대충 넘기려는데 루카스는 이야기를 듣고 있지 않았다. 그는 어느새 굵은 눈발로 변해 펑펑 눈을 쏟고 있는 하늘을 올려다보고 있었다. 그리고 손을 내밀어 떨어지는 눈을 받았다.

"따뜻하네요."

눈은 차갑거든요!

4차원을 넘어 265차원이라는 미선의 말에 동의했다. 그녀는 억지로 미소를 지었다. 무슨 생각을 하는지 알 수 없었지만 인터뷰를 딸 때까지는 입가가 굳을 정도로 웃어야 했다.

눈이 마주친 그도 함께 미소를 지었다. 그리고 그녀의 머리 위에 쌓인 눈을 손으로 살며시 쓸어 냈다.

차가운 눈을 쓸어내리는 그 손길에 목덜미로 오소소 소름이 돋았다.

마치 소중한 사람을 대하는 듯 조심스러운 손길이 짜릿함을 느끼게 했다. 따뜻함이 담긴 애정 어린 눈빛으로 얼굴을 어루만지는 것이 느껴지자 다리에 힘이 풀렸다.

입 사이로 나오려는 한숨을 겨우 삼킨 서영이 두 주먹을 꼭 쥐었다. 그리고 간신히 미소를 지으며 몸을 뒤로 뺐다.

"눈이 많이 내리네요."

그럭저럭 자연스럽게 넘어간 것 같다. 이 남자의 정체가 뭔지는 모르겠지만 위험한 건 사실이었다. 그의 눈을 보고 있으면 마치 자신을 사랑하고 있는 것 같은 착각이 드니까…….

느닷없는 키스와 매력적인 미소에 혼동하지 말자. 삽질은 이미 충분히 했다. 계속 착각했다가는 지구 반대편까지 뚫고 나갈 기세이니, 여기서 그만! 일하자.

서영이 몸을 돌려 앞서 걷자 루카스가 당황한 얼굴로 그녀를 바라보았다.

분위기에 취해 생각 없이 행동이 먼저 나갔다. 아직 그녀는 자신이 낯설 텐데, 제 마음대로 행동해서는 안 되었다. 조금씩 천천히 다가가기로 했는데 막상 그녀가 옆에 있으니 조절이 안 됐다.

무슨 말을 하면 방어하듯 치켜 올라가는 눈도 계속 보고 싶고, 동그란 코끝도 살짝 눌러 보고 싶고, 작고 하얀 손도 꼭 쥐어 보고 싶다. 물론 어깨를 감싸거나 도톰한 입술에 입을 맞추며 다른 것도 하고 싶지만…….

입바람으로 앞머리를 날린 그가 성큼성큼 걸어가 옆에 서자 서영이 활짝 웃어 보였다. 하지만 얼굴 전체가 긴장 때문에 굳어 있어 어색하기만 한 미소였다. 루카스는 모르는 척 딴소리를 했다.

"추워요? 얼굴이 딱딱해졌어요."

"얼굴이요? 좀 춥네요."

서영이 얼굴을 만지작거렸다. 긴장 때문에 눈가에 경련이 일어나는 것 같고 하도 웃었더니 입가도 굳었다. 하지만 추위 탓으로 돌린 그녀는 양손으로 볼을 문지르며 웃었다.

"뭐, 겨울이니까요."

"잠깐."

갑자기 루카스가 보랏빛 목도리를 풀어 목에 감아 주자 당황한 그녀가 손을 저었다.

"괜찮아요!"

"난 안 추워요. 그러니까 서영 씨 해요. 좋죠?"

대답을 하기도 전에 기다란 목도리가 목에 감겼다. 그가 말간 얼굴로 그녀의 눈을 뚫어져라 바라봤다.

"아, 네. 좋아요. 고마워요."

기대에 찬 눈동자를 보고 있노라니 차마 거절할 수가 없었다. 그의 체취가 고스란히 밴 목도리가 코 밑까지 꽁꽁 감기자 참을 수 없는 유혹의 향기가 느껴졌다.

이 남자, 화장품에 페로몬을 섞는 모양이다. 숨을 쉴 때마다 온몸이 움찔거렸다.

마지막 섹스가 언제였던가! 가물가물한 기억을 더듬었지만 젠장, 생각나지 않았다. 너무 쉬었나 보다. 남자의 향기만으로도 당장 몸이 열릴 것 같다.

아랫배에 힘을 꽉 주고 걷는데 걸음이 휘청거렸다. 날 고문하고 싶은 걸까? 술을 마시고 난처하게 한 보복인가 보다.

울상이 된 서영은 루카스를 보며 이상한 미소를 지었지만 그는 자신이 대견한지 코트 주머니에 손을 넣으며 만족한 웃음을 흘렸다.

I

chapter 3

Happy
Sunrise

서영은 몸이 천근만근인 듯 무거워 책상에 고개를 박았다. 고작 일주일이 지났을 뿐인데 전국 일주라도 한 기분이었다. 고개를 박고 숨을 폭폭 내쉬자 의자를 밀고 미끄러져 온 미선이 그녀의 옆구리를 찔렀다.

　"요즘 밤무대 뛰니? 한숨도 못 잔 사람처럼 왜 그렇게 기운이 없어."

　"기절하듯 자지. 한 3~4시간?"

　소금에 절인 배추처럼 축 늘어진 그녀가 고개를 들어 올린 순간, 미선의 눈이 접시만큼 커졌다.

　"헐, 다크서클 장난 아니다. 10년은 더 늙어 보여. 대체 루카스랑 뭘 했기에 그래?"

뭘 했냐고? 서영은 지난 일주일을 되짚어 보았다.

"서. 울. 구. 경."

한 자, 한 자 힘주어 말하는 그녀의 얼굴이 일그러졌다.

✺   ✺   ✺

첫날은 그럭저럭 무난했다. 영화를 보고, 밥을 먹은 후 서울
의 밤이 궁금하다며 새벽 2시까지 온 시내를 쏘다녔다. 뭐, 하
루쯤 그렇게 지내는 건 나쁘지 않았다. 오랜만의 밤 나들이라
그녀도 조금 설레었으니까.

문제는 그다음 날부터였다.

"서울의 밤을 봤으니 이제는?"

"서울의…… 새벽을 보면 좋겠네요."

"와우, 센스 굿!"

루카스의 감탄사에 서영은 굳어진 얼굴로 억지웃음을 지었
다. 그냥 서울의 낮이라고 할 걸 그랬다. 그녀의 속도 모른 채
신이 난 루카스가 질문을 덧붙였다.

"어디로 갈 거예요?"

"으…… 동대문?"

"통대문! 들어 본 적 있어요. 옷 많고, 먹을 것도 많고."

"먹을 거는 노량진 수산 시장이 최고……."

"와! 그럼 거기도 가요. 하루에 두 곳은 좀 힘드니까 내일은 통대문, 그 내일은 수산 시장, 어때요?"

이놈의 입이 방정이다. 동대문에도 먹을거리가 많은데 왜 굳이 수산 시장을 들먹거려 사서 고생을 하는지 모르겠다. 게다가 루카스가 자꾸 옆에서 통통거리는 바람에 머리까지 울리는 것 같았다.

다음 날, 자정이 넘은 시각. 서영은 목도리와 장갑, 부츠로 완벽하게 무장한 채 칼바람을 맞으며 루카스를 기다렸다. 그와의 약속 때문에 일찍 퇴근하긴 했지만 동대문에 대해 조사를 하느라 몇 시간 자지도 못했다. 자꾸 감기려는 눈에 힘을 주며 주변을 두리번거렸다.

"이 인간은 올 거면 빨리 올 것이지. 으으, 추워."

목도리를 코끝까지 올렸지만 매서운 바람을 이겨 낼 수는 없었다. 발까지 동동 구르자 그제야 루카스의 얼굴이 보였다. 그녀는 재빨리 입술을 끌어 올려 미소를 만들었다.

"늦었어요. 미안해요."

"아니에요. 그럴 수도 있죠."

"춥죠? 이거 먹어요."

그가 호떡이 담긴 종이컵을 내밀었다. 뭘 우물거리나 했더니 호떡이었나 보다.

"맛있어요. 달고 따뜻하고."

"아, 네."

몇 시간 못 자서 입안이 깔깔한 그녀는 기름 범벅인 호떡이 부담스러웠지만 억지로 한입 먹고 웃어 보였다. 그러자 뭐가 좋은지 그가 따라 웃으며 그녀의 손을 덥석 잡고 앞장서 걷기 시작했다.

"와! 저거 예쁘다. 어때요?"

"예쁘네요, 음."

동대문엔 생각보다 더 많은 사람이 있었다. 제 몸보다 커다란 보따리를 서너 개씩 이고 다니는 남자들, 민속촌에서나 볼 법한 지게를 지고 다니는 사람들, 그 아수라장 속에서 물건을 파는 사람 등 아주 다양했다.

대낮 못지않게 활기차고 바쁜 사람들을 뚫고 루카스의 긴 다리를 쫓아가는 것은 생각보다 만만치 않았다. 이리저리 치이며 그를 따라가는데 갑자기 성큼 다가온 루카스가 뒤에서 양팔로 그녀를 안았다.

찬바람에 시달리던 등짝에 따뜻한 기운이 찰싹 달라붙었다. 흠칫 놀라 몸을 빼려고 하자 어깨를 잡은 그가 그녀를 앞으로 밀었다.

"앞으로, 앞으로, 앞으로. 이거 어때요?"

루카스와 걸음을 맞추며 순식간에 좌판 앞까지 걸어간 그녀는 그가 골라 준 모자를 살필 겨를도 없이 고개를 끄덕거렸다.

"아, 예쁘네요."

"자, 이렇게 써요. 예쁘다."

원색 털실로 짜여진, 알록달록한 방울이 달린 모자를 서영의 머리에 뒤집어씌운 그가 같은 디자인의 모자를 자신의 머리에도 푹 썼다.

처음부터 맨 머리가 추워 보여 내내 신경이 쓰이던 참이었다. 추워 보인다고 사 주면 분명 거절할 것 같아 얼렁뚱땅 제 머리에 하나, 서영의 머리에 하나 씌워 주니 예상대로 네, 하며 받았다.

기분이 좋아진 루카스가 싱글거리며 웃자 서영은 귀가 뜨거워지는 것 같았다. 하얗고 조그만 얼굴이 모자를 쓰니 더욱 두드러지게 멋졌다. 저건 절대 서른 살 남자의 얼굴이 아니었다.

"나도 예뻐요."

"네, 많이 예뻐요."

그녀의 칭찬에 함박웃음을 지은 그가 계산을 하려 하자 서영이 서둘러 지갑을 꺼냈다.

"아! 제가 낼게요."

"내가 선물하고 싶어요. 얼마예요?"

"두 개 합쳐서 3만 원 되겠습니다."

"비싸요, 깎아 줘요."

"관광 오셨나 보네. 기분이다. 팍팍 깎아서 2만 5천 원!"

"와우! 땡큐!"

모자 값을 낸 그가 뿌듯한 얼굴로 호위하듯 그녀의 어깨를 잡더니 사람들 틈을 빠져나왔다.

"자, 이젠 저쪽으로 가요."

그리고 앞장서서 그녀의 손을 당겼다. 누가 가이드고, 누가 관광객인지 주객이 전도된 상황에 서영은 한숨을 쉬었다. 일하느라 한국에서 놀 시간이 없었다더니, 그녀보다 동대문을 잘 알고 있었다.

동대문의 구석구석을 인터넷으로 알아보고 동선까지 짰는데 그 노력이 무색하게 루카스는 여러 번 왔던 사람처럼 골목골목을 자유롭게 누비고 다녔다.

한참 동안 구경을 하던 그가 서영을 보며 환하게 웃었다.

"배고프다. 우리 맛있는 거 먹어요."

"시간이 벌써 이렇게 됐네요. 뭐 드시고 싶은 거 있으세요? 이른 시간이라 메뉴가 다양하진 않지만, 제가 몇 군데 알아 왔는데."

"곱창 먹어요, 곱창."

"곱창이요?"

"여기 곱창이 유명해요. 인터넷에서 찾아봤어요."

"아, 그러셨어요."

관광도 본인이 주도하고 메뉴까지 다 알아 왔다. 대체 가이드가 왜 필요한지 알 수 없었지만 서영은 그를 따라 유명하다는 곱창집에 들어섰다. 새벽이었지만 사람들이 제법 많았다.

"사람 많아요. 여기 맛있어요."

루카스가 다가와 귓가에 속삭이자 그 숨결에 소름이 돋았지만 서영은 주먹을 꽉 쥐며 간신히 견뎌 냈다.

"그런 것 같네요."

입맛을 다신 그는 자리에 앉자마자 그녀에게 수저를 놓아주었다. 역시 몸에 밴 매너가 자연스러운 사람이었다. 질세라 서영도 얼른 컵에 물을 따라 주었다.

기본 반찬과 함께 푸짐한 양의 곱창이 나왔다. 배가 고팠는지 루카스는 곱창이 제대로 익기도 전에 젓가락질을 했다.

"아직 안 익었어요. 조금 더 기다려야 돼요."

"나 곱창 처음 먹어요. 기대된다."

"처음이라고요?"

그녀의 물음에 그가 고개를 끄덕거렸다. 호불호가 갈리는 음식인데 입에 안 맞으면 어쩌지? 갑자기 불안해진 서영은 곱창을 불판에 꽉 눌렀다. 바짝 익히면 고소한 맛이 더할 테니 거부감이 줄어들 것이다.

"먹어요?"

"이거 먹어 보세요."

"뜨거운데……."

까다롭긴.

서영은 곱창을 정성껏 후후 불어 그에게 내밀었다. 기대에 찬 얼굴을 한 루카스가 혓바닥을 내밀더니 날름 받아먹었다.

젓가락으로 건네받으라는 거였는데 그걸 입으로 받아먹을 줄은 몰랐다. 마치 연인에게 음식을 먹여 준 것 같아 서영의 얼굴이 붉게 물들었다.

"후하, 최고!"

뜨거운 곱창을 씹으며 그가 엄지를 치켜 올렸다.

음란 마귀가 꼈는지 괜히 혼자 얼굴을 붉힌 서영은 민망함에 저도 얼른 곱창을 입에 넣었다. 진한 곱과 제대로 익은 바삭한 식감에 절로 눈이 감겼다.

"맛있죠?"

"진짜 맛있어요."

고소한 맛에 서영은 민망함은 잠시 접어 두고 루카스와 맛있게 식사를 했다.

그날을 시작으로, 그녀는 서울 가이드 자격증이 있다면 당장 1급을 딸 수 있을 정도로 서울을 돌아다니기 시작했다. 노량진 수산 시장, 북촌 한옥 마을에 이어 서울의 5대 궁까지 유명한 곳은 모조리 그와 함께 다녔다.

"Beautiful."

경복궁에서도, 창경궁에서도 루카스는 연방 뷰티풀을 외쳤다. 한국인인 제가 보아도 정말 멋진 곳이었지만 연달아 5개의 궁을 보는 건 고역이었다. 하도 돌아다녔더니 지금이 2000년대인지 조선 시대인지 헷갈릴 지경이었다.

아! 무수리가 된 것 같아.

피곤함에 머리를 지그시 누르는데 루카스가 방방거리며 그녀의 손을 잡아끌었다.

"사진 찍어요, 사진."

"사진이요? 저거?"

루카스는 왕과 왕비 복장을 하고 사진을 찍을 수 있는 곳으로 그녀를 끌고 갔다.

한복을 입어 보는 게 대체 몇 년 만인지……. 아니, 몇십 년은 된 것 같았다. 거기다 그냥 한복도 아니고 왕비의 적의를 입으니 불편함은 이루 말할 것도 없었다.

속옷을 제대로 갖춰 입지 않아 옷맵시가 나지 않는 데다가 긴 치맛자락은 자꾸 발에 밟혔다. 대충 만들어진 어여머리는 왜 이리 무거운지 뒷목이 뻐근해 서영은 숨을 몰아쉬었다. 왕비는 아무나 하는 게 아니구나. 새삼 조선 시대 여인에 대한 존경심이 솟고 있을 때 왕의 복장을 한 루카스가 등장했다.

평소에 귀족적으로 생겼다고 생각했는데 이렇게 보니 귀족이 아니라 왕족 같았다.

흔히 사극에서 볼 수 있는 익선관에 홍룡포가 아니라, 구슬이 주렁주렁 달린 면류관에 검은 상의와 붉은색 하의를 입고 있었다. 손에 하얀 백옥패까지 들고 있는 것이 영락없는 조선의 왕이었다. 그것도 젊고 섹시하고 잘생긴 왕.

서영은 입을 헤 벌리고 그의 모습에 감탄했다.

"연예인인가? 옷발 죽인다."

"그러게, 여기서 사극 찍어?"

"저기 왕비 옷 입은 여자는 민간인인데?"

"큭큭. 왕비가 아니고 무수리 같다, 야."

후, 다 들린다. 그래, 뭐 내가 왕비급 비주얼은 아니지만 그래도 무수리는 좀 너무했다. 나이가 있으니 상궁 정도라도……

생각해 보니 무수리나 상궁이나 이래저래 기분 좋은 말은 아니었다.

애써 태연한 척 무거운 치마를 추스르며 사진을 찍기 위해 단에 올라서자 루카스가 손을 뻗어 부축을 해 왔다.

"완전 예뻐요. 여왕 같아요."

무수리가 아니라 다행이네.

"고마워요. 루카스 씨도 멋져요. 김수현 같아요."

"Who?"

"아! 드라마에 나왔던 멋진 왕 있어요."

"오! 고맙습니다."

어차피 자신이 어떻게 보이는가는 상관없었다. 루카스의
기분을 맞춰 주는 것이 중요했다.

그는 만족했는지 입가를 길게 늘인 채 손가락으로 브이까
지 만들어 사진을 찍었다.

"두 분 잘 어울리시네요."

사진을 찍어 주던 여자가 루카스를 향해 하트를 발사하면
서 마음에도 없는 멘트를 던졌다. 그러자 루카스가 자랑스
러운 얼굴로 서영의 어깨를 끌어안았다.

"She is my queen."

헉! 마이 프레셔스도 아니고 마이 퀸이라니……. 손가락
이 오그라드는 것 같아 서영은 숨을 멈추었다. 그러나 서영
이 오그라들어 숨이 끊어지든 말든 루카스는 그저 싱글벙글
했다.

　　　　　✹　　　　　✹　　　　　✹

　시간이 어떻게 흘러갔는지 느끼지 못할 정도로 순식간에
일주일이 휙 지나가 버렸다.

　서영은 영혼 없는 목소리로 말하며 히죽 웃었다.

　"인터뷰에 응하도록 최선을 다해 모시고 있지, 흐흐."

　"웃지 마. 한 맺힌 귀신 같아."

　"으흠, 나도 그런 거 같아. 아, 그래도 내일은 주말이니까 쉴
수 있겠지?"

　"과연 쉴 수 있을까?"

　미선의 불길한 말에도 불구하고 작은 소망을 가져 보았지
만 그건 역시 그녀만의 착각이었다.

　편집장의 새로운 소망은 6개월 동안 잡지에 미술 관련 연
재 기사를 싣는 것이었고, 당장 2월부터 연재를 시작해야 했
기에 2~3일 내로 루카스의 승낙을 받아 와야 했다. 그러니
주말 따위는 없었다.

　그녀는 주말까지 일해야 하는 게 억울해 그에게 전화를 해
야 하나, 말아야 하나 망설였다. 주말에도 루카스를 만나 비
위를 맞추라는 편집장의 바람이 통하였는지 슬픈 그녀의 마
음과는 상관없이 그에게서 문자가 왔다.

〈나 해 뜨는 거 보고 싶어요.〉

해 같은 소리 하고 있네.

서영은 황금 같은 휴일을 날려 버린 그가 원망스러워 휴대폰을 노려보았다.

"그래, 내가 해 뜨는 거 보여 준다! 이글거리는 뜨거운 태양이 눈앞에서 찬란하게 뜨는 걸 보여 주지."

이를 앙다물고 중얼거린 그녀는 마음과 정반대의 문자를 날렸다.

〈해 뜨는 거요? 멋지겠네요. 제가 아주 근사한 곳에서 보여 드릴게요.〉

정동진이라도 가야 하나? 머리를 굴리는데 띵동 하며 답장이 왔다.

〈호텔 예약했어요. 저녁에 봐요.^^〉

당연히 오케이할 줄 알았는지 벌써 호텔을 잡아 놨단다.

이 남자는 호텔에서 만나자고 하는 게 너무 자연스러웠다. 해 뜨는 걸 보자고 했으니 이번에도 라운지를 예약한 걸까? 예약했다는 게 설마 룸은 아니겠지?

하지만 옛 선조들은 언제나 지혜로웠다. 옛말은 하나도 틀린 것이 없다더니, 설마가 사람을 잡았다.

호텔 룸 앞에 선 서영은 머뭇거리고 있었다. 일 때문에 왔지만 어두운 저녁이었다. 게다가 안에는 페로몬을 팍팍 풍기는 멋진 남자가 있다. 의도하지 않은 유혹에 며칠 동안 그와 다니면서 당황한 게 한두 번이 아니었다.

"너무 굶주렸나 봐. 아니면 그 남자에게서 색기가 흘러넘치거나."

어찌 됐든 일로 만난 남자에게 개인적인 감정을 가지는 건 좋지 않았다. 일은 일일 뿐이라고 생각하며 서영은 크게 심호흡했다. 입술을 최대한 당겨 접대용 미소를 지으며 문을 두드렸다. 그러자 그녀보다 더 환한 미소를 짓고 있는 루카스의 얼굴이 나타났다.

"왔어요?"

"제가 늦었죠?"

"아뇨, 내가 일찍 왔어요. 들어와요."

"실례할게요."

루카스는 신사답게 문을 열고 그녀를 방으로 안내했다. 그러나 서영은 마치 불륜이라도 저지르는 여자처럼 마음이 불편했다. 어깨에 멘 가방을 두 손으로 꽉 잡고 안으로 들어

서다 걸음을 우뚝 멈추었다. 룸서비스를 시켜 놨는지 음식에 촛불과 와인까지 있었다.

음식은 그렇다고 쳐도 와인과 촛불은 뭔지……. 불편한 마음에 불안함까지 더해지고 있었다.

"배고프죠. 내가 미리 시켜·놨어요."

대답할 말을 찾느라 멀뚱히 서 있자 루카스가 칭찬해 달라는 듯 초롱초롱한 눈빛으로 자신을 보았다. 눈치가 녹이 슬었나, 칭찬해 달라고 할 이유가 없는데 저 눈빛이 왜 그렇게 느껴지는지 모르겠다.

고개를 살짝 흔든 그녀는 그가 의자를 빼 주기 전에 얼른 자리에 앉았다.

지난 며칠 동안 그가 보여 주었던 신사다운 행동은 그녀를 우쭐하게 만들기 충분했다. 하지만 오늘, 이곳에서는 아니다.

그가 빼 준 의자에 앉아 같이 잔을 부딪쳐 와인을 마시면 기분이 더 이상해질 것 같았다. 그보다 먼저 와인병을 잡은 그녀는 얼른 뚜껑을 따고 잔에 와인을 따랐다.

"맛있어 보여요. 좋은 거 고르셨네요. 오늘 호텔비는 저희 쪽에서 지불할 테니 마음껏 드세요."

서영이 방글거리며 잔을 내밀자 루카스의 표정이 떨떠름해졌다.

그녀를 위해 멋진 저녁과 뷰가 환상적인 호텔 룸을 준비한 건데, 그 비용을 출판사에서 부담한다면 의미가 없었다. 너무 성급한 걸까? 얼마나 더 천천히 다가가야 되는 건지 알 수 없어 한숨이 나왔다.

신중하게 와인을 따르는 손과 진지한 눈빛, 집중하느라 꼭 다문 그녀의 입술이 사랑스러웠다.

언젠가 마트에서 소고기를 고를 때도 저렇게 진지한 눈빛을 했었다. 그래서 그녀가 스테이크를 좋아한다고 생각했다. 완전 잘못 짚은 것 같지만 말이다.

"자, 건배할까요? 음…… 우리의 원만한 계약을 위해서?"

서영이 은근슬쩍 계약에 관한 얘기를 꺼내자 해맑은 미소를 지은 루카스가 잔을 부딪치며 다른 제안을 했다.

"환상적인 해돋이를 위해서는 어때요?"

"하하하. 환상적인 해돋이, 좋죠. 짠!"

억지로 웃음을 짓는 그녀가 귀엽고 재미있었다. 속이 타는지 벌컥벌컥 와인을 단번에 들이켠 그녀를 보고 루카스가 감탄의 눈빛을 보냈다.

"와인 좋아해요?"

"아, 네. 워낙 맛있는 걸로 잘 고르셔서요."

"한 잔 더?"

"네."

루카스가 다시 와인을 따라 주자 서영은 저도 모르게 한숨을 폭 내쉬었다.

2월부터 기사를 게재하려면 늦어도 2~3일 안으로 계약을 성사시켜야 했다. 콘셉트는 나왔지만 루카스와 조율하고, 글쓰고, 사진을 찍는 것만 해도 며칠은 잡아먹을 텐데…….

속이 바짝바짝 타들어 갔다. 왜 미선 언니를 놔두고 자신이 이 일을 해야 하는지 정말 모르겠다.

설마 술 마시고 행패 부렸다고 복수를 위해 저를 찾아내서 이런 일을 꾸미는 건……. 말이 안 됐다. 그렇게 찾아내어 복수할 만큼 잘못한 건 아니니까. 그럼 뭐지?

대체 왜 이 개고생을 해야 하는지 답을 내리지 못한 채 서영은 와인을 목구멍으로 넘겼다.

갑자기 심각해진 서영을 본 루카스의 얼굴이 어두워졌다.

무슨 고민이 있나? 일에 문제가 생겼나? 아니면 남자 친구 때문에? 헤어졌잖아. 아직 전 남자 친구에게 미련이 남은 건가?

괜히 입을 비죽 내민 그도 서영이 그랬듯이 와인을 단숨에 들이켰다.

지난 몇 달 동안 드물긴 하지만 일정하게 만나던 그 남자는 분명 애인이었다.

별로 행복해 보이지 않는 얼굴로 장을 보고, 그 남자의 집으로 추정되는 아파트에 들어갔다. 몇 시간 후에 나온 적도 있었고, 나오지 않은 적도 있었다.

하지만 지금은 헤어졌잖아. 그러니까 아무 상관 없을 거야.

혼자 속으로 되뇌던 루카스가 피식 웃음을 지었다. 마치 스토커가 된 기분이었다. 그동안 곁을 맴돌며 몇 번이나 마주쳤지만 그녀는 자신을 전혀 기억하지 못했다.

서영은 와인을 홀짝이며 어두워진 창밖을 바라보았다. 머릿속이 복잡하고, 이 상황도 달갑지 않았다. 무엇보다 너무 피곤했다. 루카스와 온종일 쏘다니고 야근이 계속되니 결국 몸에 신호가 오는 듯했다.

30대에 들어서자마자 몸이 확 반응을 했다. 불감증은 점점 심해졌고, 열정은 줄어들고 있었다. 그렇게 생각하니 울적해졌다.

"휴우."

속으로 삼키던 한숨이 넘쳤는지 밖으로 새어 나왔다. 아차 싶었는데, 역시 루카스는 그냥 넘어가지 않았다.

"휴우?"

그녀의 한숨을 따라 한 그가 고개를 갸웃거렸다.

"무슨 근심 있어요?"

"아니에요. 그냥 숨을 크게 내쉰 거예요. 후하후하. 그나

저나 해 뜨려면 아직 한참 남았는데 계속 여기에 있어요?"

화제를 전환한 그녀는 재빨리 자리에서 일어나 방 안을 휘둘러보았다. 호텔은 거기서 거기라고 생각했는데 VIP가 머무는 방은 뭔가 달랐다.

묵직한 가구는 물론, 작은 소품들까지도 고급스러웠다. 하다못해 침대를 덮고 있는 하얀 시트의 질도 최고급으로 보였다. 깨끗하고 폭신한 침대가 눈에 띄니 입가에 침이 고일 것 같았다.

저기서 딱 한 시간만 자면 참 좋겠는데…….

문득 참고 있던 졸음이 확 몰려왔다. 자연스레 눈꺼풀이 감기며 발걸음이 침대로 향했다. 그때 루카스의 목소리가 정신을 툭 건드렸다.

"시간 많은데 영화 볼래요?"

"네? 아…… 영화 좋죠. 시끄럽고, 정신없고, 화끈한 액션 영화 볼까요?"

일주일 동안 본 걸론 부족하냐?

영화라면 이제 지긋지긋했지만 서영은 어쩔 수 없이 고개를 끄덕였다. 그리고 몽롱한 정신을 깨우기 위해 시끄러운 영화를 추천했다.

영화관 버금가는 커다란 화면에선 눈을 뗄 수 없을 만큼 현란한 액션이 펼쳐졌고 스피커에선 엄청난 폭발음과 타이어가 바닥에 마찰하는 소리가 연이어 들렸다.

잠시 후, 소란스러운 소리와 번쩍거리는 불빛에도 불구하고 소파에 늘어진 서영은 그대로 잠이 들었다.

잠든 그녀를 가만히 보던 루카스가 조심스럽게 손을 뻗어 머리카락을 만지작거렸다. 새순처럼 부드러운 머리카락이 긴 손가락에 감겼다.

어두운 밤처럼 반짝거리는 머리카락과 환한 달처럼 하얀 얼굴이 보였다. 눈을 뜬다면 별처럼 빛나는 눈동자를 볼 수 있을 텐데……. 지금은 이 정도로 만족해야 할 듯싶었다.

그녀의 얼굴을 머릿속에 각인이라도 하듯 뚫어져라 바라보던 루카스의 입가에 미소가 맺혔다. 그동안 보고 싶어도 마음대로 보지 못했던 얼굴이다. 오늘 밤은 실컷 볼 예정이었다. 해가 뜰 때까지 시간은 충분하니까.

루카스의 눈길을 의식하지 못한 서영은 색색거리며 달콤한 잠에 빠져들었다.

모처럼 푹 잤다. 꿈도 꾸지 않고, 아무런 방해도 없이 정말 달게 잤다. 뻐근하던 근육들이 달달하게 늘어졌고, 뭉쳐 있던 신경들도 기지개를 켜서 전에 없던 호르몬이 마구 분출되는 것 같았다.

"아, 기분 좋다. 오르가슴도 막 느낄 수 있을 것 같네."

"뭘 느껴요?"

"엄마야!"

달콤함에 빠져 혼자 중얼거리던 서영은 느닷없이 들려온 남자의 목소리에 화들짝 놀라 시트를 끌어안았다. 루카스가 방글거리며 그녀를 내려다봤다. 그와 눈이 마주친 순간 멍해진 그녀는 3초가 흐르고 나서야 상황이 파악됐다.

미쳤다, 미쳤어. 여기서 잠이 들다니. 대체 언제 침대까지 기어 온 거야. 차서영, 돌았구나.

스스로에게 욕을 마구 퍼붓던 그녀는 침대에서 일어나려다 몸에 시트가 감기는 바람에 바닥에 곤두박질쳤다.

쿵 하는 소리에 놀란 그가 그녀의 어깨를 잡아 일으켰다.

"괜찮아요? 안 다쳤어요?"

"괜찮아요, 괜찮아요. 혼자 일어날 수 있어요. 걱정 마세요."

루카스의 손을 밀어 낸 서영은 두 발을 휘저어 시트를 걷어 내고 벌떡 일어섰다. 여전히 걱정스런 루카스의 눈빛에 두 팔을 흔들며 괜찮다는 걸 온몸으로 증명해 보였다.

"정말 괜찮아요. 아무렇지도 않아요."

그의 눈빛에 서서히 걱정이 사라지고 대신 따뜻함이 자리 잡았다. 돌연 그가 긴 팔을 뻗어 왔다. 흠칫 놀라 몸을 뒤로 뺐지만 어느새 손은 머리를 쓰다듬고 있었다.

"헝클어졌어요. 수세미처럼."

한국에 오래 살지도 않았으면서 수세미라는 단어는 어떻게 알았대.

뒤로 한 발 물러난 그녀는 루카스의 손을 자연스럽게 피하고 손가락으로 머리를 빗었다. 그리고 그에게 꾸벅 허리를 굽혔다.

"죄송합니다. 그러려고 그런 게 아닌데 저도 모르게 잠이 들었어요. 분명히 소파에서 잠이 든 것 같은데 어떻게 침대까지 왔는지 모르겠지만, 어쨌든 죄송합니다. 죄송합니다."

설마 이런 일로 회사에 컴플레인을 거는 건 아니겠지. 루카스의 눈치를 살피고 있는데 주머니에 손을 꽂은 그가 편안한 걸음으로 창가를 향해 움직였다. 그리고 그녀를 향해 눈짓했다.

"빨리 와요. 해 떠요."

다행히 일출을 놓친 건 아닌가 보다. 서영은 후다닥 그의 곁으로 다가갔다.

"우와!"

높고 거대한 건물이 빼곡하게 들어찬 서울에서 이런 풍경을 볼 수 있으리라고는 상상도 하지 못했다. 교묘하게 건물들을 비껴 시야가 탁 트인 창밖에 황금빛으로 빛나는 태양이 떠오르고 있었다.

빌딩 위에 빛을 뿌리며 떠오르는 태양은 바닷가에서 보는 일출과는 또 다른 신비로움을 뿜어내고 있었다.

경외의 눈으로 창밖을 바라보고 있을 때, 곁에서 나직하고 감미로운 목소리가 들려왔다.

"내 청춘이 다하도록."

방랑 시인의 노랫소리처럼, 뮤즈의 음악처럼 달콤하고 부드러운 목소리에 고개를 돌리자 뜨거운 태양을 가득 담은 그의 눈동자와 마주쳤다.

"내 모든 것을 앗아 간 그녀, 날이 밝을 때마다 그녀를 위해 깨어나."

그의 눈동자가 그녀를 지그시 바라보았다. 멍하니, 무언가에 홀린 것처럼 서영은 말없이 그를 올려다보았다. 살짝 벌어진 입술 사이로 신음과 비슷한 숨소리가 터져 나온 것을 정작 본인은 인식하지 못한 채.

"나의 선과 악을 가늠해 본다……."

빨려 들어갈 듯 깊은 눈빛이 그녀의 입술에 잠시 머물다 다시 눈으로 올라왔다.

"Happy sunrise."

해가 서서히 주위를 환하게 비추자 그녀의 턱을 한 손으로 잡아당긴 그의 얼굴이 가까이 다가왔다. 신년 파티에서의 키스처럼 항의할 겨를도 없이, 부드러운 입술이 그녀의 입술을 내리누르며 뜨거운 숨결을 흘려보냈다.

입술을 핥던 그가 살며시 그녀의 혀를 빨아 당겼다. 미끈거리고 따뜻한 타액과 함께 서서히 숨결이 섞였다. 음미하듯 천천히 쓰다듬는 애무 때문에 허리가 비틀어졌다.

'행복한' 이라는 말에 걸맞게 부드럽고 적당한 배려가 있는 키스였음에도, 나른하게 풀어진 몸은 당장이라도 오르가슴을 느낄 듯 심하게 반응했다.

"으흠."

저도 모르게 나온 콧소리에 서영이 놀라 입술을 떼며 그의 가슴을 밀어 냈다.

젠장, 어쩌자고 이 남자 가슴은 이렇게 단단한 거야.

그저 말랐다고 생각했는데 얇은 면 티 한 장에 가려진 그의 몸은 운동으로 다져진 근육 덩어리였다. 손바닥에 느껴지는 뜨거운 남자의 육체에 신음이 더 짙어져 그녀는 입술을 안으로 말았다.

당황한 그녀와 달리 그는 무엇에 취한 듯 몽롱한 눈빛으로 미소를 짓고 있었다. 홀릴 듯 신비로운 그의 눈빛을 마주하니 사랑에 빠질 것 같은 착각이 또 들었다.

이젠 사랑 따위 믿지 않는데, 사랑 같은 거 필요 없는데.

남아 있는 이성을 있는 대로 다 끌어모은 그녀가 힘겹게 입을 열었다.

"Happy sunrise."

하지만 서영도 모르는 사이 일출과 함께 그녀의 마음에도 루카스가 서서히 떠오르고 있었다.

❋   ❋   ❋

조금 열려 있던 커튼 사이로 부드러운 한낮의 햇살이 들어왔다. 일부러 조준하여 비추는 것처럼 얼굴을 향해 내리쬐는 햇볕에 루카스가 미간을 살짝 찌푸렸다.

"아함……."

크게 기지개를 켜며 소파에서 몸을 일으킨 그가 손으로 얼굴을 문질렀다. 밤새 그림을 그린 것이 거의 한 달 만이었다. 그동안 영감이 떠오르지 않았고 일주일간 서영과 데이트를 하느라 그릴 새도 없었다.

서영을 떠올리며 가늘게 실눈을 뜬 그의 입가에 달콤한 미소가 맺혔다. 멀리서 바라보기만 하다가 가까이서 그녀를 보게 되자 절로 휘파람이 나올 지경이었다. 흥분을 감추느라 고생을 좀 했지만 그녀와의 데이트는 언제나 좋았다.

소파에서 일어난 그는 주방으로 가 커피를 내렸다. 조르륵, 맑은 까만색 액체가 하얀 머그잔에 서서히 차오르자 제법 넓은 집 안에 쌉싸래한 커피향이 가득 고였다. 그녀의 향기처럼 매혹적인 향이었다. 그는 커피향을 음미하며 어젯밤 작업했던 그림 앞으로 천천히 걸어갔다.

그녀의 안에 차가운 이성과 뜨거운 열정이 뒤섞여 있는 것처럼 그림은 푸른빛과 붉은빛이 서로 뒤엉켜 있었다. 아직은 서로 분리되지 않아 뜨뜻미지근한 색으로 보이지만 조만간 이성과 열정이 폭죽처럼 팡 터지는 순간이 올 것이다. 그리고 그 순간, 그녀의 곁에 자신이 있었으면 좋겠다.

창가로 다가간 그는 햇볕을 등지고 서서 그림을 물끄러미 바라보았다. 문득 그녀와의 첫 만남이 생각났다.

정확히 5개월 전, 그녀를 처음 봤다. 머리가 무거워 밤새 잠을 못 자 깨질 듯한 두통에 고생하던 그는 새벽 산책을 나섰다.

8월의 공기는 새벽에도 상쾌하지 않았다. 후텁지근한 공기에 두통이 더 심해지는 것 같아 다시 집으로 들어가려던 그때, 길 건너에 서 있는 그녀를 보았다.

시원한 푸른색 민소매 원피스를 입은 그녀는 무채색 도시에서 3D 화면처럼 혼자 도드라져 보였다. 해가 어둠을 몰아내고 조금씩 떠오르는 것처럼 주변이 점차 환해지며 그녀의 모습만 눈에 남았다.

택시를 잡으려는 것 같았으나 이른 시각 탓인지 택시는

보이지 않았고, 미간을 찌푸린 그녀는 초조하게 주위를 두리번거렸다.

그는 그녀의 빛나던 눈동자를 기억하고 있었다. 그녀가 고개를 돌릴 때마다 동그랗게 말아 올린 머리카락 아래로 훤하게 드러난 긴 목이 우아했던 것도 같다.

끈적이는 공기가 짜증스러운 듯 목에 붙은 머리카락을 손바닥으로 쓸어 올리던 그녀는 택시가 앞에 멈춰 서자 반가운 미소를 짓더니 사라졌다.

잠시 나타났다 사라진 사막의 신기루를 본 것처럼 그는 택시가 사라진 방향을 멍하니 바라보았다. 한눈에 이성에게 반하는 사람이 있다는데, 그게 제가 될 줄은 몰랐다. 깨질 듯한 두통이 사라진 대신 처음 본 여자의 얼굴이 머릿속을 가득 채웠다.

하루 종일 시원한 푸른색이 눈앞에 아른거렸고 새벽빛에 빛나던 얼굴만 떠올랐다. 넋이 나간 사람처럼 창가에 서서 그녀가 택시를 잡던 거리를 뚫어져라 내려다보았다. 한자리에 못이 박힌 듯 머무르며 이제나 저제나 그녀가 다시 돌아오기를 기다렸다.

그리고 늦은 밤, 터덜거리며 걸어오는 그녀를 볼 수 있었다. 저도 모르게 창가로 다가간 그는 그녀가 아파트 안으로 들어간 것을 확인하고도 밤새 움직이지 못했다.

무엇에 사로잡힌 듯 정신이 멍해지고 심장이 질주하듯 달음박질쳤다. 설마 했던 마음이 확실해졌다.

사랑에…… 빠져 버렸다.

❋   ❋   ❋

아! 기다림이란 정말 힘든 거다.

무슨 수를 써서라도 내일까지는 계약서에 도장을 찍어야 하는데, 과연 그럴 수 있을까? 반문하던 그녀는 양 손가락을 오그리며 어금니를 꽉 물었다.

"안 되면 내가 꽉 목을 졸라 버릴 거야."

일주일 동안 혹사당한 몸과 마음……. 그래, 마음고생까지 치면 일주일이 아니라 1년은 족히 그에게 끌려다닌 기분이었다.

이래 놓고 생까면 정말 인간도 아니다. 아무리 계약을 받아 내야 하는 입장이라지만 호텔에서 밤을 새며 일출까지 봐 준 건 쉽게 할 수 있는 일이 아니었다. 정말 할 만큼 다했다.

"누구 목을 졸라요?"

"으앗!"

루카스가 웃으며 곁에 서 있었다. 느닷없는 그의 등장에 당황한 서영은 자리에서 벌떡 일어섰다.

"뭐, 뭐예요? 기척도 없이."

"기척?"

"그러니까 왔다는 신호로 헛기침을 하거나 작은 소리를 내는 거요. 그게 한국 예의거든요."

"아, 으흠! 됐죠?"

"네에."

또렷한 음성으로 헛기침을 한 루카스가 다시 활짝 웃었다. 간질거리는 그 웃음에 심장이 뛰었다. 일출을 본 그날의 충만한 오르가슴이 아직 다 빠져나가지 못했나 보다.

침을 꿀꺽 삼킨 그녀는 두근거리는 심장 소리를 들킬까 봐 턱을 추켜 다소 도전적으로 물었다.

"그런데 회사까진 어쩐 일이에요? 오늘 저녁에 만나기로 하지 않았어요?"

"말할 거 있어서요."

"말할 거요?"

갑자기 마음이 바뀌어서 계약이고 뭐고 그냥 한국을 떠난다고 말하려는 건 아니겠지?

긴장 어린 서영의 눈빛에 루카스가 고급 만년필을 꺼내 그녀의 눈앞에 흔들었다.

"어디에 사인하면 돼요?"

사인이라는 말에 그녀의 얼굴에 햇살만큼 환한 웃음이 번졌다. 아싸! 드디어 계약 성립! 그간의 고생이 헛되지 않았다.

그가 계약서에 사인을 하자 편집장이 서영을 향해 윙크를 날렸다. 아랫배를 묵직하게 누르던 10년 된 변비가 해소된 듯 후련하고 시원했다.

제 할 일을 다했으니 이제 일상으로 돌아가 예전처럼 살면 된다. 역시 세상은 아름다운 거다.

chapter 4

빠져
들다

원고를 검토하고 편집장에게 깨지고, 취재 갔다 오고 깨지고, 섭외하고 나서 깨지고, 일하고 깨지고, 일하고 깨지고…….

예전과 같은 일상으로 돌아왔다. 몸은 편한데 어쩐지 뭔가 허전했다. 마감으로 눈코 뜰 새 없이 바쁘고 날밤 새우기가 일쑤인데, 어딘가 헛헛했다. 그녀는 배를 문질렀다.

"야식이 필요한가?"

고개를 돌리니 미선이 나사 빠진 표정으로 뭔가를 보고 있었다. 서영은 팔을 쭉 뻗어 그녀의 눈앞에 손을 휘저었다.

"배 안 고파? 야식 먹을래?"

"이 사진 봐 봐."

동문서답한 미선이 의자를 밀어 서영의 곁으로 오더니 눈앞으로 한 무더기의 사진을 쑥 내밀었다.

"야식 먹자니까 무슨 사진이야."

"오늘 루카스 한 사진 나왔잖아. 웬만한 모델 저리 가라야. 완전 환상, 매너 끝내주고 몸은 더 끝내주고. 하아."

알 수 없는 신음을 보태는 미선을 보며 서영은 미간을 살짝 찌푸렸다. 안 봐도 눈에 선했다. 친절과 매너가 몸에 밴 사람이다. 여자가 뭘 좋아하는지 알고 기분 좋게 해 주는 사람. 저도 모르게 헛웃음이 나왔다.

특별히 어떤 마음이 있어서가 아니라 그냥 친절과 매너가 숨 쉬는 것만큼 자연스러운 사람. 그런 그에게 괜히 가슴 설렌 자신이 멍청하게 느껴졌다.

서영이 자책에 빠져 있든 말든 미선의 수다는 이어졌다.

"이것 좀 보라고. 팔색조의 매력이 철철 흘러넘쳐. 아주 제대로 힐링했다니까. 거기 있던 촬영 스태프들도 다 루카스에게 홀딱 빠졌지 뭐야."

심하다 싶은 찬사에 미간을 좀 더 찡그린 서영이 사진으로 눈을 돌렸다. 풍성한 노란색 니트를 입고 옆으로 길게 당긴 입술은 개구쟁이 같았고 하얀 피부는 딱 다섯 살 아기처럼 보였다. 그것을 보자 찌푸렸던 인상이 펴지고 절로 엄마 미소가 지어졌다.

"어때? 귀여운 병아리 같지 않냐? 초롱초롱한 눈빛하며, 금방이라도 웃음을 터트릴 것 같은 입술 좀 봐. 30대 남자가 어떻게 이렇게 웃을 수 있지? 안 그래?"

그래, 동감이다. 궁디 팡팡을 해 주고 싶은 모성 본능이 마구마구 솟았다. 깨물어 주고 싶게 귀여웠다.

벌어지려는 입술을 앞니로 꽉 물고 있는 서영과 달리 미선은 황홀한 표정으로 사진들을 넘기며 입에 침이 마르도록 칭찬을 늘어놓았다.

이번엔 실루엣이 딱 떨어지는 정장 차림의 사진이 나왔다. 개구지고 환한 미소는 온데간데없고 냉철한 눈빛을 지닌 남자가 서 있었다. 원래도 황금 비율을 자랑하는 몸매인데 정장을 입으니 어깨가 더 넓어 보이고 다리는 더 길어 보였다.

옷발이야, 옷발.

애써 평가절하를 했지만 미선의 찬사는 더욱더 커졌다.

"그냥 봐도 재벌 2세 아니냐? 이 지적인 얼굴하며 사진임에도 불구하고 온몸으로 발산되는 예의범절, 손끝과 발끝에서 뚝뚝 떨어지는 오만한 귀족의 자태. 모태 귀족이다, 모태 귀족이야. 뉘 집 아들인지 진짜 잘났다."

"콘셉트잖아, 콘셉트. 누굴 갖다 놔도 귀족 콘셉트로 찍으면 다 이렇게 나오는구만."

충분히 공감하고 있었지만 서영은 일부러 톡 쏘아 대답했다. 그러자 미선이 정색을 하며 그녀를 노려보았다.

"누구나 이렇게 나오진 않지. 솔직히 지지난달 그 건축 디자이너 양반. 정장 입혀 놨더니 어땠어?"

미선의 말이 끝나기 무섭게 서영이 고개를 절레절레 흔들었다.

"완전 아빠 옷 몰래 훔쳐 입은 중딩 같았잖아."

그렇다. 같은 슈트라도 모델이 어떠냐에 따라 결과물은 많이 달라졌다. 하지만 그녀는 루카스가 멋지다는 사실을 인정하고 싶지 않았다.

아무에게나 친절하고 페로몬을 줄줄 흘리고 다니는 남자라면 분명 여자관계도 복잡할 거다. 더구나 그런 섹시한 그림을 그리는 사람이라면 안 봐도 비디오다.

서영은 미선의 찬사가 듣기 싫어 사진을 다시 휙휙 넘겼다. 그러다 심장에 화살이라도 꽂힌 듯 찌릿한 통증과 함께 손을 우뚝 멈추었다. 그녀의 반응에 미선이 사진을 보며 헤벌쭉 웃음을 지었다.

"완벽해. 남신이 있다면 바로 이런 모습이 아닐까 싶다. 으흥."

미선은 또 이상한 신음을 흘렸다. 서영은 제 입에서도 저런 신음이 나올까 봐 벌어지려고 하는 입술을 주먹으로 꼭 눌렀다.

루카스는 긴 다리가 고스란히 드러나는 스키니진과 서너 개의 단추를 풀어 헤친 하얀 와이셔츠를 입고 있었다. 망사 재질인지 셔츠 안의 살결이 다 비쳤고 가슴의 짙은 색은⋯⋯.

으아, 이건 섹시를 넘어 에로틱했다. 역시 위험한 남자였다.

서영은 더 보았다가는 사진 속의 그를 쓰다듬을 것 같아 사진을 탁 소리가 나도록 책상에 내려놓았다. 그 소리에 놀란 미선이 그녀를 바라보았다.

"그, 금요일인데 이렇게 일만 할 거야? 우리 맥주나 마실까?"

"맥주 같은 소리 하고 있네. 마감이 다음 주거든?"

"그, 그랬나?"

"마감이 아니라도 오늘은 사양할래. 난 루카스 사진 보면서 외로운 이 밤을 후끈하게 보낼 예정이니까. 이런 사진 보는 거라면 매일 야근하래도 하겠다."

"언니 변태 같아."

"변태라니. 순수한 팬심이다."

"어련하려고."

사진 속에 빨려 들어갈 것 같은 미선을 두고 서영은 사무실을 나왔다. 더 있다간 저도 루카스에게 푹 빠져 그 사진을 밤새 붙들고 있을 것 같아서였다.

결국 퇴근을 하고 캔 맥주와 과자를 검정 봉투에 담아 덜 렁덜렁 들고 집으로 향했다.

마감이 다음 주이니 몸도 마음도 정신없이 바쁠 때인데 자꾸 속이 허했다. 쓸데없는 데 신경을 쓰는 것 같은 자신이 몹시 마음에 들지 않았다.

"새삼스럽게 뭘 그렇게 헛헛해하는 거야. 항상 이렇게 생 활했는데."

그동안 숱한 취재를 하면서 이상한 놈들을 꽤 겪었다. 매 력적인 남자도 있었고 변태 같은 놈도 있었다. 그렇지만 한 번도 사적인 감정으로 헛헛해한 적은 없었다.

자꾸만 가슴이 두근거리는 걸 보니 심장병에 걸린 걸지도 몰랐다.

서영은 우뚝 걸음을 멈추었다.

정말 어디 아픈 거 아니야? 병원에 가서 검진이라도 받아 야 하나? 전에 없던 호르몬이 마구 분출되고, 시도 때도 없 이 얼굴이 화끈거렸다. 설마 벌써 갱년기인가?

캄캄한 거리에 서서 난데없는 고민에 빠져 버린 그녀는 바로 앞에 루카스가 서 있는 것도 알아채지 못했다.

앞에 자신이 서 있는 줄도 모르고 서영이 심각한 표정을 하고 있자 루카스는 허리를 숙여 그녀의 얼굴을 빤히 바라보았다. 이윽고 시선을 느꼈는지 그녀가 고개를 들었다.

"엄마야!"

"Oh, God!"

"아우, 심장이야. 뭐, 뭐예요? 왜 그러고 있어요?"

"아까부터 서영 씨 보고 있었는데 아는 척을 안 해서요."

"아까부터요?"

서영은 놀란 가슴에 손을 얹고 숨을 몰아쉬었다. 언제부터 보고 있었다는 건지, 왜 이 밤에 길가에서 남을 빤히 바라보고 있는지. 정말 신경 쓰이는 남자다.

그의 목소리를 들은 순간부터 심장이 또 주체할 수 없을 만큼 심하게 뛰고 있었다. 너무 놀라서 그런 거다. 그의 목소리를 들어서가 아니라 갑자기 말을 걸어서 놀란 거다.

"저번에도 말했듯이요! 한국에는 한국의 예의가 있어요! 으흠, 기척! 잊었어요?"

놀란 가슴을 감추려 그녀가 다다다다 쏘아붙였다. 화가 난 듯 어깨까지 들썩거렸다. 효과가 있었는지 루카스의 얼굴엔 미안함이 가득했다.

"쏘리. 으흠! 됐어요? 아직 안 됐어요?"

눈치를 살피는 루카스를 보니 또 금세 마음이 불편했다. 서영은 들썩거리던 어깨는 내렸지만 여전히 말은 차갑게 내뱉었다.

"나한테 무슨 볼일 있어요? 아니, 내가 여기 사는 건 어떻게 알았어요?"

"볼일은 있고, 여기 사는 건 우연히 알았어요."

"우연히요?"

이 남자 스토커인가? 키스 취향은 말해 줬다고 해도 집은 어떻게 안 건지.

그녀가 가자미눈을 뜨고 노려보자 그가 순진한 표정을 지으며 활짝 웃었다.

"혹시 배 안 고파요? 난 배고픈데……."

배고픈 것도 안다. 역시 수상하다. 하지만 그는 중요한 취재 대상이었다. 그녀는 의심을 감추고 고개를 바짝 들었다.

"지금 시간이 몇 시인데요. 당연히 안 고프……."

말이 무색하게 배 속에서 꼬르륵거리는 소리를 내며 배고 픔을 호소했다. 빨개진 그녀의 얼굴과 달리 루카스는 따뜻한 미소를 지었다.

"그럼 간단하게 샐러드라도 먹을래요?"

대답을 듣지 않고 그가 먼저 걸음을 옮겼다. 거절할 틈도 없이 돌아서자 투덜거린 그녀는 못 이기는 척 그의 뒤를 따랐다.

무거운 발걸음 사이에 느껴지는 약간의 설렘은 아마 착각일 것이다. 그를 보고 설렐 리가 없으니까. 불편한 마음에 그렇게 느껴지는 거겠지.

이 밤에 어디서 샐러드를 먹으려나 했는데 길 건너 오피스텔로 들어서는 그를 보고 서영은 걸음을 주춤거렸다.

그녀의 망설임을 눈치챈 그가 웃으며 말했다.

"내 작업실."

"아, 네."

작업실도 사실 마뜩지 않았지만 어쩌겠는가. 이왕 걸음한 거 샐러드만 먹고 빨리 나와야지.

집으로 들어가 불을 켜자 알싸한 물감 냄새와 이젤을 비롯한 미술 용품들이 보였다. 살짝 긴장했던 마음이 조금 말랑해지려는데 반대편에 커다란 침대가 보였다. 말랑해지려던 마음이 대번 굳어 버렸다.

한 술 더 떠 문을 닫고 들어오던 루카스가 그녀를 스쳐 지나가며 말을 툭 던졌다.

"겸 숙소."

호랑이 굴에 제 발로 들어온 것 같아 지금의 상황이 심히 마음에 들지 않는 서영이었다.

떫은 감을 씹은 얼굴로 침대를 힐끔거리다 문득 눈앞이 흐릿해지는 기분이 들었다.

하얀 침대와 루카스라. 허리에 침대 시트를 휘감은 그가 맨어깨를 드러낸 채 헝클어진 머리를 만지며 천천히 상체를 일으킨다. 그리고 자신을 돌아보며 사랑스러운 눈빛과 함께 싱긋 웃음을 짓는다.

그녀는 고개를 홱 돌려 버렸다. 제멋대로 한 상상이 젠장 맞게 너무 잘 어울렸다.

루카스가 소매를 걷으며 주방으로 들어가자 그녀도 코트를 벗고 후다닥 그를 따라갔다. 되도록 침대와 멀리, 이곳에 온 목적에 부합하게 샐러드에만 집중하기로 했다.

"뭐 도와줄까요?"

"음……. 여기 채소들 맡아 줘요."

"네."

그녀는 양상추를 적당히 뜯고, 파프리카를 다듬었다. 파릇파릇한 채소들을 보니 봄이 성큼 다가온 느낌이었다.

상큼한 채소의 향을 맡으며 루카스를 보니 그는 연어를 슬라이스하고 있었다.

"생선 좋아하나 봐요? 얇게 저미는 솜씨가 한두 번 해 본 게 아닌 거 같아요."

"가리는 음식은 없어요. 생선도 좋아하고, 고기도 좋아하고……."

"그럼 일본 가는 거 좋아하겠다. 거긴 생선 천국이니까."

"요즘 일본 생선 먹으면 안 되잖아요. 그래서 요즘엔 생선 천국 말고 김밥 천국에 주로 가요."

"......."

작은 연어 조각을 입에 넣으며 루카스가 생긋 웃자 서영의 입가가 어색하게 일그러졌다.

방금 농담한 건가? 웃어야 되는 거 맞지?

몇 초 동안 경직되어 있던 서영이 뒤늦게 어색한 웃음을 지었다.

"아하하하, 김밥 천국. 아하하."

"가짜로 웃는 거 티 난다."

말을 툭 던진 그가 연어를 채소 위에 올리고는 서영에게 내밀었다. 무안함에 입을 삐죽거리며 그녀가 접시를 받았다.

"저기에 놔요."

서영은 접시를 들고 거실에 있는 작은 탁자로 갔다. 뒤를 따라 와인과 잔을 들고 온 루카스는 안색이 굳는 그녀를 보고 타박했다.

"음료예요. 가볍게 한 잔만."

"네."

누가 뭐라고 했냐는 듯 서영은 태연한 얼굴을 했으나 대답하는 목소리는 편치 않았다.

그렇게 불편한 마음으로 시작된 식사였지만 시간이 흐르자 생각만큼 어색하지 않았다.

신선한 연어의 향도 좋았고, 아삭거리는 채소의 식감도 좋았다. 입안을 부드럽게 감도는 와인도 좋고 접시에 부딪히는 젓가락 소리도 좋았다.

무엇보다 이 적막이 좋았다. 불편한 남자였는데 계속 만나고 부딪히다 보니 어느새 그 불편함도 자연스럽게 느껴지나 보다.

집 안에 최소한의 가구만 놓여 있었지만 이젤과 색색의 미술 도구 덕분에 휑한 느낌 없이 따뜻함이 느껴졌다. 정확히 말하자면 바닥 여기저기에 놓여 있는 그림에 따뜻함을 넘어서 뜨거울 지경이었지만…….

잠시 동안 이젤 위에 놓인 그림을 보던 그녀는 고개를 갸우뚱거렸다. 그의 그림은 모두 뜨겁고 보고 있으면 묘한 기분이 들었는데 저 그림은 어딘가 모르게 냉랭한 느낌이었다.

붉은색과 푸른색이 뒤엉켜 루카스가 그린 것이 맞나 싶을 정도로 냉정해 보이는 화풍에 서영이 물끄러미 그림을 쳐다보았다.

갑자기 탁, 하는 소리에 고개를 돌리니 루카스가 눈짓으로 탁자를 가리켰다. 언제 데워 왔는지 즉석밥과 김, 먹음직스러운 김치가 놓여 있었다.

"뭐예요?"

"배고프다면서 와인만 홀짝거리면 어떻게 해요? 풀만 먹으면 배고플까 봐 연어를 준비했는데 손도 안 대고. 그래서 내 비상식량 주는 거예요. 이거 진짜 아끼는 거예요."

그가 온갖 생색을 내며 그녀 앞으로 수저를 내밀었다. 먹고 싶은 생각은 별로 없는데 막상 보니 식욕이 확 당겼다. 새콤한 김치 냄새 때문에 입안에 침이 고였다. 하얀 밥을 떠 김과 김치를 올려 먹었다.

"맛있죠?"

"진짜 맛있어요."

"먹는 거 보니까 나도 먹고 싶네. 내가 뼛속까지 한국인이라 밥을 좋아해요."

"같이 먹을래요?"

서영이 그릇을 내밀자 루카스는 그녀가 들고 있던 숟가락 위의 밥을 냉큼 입에 넣었다. 그리고는 해맑은 미소와 함께 우물거렸다.

그녀의 심장이 움찔거렸다. 제 입속에 들어갔던 숟가락을 저렇게 쪽 빨아 먹다니, 더구나 오똑한 코끝이 닿을 만큼 얼굴을 바짝 들이민 채로. 지난번엔 곱창을 받아먹더니 이번에 또 그랬다.

그의 눈동자에 놀란 제 눈이 비치자 서영은 얼른 얼굴빛을 바로 했다. 그리고 으흠, 헛기침을 했다.

"미국으로 건너간 지 오래되지 않았어요? 뼛속까지 한국인이라는 말은 좀 아닌 거 같은데……."

"그러네. 그럼 뼛속은 말고 장기까지 한국인."

나 원, 뼛속은 미국 국적이고 장기는 한국 국적이면, 피부는 영국 국적이고, 머리카락은 남아프리카공화국 국적이냐?

말도 안 되는 그의 말에 절로 피식 웃음이 지어졌다. 서영이 벌어진 입술을 꼭 다물고 고개를 끄덕이자 루카스가 눈을 동그랗게 뜨고 바라봤다. 그녀는 얼른 양손으로 입술을 늘이는 시늉을 했다.

"긍정의 미소."

"으응, Affirmation. 내가 좋아하는 말이에요."

"미국에 간 지 25년쯤 됐죠?"

그가 다시 생긋 미소를 지었다.

그녀가 사적인 질문을 한 것은 처음이었다. 궁금한 것은 언제나 자신의 몫이었고 그녀는 늘 한 걸음 뒤로 물러나 있었는데, 지금은 그냥 그 자리에서 자신을 봐 주는 것 같아 기분이 좋았다.

탁자에 팔꿈치를 올리고 턱을 괸 그가 함박웃음을 지으며 입을 열었다.

"미국에 간 지 오래됐죠. 당신 말대로 25년쯤……."

그녀가 고개를 끄덕이자 그의 말이 이어졌다.

"다섯 살 때 미국으로 갔어요. 잘살자고 이민을 갔는데 여덟 살 때 아빠가 사고로 돌아가셨죠. 3년 후엔 미국 아빠가 생겼고, 그래서 난 더 미국 사람처럼 됐어요."

서영은 루카스의 말에 놀라 입에 넣던 맨밥을 꿀떡 삼켰다. 항상 넘친다 싶을 정도로 밝고 장난기 많은 그에게 그런 사연이 있는 줄은 몰랐다. 그녀는 최대한 아무렇지도 않게 대꾸했다.

"몰랐네요."

"어릴 때라 아빠에 대한 기억이 많지 않아요. 같이 목욕탕에 간 기억은 남아 있는데 그때 아빠의 등이 엄청나게 넓었던 게 생각나요. 밀어도, 밀어도 끝이 안 나서 결국 막 울었거든요. 목욕하다가 느닷없이 우는 절 달래느라 아빠가 바나나 우유도 사 주고 토닥거려 주셨는데 그 손이 참 크고 든든했어요. 몸부림치는 날 떨어지지 않게 꼭 안아 주셨으니까. 다섯 살 꼬마에게 아빠는 바위처럼 커다랬어요."

추억에 잠기는지 말이 잠시 끊겼다. 그의 목소리에 물기가 느껴졌지만 서영은 내색하지 않았다.

"미국 아빠는 어른이 된 나보다 손도 크고 덩치도 큰데 그만큼 든든하지 않아요. 이상하죠? 사실과 생각이 꼭 같은 건 아닌가 봐요. 엄마한테 잘해 주고, 나에게도 자상한데 친하진 않아요. 난 한국 사람이니까 미국 아빠랑 친하게 지내면 안 된다고 생각했나 봐요. 너무 어린애 같나?"

개구쟁이처럼 웃는 모습이 어쩐지 짠했다. 하지만 아무렇지 않은 척 서영은 밥을 뜨며 대답했다.

"그래도 미국 아빠 영향은 충분히 받은 거 같아요. 스킨십 막 하고, 아무하고나 입 맞추고……. 아무리 서구화됐어도 그런 스킨십, 아직 한국에서는 어색하거든요."

"나 말하는 거예요? 내가 언제 스킨십을 막 하고, 아무하고나 입을 맞췄어요?"

전혀 모르는 일인 양 루카스가 발뺌을 하자 서영은 기가 막혔다. 그럼 그동안 저에게 했던 행동들은 뭐란 말인가? 얼굴이 붉어진 그녀가 말을 더듬었다.

"저, 저번 신년 파티 때도 그렇고, 일출 보는 날도 막, 막 그랬잖아요. 미국에서는 인사 같은 건지 몰라도 여기선 아니에요. 예, 예의에 어긋난다고요."

"누가 그래요? 인사처럼 막 한 거라고."

정색을 하는 그의 모습에 서영은 말문이 막혔다. 방귀 뀐 놈이 성낸다고 설마 지금 화를 내는 건가? 정말 기가 막히고 코가 막혀서 말이 안 나왔다.

그러자 그가 진지하게 열변을 토하기 시작했다.

"신년 파티 때 그 기회를 만드느라고 내가 시뮬레이션을 얼마나 많이 해 봤는데. 그리고 일출 때, 그땐 의도하지 않

120

앗지만 그 순간 내 눈엔 당신만 보였고 진심이었어요. 일출 때문에 충동적으로 그런 게 아니에요. 당신을 좋아하니까. 당신이 나를 모르던 오래전부터, 아주 오래전부터 당신을 좋아했어요."

어이없다는 듯 루카스를 보고 있던 서영은 머리를 망치로 맞은 것 같았다.

지금 제대로 들은 게 맞나? 누굴 좋아해? 술도 얼마 안 마셨는데 취기가 오르나 보다. 환청까지 들리는 걸 보니 도수가 엄청 센 와인인 것 같다.

그녀는 큰숨을 들이쉬고는 자리에서 일어섰다. 그리고 주섬주섬 코트를 입고 가방을 챙겼다.

물끄러미 지켜보던 루카스가 같이 일어서려고 하자 그녀는 두 손을 들었다.

"아뇨, 계속 드세요. 전 배가 불러서요. 잘 먹었어요."

루카스가 쫓아올까 봐 서영은 종종걸음으로 현관을 나섰다. 급히 걸음을 옮기느라 중간에 발목을 삐끗했지만 아픔을 느낄 새도 없었다.

후다닥 뛰어나가는 그녀의 모습을 보고 루카스가 한숨을 내쉬었다.

그녀를 또 도망가게 만들었다. 그녀 앞에선 자신도 모르게 마음이 너무 앞서 버린다.

근사한 이벤트와 함께 멋지게 고백하고 싶었는데 즉석밥과 김치를 놓고 고백을 해 버렸다. 그나마 와인이라도 있었으니 다행이라고 생각해야 할까.

생각만 해도 웃음이 나고 행복해지는 사랑을 하게 될 줄 몰랐다. 보기만 해도 좋은 사람이 나타날 줄도 몰랐다. 그런 건 영화나 책에서만 나오는 얘기인 줄 알았다.

그런데 그런 사랑이 찾아왔다. 그녀만 생각하면 바보처럼 웃음이 나오고 그녀 앞에 서면 마음이 앞서 자꾸 실수를 연발했다.

당황하던 서영의 모습이 떠오르자 탁자에 턱을 괸 루카스의 입가가 헤벌쭉 벌어졌다. 멋없는 고백이었고 그녀의 반응도 원하던 바는 아니었지만 큰일을 치른 것 같아 마음은 가벼웠다.

"좀 더 멋지게 말했어야 했는데."

여전히 아쉬웠지만 이 아쉬움은 두고두고 만회할 기회가 분명히 있을 거였다. 없으면 만들어서라도 만회해야 했다. 남은 와인을 들고 창가로 간 그는 절뚝거리며 걸어가는 서영의 뒷모습을 보고 빙그레 웃었다.

"당신, 좀 황당했겠다."

❋　　　❋　　　❋

정신없는 하루가 지나가고 있었다. 눈 깜박할 새도 없이 바쁜데 미선 쪽으로 자꾸만 당기는 이 신경을 어떻게 하면 좋을지 모르겠다. 미선의 책상 위에 늘어져 있는 루카스의 사진들과 그에 대한 원고가 자꾸 시선을 끌었다.

섭외는 그녀가 했지만 그 후의 일정은 미선과 다른 담당자가 진행했기 때문에 사실 그에 대해 아는 것은 별로 없었다. 기본 프로필과 그와 다니면서 나눴던 대화 정도……. 같이 보낸 시간도 고작 일주일이었다.

서영은 갑자기 고개를 번쩍 들었다. 뭐지? 이 실망감 비슷한 감정이 설마 진짜 실망감은 아니겠지. 아닐 거다, 실망할 이유가 전혀 없으니까.

"당신을 좋아해요."

밤새 시달렸던 그의 목소리가 또다시 머리를 강타했다.

"완전 선수야. 마음이 허전한 틈에 받은 고백이니 얼마나 가슴이 울렁거리겠냐고. 백퍼 선수야, 선수."

자신도 모르게 꿍얼꿍얼 말을 내뱉은 서영이 이마를 짚었다.

아우, 미치겠다.

그가 한 말을 머릿속에서 지워 내기 위해 그녀는 일에 매
달렸다. 머리가 어지러울 때는 일이 최고니까.

퇴근 시간이 훌쩍 지나고 미선이 곁에 다가올 때까지 서
영은 일에 몰두하고 있었다.

"서영 씨."

"네? 아, 왜요?"

"퇴근 안 하냐고."

"퇴근?"

그제야 시계를 보니 벌써 7시를 넘어가고 있었다. 배고픔
도 못 느끼고 일을 하다니, 편집장이 알면 기특하다고 칭찬해
줄지도 모르겠다.

서영은 책상 위를 대충 정리하고 가방을 들었다. 사무실을
나서며 미선이 말을 걸었다.

"뭘 그렇게 열심히 해? 급한 일이야?"

"아니야, 배고프다. 우리 뭐 좀 먹고 갈래?"

"글쎄. 먹고 갈 수 있을까?"

뜬금없는 말에 서영은 그녀를 보았다. 걸음을 멈춘 미선은
입가에 과도하게 환한 미소를 머금고 정면을 응시하고 있었
다. 누구를 향한 미소인가, 서영도 같이 고개를 돌려 앞을 보
았다.

으앗! 저 남자가 이 시간에 왜 여기 서 있는 거야. 혹시 미

선 언니랑 약속이 있는 건가? 루카스 인터뷰 담당은 미선 언니니까 그럴 수도 있겠다.

서영이 주춤거리는 사이 미선은 함박웃음을 지으며 루카스에게 다가갔다.

"이 시간에 무슨 일이세요?"

소름이 돋을 듯한 과도한 콧소리에 서영은 몸을 부르르 떨었다. 그리고 슬쩍 루카스의 반응을 살피며 눈길을 돌렸다. 그에게 자연스럽게 관심이 가자 또다시 머리가 복잡해졌다.

"서영 씨에게 물어볼 게 있어서요."

아픈 머리를 부여잡고 있는데 루카스의 목소리가 들렸다.

"저요?"

미선이 눈을 동그랗게 뜨고 서영과 루카스를 번갈아 보았다.

"왜, 왜요?"

"저녁 안 먹었으면 같이 먹자구요."

"먹었어요!"

"안 먹었어요."

동시에 다른 대답을 하는 둘을 본 루카스가 쿡 하고 웃음 짓자 서영은 미선을 보며 눈을 부라렸다. 하지만 미선은 아무렇지 않은 듯 태연했다.

"그럼 같이 가요."

"아뇨, 아앗!"

서영이 거절하려는데 미선이 느닷없이 그녀의 손등을 꼬집었다. 그리고 의아해하는 루카스에게 손을 흔들었다.

"아무것도 아니에요, 가요. 아, 배고프다. 서영 씨도 배고프다고 했잖아."

미선이 서영의 팔을 억지로 끌었다. 뭔지는 몰라도 촉이 오고 있었다. 그것도 상당히 흥미진진하고 재미있는 일이 벌어질 것 같은 촉 말이다. 남의 일은 무조건 재미있는 거니까. 더구나 친한 동생과 꽃미남 사이에 벌어지는 일이니 오죽하랴.

서영은 속으로 구시렁거리면서 미선의 손에 이끌려 내키지 않는 걸음을 옮겼다.

잠시 후 셋은 삼겹살이 지글거리는 식당에 앉아 각기 다른 얼굴을 하고 있었다. 마냥 좋아서 싱글거리는 루카스와 정색하며 외면하고 있는 서영, 그리고 그 둘을 호기심 어린 눈으로 번갈아 보는 미선까지.

웃음이 나오려는 걸 헛기침으로 막은 미선이 루카스를 보았다.

"소주 괜찮으세요?"

"소주? 좋아요."

"술은 무슨……."

반색하며 반기는 루카스와 달리 서영은 다시 눈을 부라렸
다. 미선이 무슨 생각을 하는지 굳이 물어보지 않아도 알 수
있었다. 오해라고, 루카스와는 아무런 사이가 아니라고 하
기엔 약간 찔리는 구석이 있었다.

　키스와 고백은 왜 한 건지. 그게 진심인 것 같아서 혼란스
러웠다.

　어째서? 왜? 언제 봤다고?

　서영이 소리 없는 절규를 지르며 고심하고 있을 때 소주
병을 뒤집어 팔꿈치로 탁탁 친 미선은 두 사람의 잔에 술을
따라 주고 자신도 잔을 들었다.

　"아름다운 밤을 위하여!"

　"아자!"

　루카스의 추임새에 미선은 웃음을 지었지만 서영은 한숨
을 내쉬었다.

　한두 잔이 오가자 술 한 병이 금세 비어 버렸다. 갑자기 미
선이 주섬주섬 코트와 가방을 챙기며 일어나자 서영의 눈이
동그래졌다.

　"어디 가?"

　"화장실. 잠깐 실례해요."

　서영에게 조그맣게 속삭인 미선이 루카스를 향해 미소를
지은 뒤 밖으로 나갔다. 뒷모습이 왠지 찜찜했지만 서영은

그 이상 캐묻지 못하고 술을 홀짝거렸다.

그런 그녀를 보며 루카스가 식탁을 손끝으로 톡톡 쳤다. 삐딱한 시선이 마주쳤다.

"왜요? 나한테 바라는 게 대체 뭐예요?"

"밥 먹자고요. 저번에 밥 먹자고 했는데 그냥 가 버렸으니까 오늘은 제대로 된 밥 먹자고요."

"그걸 원해요? 알았어요. 아주 맛있게, 배 터지게 먹어 드리죠."

밥을 소담스럽게 퍼서 입에 넣자 루카스가 쌈을 싸서 내밀었다. 쌈 싸 먹으란 소리야? 그것까지 받아먹은 그녀는 순식간에 밥 한 공기를 뚝딱 해치웠다. 그때 메시지가 도착했다.

〈아름다운 밤을 위하여 난 퇴장한다.〉

이럴 줄 알았다. 실실 웃을 때부터 뭔가 수상하더니……. 단단히 오해를 하고 있는 게 분명했다. 빨리 식사를 끝내고 헤어지는 게 최선이었다. 그녀는 숟가락을 내려놓고 루카스를 향해 전쟁을 선포하듯 말했다.

"다 먹었어요. 이제 가도 되죠?"

그녀의 밥공기를 보던 그가 고개를 까딱거렸다. 그리고

순순히 자리에서 일어섰다.

"가요."

"안녕히 가세요."

야무지게 인사를 하고 앞서 걷기 시작했지만 자꾸만 뒤에서 따라오는 그가 신경 쓰였다. 참다못해 걸음을 멈추고 뒤를 보며 으르렁거렸다.

"왜 자꾸 따라오는 건데요?"

"여기 이 길. 우리 집 가는 길인데."

그와 같은 동네 사는 걸 깜박했다. 그럼 계속 이렇게 같이 걸어야 한다는 소리였다. 스트레스도 이런 스트레스가 없었다.

에라, 모르겠다. 서영은 두 손으로 가방 끈을 꽉 잡고는 속도를 내기 시작했다. 그러자 뒤에서 따라오던 그도 보폭을 넓히며 걸었다.

뱁새가 황새를 따라가면 가랑이가 찢어진다고 했던가? 결코 뱁새는 아니라고 생각했지만 힐을 신은 채 빙판길을 종종걸음으로 걷는 데에는 한계가 있었다. 열심히 발을 놀렸으나 곧 루카스에게 따라잡힌 그녀는 괜히 숨만 몰아쉬었다.

"급해요?"

"또 왜요?"

"뭐 하나만 들어주면 안 될까?"

"밥 먹었잖아요!"

"마음이 아프려고 하네. 고백에 대한 답도 안 해 주고 이렇게 생까면……."

"알았어요! 알았어. 뭐, 뭐요?"

길 잃은 강아지처럼 처량한 표정을 짓고 두 손을 가슴 위에 살포시 올리는 그를 보며 서영이 손을 흔들었다. 뭔지는 몰라도 빨리 해치우고 어서 집에 들어가고 싶었다. 미국에서 살았다면서 어쩌면 한국말이 그렇게 청산유수인지…….

서영의 대답에 루카스의 얼굴이 환해졌다. 그리고 그녀를 그윽하게 바라보았다. 눈빛에 심장 제세동기를 달았는지 심장이 다시 덜걱거리기 시작했다. 거미줄에 옭아매진 나비처럼 온몸이 슬며시 조여들었다.

"굿나잇 키스 해 줄래요?"

"키스요?"

장기까지 한국 국적이라더니 스킨십을 정말 좋아한다. 싫다고 해야 하는데 이미 그 눈빛에 사로잡힌 영혼은 이성과 다른 대답을 해 버렸다.

"뭐, 잠은 잘 자야 하니까."

혹시 찬바람을 일으키며 휑하니 들어가 버리면 어쩌나, 내심 마음을 졸이던 루카스의 입가가 길게 벌어졌다.

하루 종일 그녀의 얼굴만 떠올라 일을 하고 싶어도 할 수가 없었다. 퇴근 시간에 맞춰 출판사 앞으로 갔는데 예상보다 훨씬 늦게 나온 그녀는 자신을 피하려고만 했다.

서영의 당황스러움을 이해 못 하는 것은 아니었지만 서운했다. 그녀는 쉽게 생각했지만 결코 가볍게 한 고백이 아니었다. 다가가려고 하면 후루룩 도망가 버리는 그녀를 보며 기다리는 게 능사가 아님을 깨달았다.

다가오지 않는다면 그만큼 더 가까이 다가가면 된다. 그래도 뒷걸음질을 친다면 잡으면 된다. 오늘은 그녀를 잡을 생각이었다.

서영의 대답에 루카스가 다시 한 번 다짐을 했다.

"허락했어요."

말이 끝나기가 무섭게 그의 입술이 다가왔다. 프롤로그가 있을 거라고 생각했는데 바로 본편이 펼쳐지자 서영은 당황할 틈도 없었다.

가볍게 어깨를 잡은 두 손은 크고 든든했다. 살짝 고개를 비틀어 입술이 부드럽게 닿은 것뿐인데 입술과 어깨에서 불꽃이 타다닥 이는 것 같았다. 이 남자와의 키스가 얼마나 황홀하고 기분 좋은 것인지 몸이 먼저 알고 있었다.

조바심이 난 서영이 루카스에게 조금씩 밀착했고 손은 자연스럽게 그의 팔로 올라갔다. 결코 그럴 생각은 아니었는데 그의 입술을 기억한 그녀의 입술이 수줍게 벌어지더니 먼저 뜨거운 입김을 내뿜었다.

달콤해서 놓아주기 싫은 황홀함에 그의 팔을 더 꽉 잡고 숨결을 빨아들였다.

그녀를 보내기 싫은 마음에 굿나잇 키스를 핑계로 다가갔는데 의외의 적극적인 반응에 루카스의 입에서 저도 모르게 신음이 나왔다. 그녀를 그냥 보낼 수 없었다.

간신히 입술을 떼어 낸 그가 욕망이 일렁이는 눈빛으로 그녀를 내려다보았다. 이윽고 꽉 잠긴 목소리가 그녀의 귓가를 부드럽게 간질였다.

"하나 더 요구해도 돼요?"

"요구 사항이 왜 자꾸 늘어요."

"이번엔 서영 씨 때문인데……."

"뭔데요?"

톡톡 쏘던 말투는 이미 사라지고 없었다. 달콤한 꿀처럼 부드럽게 착착 감기는 그녀의 목소리가 욕망에 불길을 놓았다.

"나머지는 집에 가서 해야 돼요."

"집이요? 그건……."

마법이 풀리려는 듯 그녀의 몽롱한 눈빛이 흔들리고 있었다. 루카스가 그녀를 품에 당겨 안고는 은밀하게 속삭였다.

"여긴 관객들이 너무 많아서."

놀란 그녀가 그의 품에서 고개만 살짝 떼고 주위를 둘러보았다. 세상에…… 이곳이 아파트 입구라는 걸 깜박했다. 아직 10시도 되지 않아 사람들이 수도 없이 지나다니고 있었다.

지금 여기에서 키스를 한 거야? 미쳤어. 내일부터 어떻게 얼굴을 들고 다니지?

서영은 그의 품에 다시 얼굴을 묻어 버렸다. 도저히 고개를 들 수가 없었다. 그의 니트를 꽉 잡은 손이 부들부들 떨리고 있었다.

그런 서영이 너무 귀여워서 루카스는 코트 자락을 벌려 그대로 그녀를 감싸 안아 버렸다.

"앗, 뭐해요?"

"창피하니까 도망가려고. 꽉 잡아요."

마치 아기를 다루듯 그녀를 안은 그가 한걸음에 오피스텔로 들어가 엘리베이터에 올랐다. 그녀가 벗어나려고 몸을 흔들었지만 놓아주지 않았다.

집 안으로 들어온 뒤 발버둥을 쳐 품에서 벗어난 그녀가 루카스의 가슴을 때렸다. 그리고 랩이라도 하듯 다다다 말을 쏟아 냈다.

"어떻게 해. 내가 이 동네에서 얼마나 오래 산 줄 알아요?

알아본 사람 있으면 어떡하지? 내일부터 어떻게 얼굴을 들고 다니냐고요. 여기가 무슨 할리우드인 줄 알아요? 길거리에서 키스를 하다니. 미쳤어, 미쳤다고!"

"그러니까 나머지는 여기에서."

제 가슴을 난타하는 작은 손을 가볍게 제압한 루카스가 그녀의 어깨를 잡고 입술을 눌렀다. 흥분하던 그녀가 놀라서 몸을 뒤로 뺐지만 이곳은 길거리가 아닌 밀폐된 공간이었다. 도망간다고 놔줄 그가 아니었고 도망갈 곳도 없었다.

머리와 허리로 옮겨 간 그의 손이 몸을 확 끌어당기자 자석에 이끌리는 쇳조각처럼 그에게 착 밀착되었다. 두꺼운 코트를 입었음에도 불구하고 뜨거운 몸의 열기가 느껴졌다.

현실이 멀리 사라지고 마법이 시작되었다. 입술을 가르고 깊숙이 들어온 그의 숨결이 뜨겁게 목구멍을 타고 흘러들었다. 입술을 탐닉하던 그가 코트를 벗고 그녀를 안아 거실 안쪽으로 들어갔다. 신발이 벗겨지더니 이어 툭, 가방이 떨어졌다.

침대에 앉아 두꺼운 겉옷을 벗기자 매끈거리는 재질의 블라우스가 마치 그녀의 살결처럼 느껴져 손끝이 떨려 왔다. 심장이 주체할 수 없을 정도로 뛰고 있었다. 입술을 뗀 그의 목소리가 가늘게 떨렸다.

"오늘은 여기서 나랑 있어 줄래요?"

그 눈빛이 어쩐지 애절했다. 이렇게 멋진 남자가, 뭐 하나 부족할 것 없어 보이는 남자가 왜 나를 좋아할까? 자신이 없었다.

같이 밤을 보낼 수도 있다. 하지만 시간이 지나면 이 남자도 변할 거다.

뜨거웠던 태현이 변했듯이. 그녀의 사랑이 바래졌듯이. 이 세상 모든 사랑이 그러하듯이.

하지만 입을 통해 나온 말은 생각과 달랐다. 겁을 잔뜩 먹어 버린 속마음을 감춘 채 그녀가 대답했다.

"같이 있을게요."

순간의 욕망이라고 생각하면서도 설레는 마음을 감출 수가 없었다.

말이 많은 남자라고만 생각했는데 그가 하는 말들이 어느 순간 재미있었고, 함께 있으면 즐거웠다. 따뜻한 루카스의 눈을 보면 덩달아 마음이 따뜻해져 그를 좋아하는 것처럼 느껴지기도 했다.

그렇게 점점 마음이 끌렸다.

그녀의 대답을 기다리던 루카스의 입가에 안도의 미소가 비쳤다. 그리고 다시 그녀의 입술을 삼키며 블라우스 단추를 하나씩 풀어 내렸다.

오랫동안 기다리던 순간인데 손이 떨려 와 루카스는 작게 숨을 내쉬었다. 가슴이 두근거려 혀로 마른 입술을 핥았다.

그의 입김이 볼에 닿자 그녀가 고개를 들었고 두 사람의 눈이 마주쳤다. 루카스가 싱긋 미소를 지었다.

"하나."

단추 하나가 톡 풀렸다. 서영의 긴장은 더해졌고 루카스의 두근거림도 더 커졌다.

"둘."

저도 모르게 숨을 멈춘 서영이 주먹을 그러쥐었다. 마른 침을 삼키는 목구멍에서 새된 신음이 흘러나왔다.

단추를 푼 그의 긴 손가락이 천천히 피부에 닿았다. 곧은 쇄골을 천천히 훑어가던 손가락으로 옴폭 들어간 부분을 지그시 누르자 마치 첫눈에 처음 발자국을 찍는 것처럼 가슴이 설레었다. 옷을 다 벗기지도 않았는데 그녀의 나신을 본 것처럼 숨이 막혀 왔다.

"셋."

떨리는 목소리와 함께 단추가 열리고 소담한 둔덕이 수줍게 드러났다. 그것을 황홀한 눈으로 보던 그가 붉은 입술을 하얀 살결 위에 살며시 댔다. 달콤한 솜사탕처럼 그녀의 향이 입안에서 사르르 녹아내렸다. 가볍게 입맞춤을 한 그가 이번엔 혀를 내밀어 그녀의 가슴을 핥았다.

"맛있어요. 모조리 먹어 버리고 싶을 만큼."

그의 떨림은 멈췄지만 반대로 서영의 몸은 불에 덴 듯 뜨거워졌다.

그저 육체의 끌림뿐이다. 호감이 아닌 본능에 충실할 뿐이다. 가벼운 일인 것처럼 즐길 예정이었다. 그런데 고작 입맞춤 한 번에, 명치에 뭔가가 걸린 것처럼 숨이 막혔다.

그의 손이 단추를 하나씩 풀 때마다 어디에서 시작된 열기인지 모를 뜨거움이 전신으로 번지고 있었다. 블라우스가 벗겨져 어깨에 서늘한 기운이 느껴졌지만 바로 루카스의 입술이 그 서늘함을 삼켜 몸이 달아올랐다.

지분거리는 입술에 슬며시 몸을 비튼 서영은 어깨를 감싸기 위해 손을 올렸다. 그러자 통통한 가슴살에서 어깨로 옮겨 간 그의 입술이 손등에 닿았다.

그녀의 손을 잡은 그가 손가락 끝을 혀로 핥았다. 손끝에 심장이 달리기라도 한 듯 두근거림을 넘어 화끈거리고 있었다. 촉촉하게 손가락을 적시던 그가 장난스러운 표정을 지으며 그녀의 손끝을 꽉 물었다.

"아야!"

서영이 낮게 비명을 지르자 그가 작게 웃었다. 저는 숨이 막히는데 장난스러운 그의 웃음이 얄미워 그녀가 눈을 흘겼다.

"못됐어."

"설마."

눈을 깜박이며 순진한 눈빛을 보낸 그가 다시 그녀의 손에 집중했다. 욕심껏 안고 싶은 본능이 뛰쳐나가지 않게, 거미줄처럼 가느다란 이성으로 칭칭 감고 있었다. 짐승처럼 덤비고 싶은 마음을 얼마나 누르고 있는지 아마 그녀는 모를 것이다. 자신이 그녀를 얼마나 사랑하는지, 얼마나 소중하게 여기고 있는지도.

정성껏 손가락을 오물거리던 입술이 손바닥의 도톰한 부분을 물었다. 뜨거운 입김이 손바닥 전체에 번지고 팔딱거리는 손목의 맥박 부분에 머물렀다.

그녀의 숨이 있는 곳, 함께 숨 쉴 수 있는 부분이었다. 거부할 수 없는 그녀의 달콤한 살냄새와 피부 속에 흐르고 있는 피의 향기 또한 느껴지는 것 같았다. 눈을 감고 향을 들이마신 그가 혼잣말하듯 중얼거렸다.

"뱀파이어의 마음을 알 것 같아."

하얀 손목을 지그시 물자 선명한 잇자국이 났다. 서영이 얼굴을 찌푸리며 아프다고 항의했지만 멈출 수가 없었다. 거부하기엔 그녀가 주는 유혹이 너무나 컸다.

이성이 거친 본능과 아슬아슬하게 줄다리기를 하고 있었다. 슬며시 손목을 잡아당긴 그가 그녀의 입술을 거칠게 삼켰다.

갑자기 부딪힌 입술에서 피 맛이 났다. 뿌리까지 뽑힐 듯 세게 빨아서 혀가 얼얼했다. 씹어 삼킬 듯 격정적인 키스에 서영은 저도 모르게 그의 어깨를 움켜쥐었다. 갑자기 다가온 몸짓에 당황스러웠지만 싫진 않았다.

물고 빨며 잘근잘근 씹어 대던 그의 입술이 목덜미로 내려갔다. 새하얀 목덜미를 물자 그녀의 입에서 뜨거운 신음이 흘렀다.

한 손에 꽉 차는 소담한 가슴을 주물거리던 그가 손으로 슬립을 확 잡아당겼다. 얇은 천이 찢어지고 밀어 올린 브래지어 아래로 가슴이 드러났다.

매끄럽고 탄력 있는 가슴을 손아귀로 짓이기기도 하고, 손자국이 남을 만큼 꽉 움켜쥐기도 했다. 작은 유두를 살살 비틀어 곤두서게 만들고 다시 부드럽게 어루만졌다. 감촉이 너무 좋아 놓고 싶지 않았다.

그저 손으로만 만졌을 뿐인데 생크림 속에 풍덩 빠진 것처럼 부드럽고 달콤한 느낌이 온몸으로 퍼져 몸속에 웅크리고 있던 야수가 번쩍 눈을 떴다.

뜨거운 입술은 연방 목을 핥았고 손은 쉴 새 없이 가슴을 괴롭혔다. 그가 유두를 비틀자 찌릿한 전기가 발끝을 관통했다. 커다란 손이 몸을 어루만질 때마다 아랫배가 뭉친 것처럼 따끔거리고 허리가 이리저리 비틀어졌다.

단순히 목덜미에 키스를 하고 가슴을 만지는 것만으로 순식간에 몸이 뜨거워질 줄은 몰랐다. 태현과의 관계에서는 한 번도 느끼지 못한 쾌감이었다.

어설프게 팔에 꿰어 있던 블라우스와 치마가 벗겨지고 찢어진 슬립도 몸에서 떨어졌다. 손바닥만 한 팬티가 그녀의 마지막 성을 아슬아슬하게 지켜 주고 있었다.

몸을 일으킨 루카스가 그런 서영을 물끄러미 바라보았다. 그녀의 몸 선을 꼼꼼히 조각하듯 집요한 눈길로 주르륵 훑어 내리자 새롭게 얼굴이 달아올랐다. 언뜻 두려움이 스친 얼굴로 슬며시 가슴에 손을 올린 그녀가 간신히 중얼거렸다.

"보지 말지."

"가능하지 않아요."

싱긋 웃는 입과 달리 눈빛은 이글거리는 욕망으로 가득 차 있었다. 벌써 그 눈빛에 몸이 몇 번은 관통당한 기분이었다.

다시 그의 입술이 닿았다. 아까보다 좀 더 부드러워진 입맞춤이었다. 두려워하지 말라고 어르고 달래는 그 입술에 서영은 고마움을 느꼈다. 여전히 거칠긴 했지만 그것이 다가 아니었다. 겹쳐진 몸에서 느낄 수 있었다.

벌써 우뚝 선 남성은 그녀의 몸으로 들어가고 싶어 아우성쳤지만 그는 기다렸다. 그녀의 몸과 마음이 열리기를 기다리고 있었다. 서영은 그것이 고마웠다.

몸 위로 올라타 입 맞추는 그의 입술과 혀를 따라 서영도 같이 움직였다. 둘이 한 리듬이 되어 움직이자 그녀의 성이 서서히 문을 열 준비를 시작했다.

단비가 메마른 대지를 촉촉하게 적시듯 열기로 뜨거워진 몸이 천천히 젖어 들었다. 가슴을 어루만지던 커다란 손이 매끄러운 등을 스윽 훑고 내려가자 전기 충격이라도 받은 듯 서영의 허리가 털렁 튕겨 올랐다. 덕분에 여성이 루카스의 남성에 부딪혔다.

의도치 않은 접촉에 루카스의 분신이 성을 내듯 흔들렸고 덩달아 그의 미간에도 주름이 생겼다.

"윽! 복수다."

"하아, 내 탓 아니에요."

양팔을 그의 목에 두른 그녀가 힘겹게 입을 열었다. 몸이 달라붙어 어쩔 도리가 없었다. 그렇게 부딪혔으니 그녀도 멀쩡할 리가 없었다. 팬티가 조금씩 젖어 들자 보드라운 꽃잎들이 움찔거리며 입구를 열었다.

벌겋게 달아오른 얼굴과 갈구하는 그녀의 눈빛이 루카스를 유혹하고 있었다. 목에 두르고 있던 서영의 손이 가슴을 타고 내려와 옷 속으로 들어갔다. 뜨거워진 그의 피부가 느껴졌다. 그녀의 입가에 매우 사악해 보이는 미소가 스치더니 그의 니트를 위로 들어 벗겨 버렸다.

"굿 잡."

어린아이에게 하는 것 같은 칭찬에 그녀의 미소가 더욱 진해졌다. 그리고 두 손으로 그의 가슴을 빙글빙글 쓰다듬기 시작했다. 작은 돌기가 꼿꼿해지더니 오뚝 서 버리자 루카스의 입에서 신음이 흘렀다.

상체를 일으킨 그녀가 그가 했던 것처럼 가슴을 핥고 유두를 입에 넣은 채 잘근잘근 씹으며 세게 빨았다.

예상치 못한 강한 공격에 침대를 짚고 있던 그의 팔이 휘청거렸다.

허리를 꽉 안고 가슴을 애무하던 그녀가 슬그머니 바지 버클을 풀었다. 지퍼를 내리고 바지를 벗기자 꽁꽁 묶여 있던 분신이 밖으로 튀어나왔다. 그녀를 맞이할 준비를 마친 그의 분신이 꿈틀거리고 있었다.

"으응, 못됐네."

"설마."

루카스의 말에 서영이 순진하게 미소 지으며 조금 전 그와 똑같이 대답했다. 준비는 끝났다. 이렇게 쉽게 몸이 열릴 줄 몰랐다. 다시는 남자와 사랑을 나누지 못할 줄 알았다. 하지만 지금 이 순간만은 그가 사랑한다는 말을 해도 믿을 수 있을 것 같았다.

루카스는 그녀의 눈빛을 통해 이제 들어가도 좋다는 걸 알 수 있었다. 다행이다 싶어 안도의 한숨이 나왔다. 아까부터 아우성치는 이놈을 달래느라 근육통이 일 지경이었으니까. 아슬아슬하던 거미줄이 툭 끊어졌다.

맞닿은 심장의 두근거림이 두 사람 모두에게 고스란히 전달되었다. 잘록한 허리를 쓰다듬던 그의 손이 그녀의 성을 지키고 있던 최후의 보루를 조심스럽게 벗겨 냈다. 이제 그녀는 자신의 것이었다.

한쪽 다리를 들어 허리를 감싸자 충분히 젖은 여성에 서늘한 기운이 느껴졌다. 하지만 그것도 잠시, 곧 뜨거운 그의 손이 그 서늘함을 막을 듯 그녀에게 다가왔다.

예민한 암술을 톡톡 건드리고 보드라운 꽃잎들을 손가락으로 훑자 저도 모르게 허리를 비튼 그녀가 다리에 힘을 주며 그의 팔을 움켜쥐었다.

달콤한 꿀이 주르륵 흐르는 비밀의 화원으로 조금씩 손가락이 들어왔다. 손가락이 안으로 들어올 때마다 손끝과 발끝에 전율이 일었다.

실로 오랜만에 느껴 보는 황홀한 자극이었다. 자극에 보답이라도 하듯 입에서 나온 뜨거운 숨결이 신음과 함께 공중으로 흩어졌다.

서영이 황홀한 자극에 몸을 떨고 있을 때 루카스 역시 손가락을 움켜쥐는 뜨거운 속살에 황홀경을 맛보고 있었다. 아직 본편은 시작도 하지 않았는데 온몸이 짜릿해져 왔다. 그녀의 귓불을 살그머니 이로 물며 애무하던 그가 갑자기 가슴을 꽉 잡았다.

"아!"

아픔 뒤로 찌릿한 쾌감이 몰려왔다. 그리고 동시에 그가 몸 안으로 들어왔다.

"하윽!"

"하아……."

내부를 가득 채우는 충만함과 뜨겁게 감싸 안는 포근함이 함께 움직이기 시작했다.

참고 있던 뜨거움이 한꺼번에 폭발해 버렸다. 서영을 배려해서 천천히 다가가려고 했는데 제어가 되지 않는 본능은 야수처럼 그녀를 씹어 삼키고 있었다. 그녀의 허리를 잡은 그의 몸짓이 빨라지고 격해졌다.

몸에 자신을 깊이 각인시키려 안으로 더욱 깊숙이 들어가자 아픔을 견디지 못한 그녀가 비명을 질렀다.

"아악! 하악! 루카스!"

하지만 비명은 오히려 그의 난폭함에 채찍질을 했다. 아무것도 보이지 않았고 아무 소리도 들리지 않았다. 그녀 안에서 꿈틀거리는 이 야수를 어서 폭발시켜야겠다는 생각밖에 없었다.

서영은 아픔과 쾌감이 뒤범벅되어 몸을 관통하자 정신이 반쯤 나갈 것 같았다. 이 남자를 밀어 내야 된다는 마음과 이대로 그의 품에서 정신을 놓아 버리고 싶다는 이율배반적인 생각이 뒤엉켜 무엇이 진심인지 알 수가 없었다.

몸부림치던 서영이 그의 어깨를 움켜쥐고, 팔을 할퀴었다. 머릿속이 아득해지더니 천당까지 붕 떴던 마음이 지옥 끝까지 떨어지는 기분이었다.

정신을 주체할 수 없고 몸이 제 것이 아닌 양 제멋대로 움직였다. 그건 쾌감에 의한 몸부림이었고, 처음 느껴 보는 생경한 경험이었다.

제어할 수 없는 기분에 마구 몸부림치자 제 몸속에서 뜨거운 물이 분출되는 느낌이 들었다. 가슴에서 퍼진 격렬한 비명이 목에 걸려 꺽꺽거리던 그녀는 몸을 부르르 떨다 팔다리를 축 늘어뜨렸다.

눈앞이 흐릿해지면서 정신마저 가물거렸다. 그의 몸이 자신의 위로 쓰러진 걸 보면 섹스는 끝났다. 그런데 이 느낌은 뭐지? 제 안에서 불끈거리고 있는 그의 분신이 생소했고 파들파들 떨리는 듯한 저의 것 또한 생소했다.

아직도 뭔가가 몸속에 남아 그녀를 자극하고 있었다. 그의 분신이 주는 자극이 아니었다. 마치 오르가슴이 계속되는 것처럼 몽롱한 느낌의 연속이었다.

정신 나간 여자처럼 실실거리는 그녀의 위에 쓰러져 있던 루카스가 작게 속삭였다.

"I love you."

몽롱해지던 정신이 그 소리에 또렷해졌다.

I
chapter 5

Defence,
Offence

"으아, 완성본 나왔다. 봐라."

미선이 홀가분한 얼굴로 서영에게 잡지를 내밀었다. 무심결에 받아 든 그녀의 눈이 가장 먼저 꽂힌 곳은 루카스 한에 대한 문구였다.

섹시한 남자의 뜨거운 그림.

잘못 이해하면 야설이나 야동으로 오해받을 만한 문구였다. 무심한 척하며 좌르륵 페이지를 넘기던 그녀는 루카스의 기사 부분에서 손을 멈추었다.

소년처럼 해맑은 미소를 머금은 얼굴과 대조적으로 길쭉한 팔다리에서는 섹시한 느낌이 화악 뿜어져 나왔다.

사진으로도 뿜어져 나오는 저 이중적인 분위기를 어쩔 거야.

서영은 고개를 절레절레 흔들었다. 저도 모르게 입가에 침이 고이는 것 같아 입을 꾹 다물었다. 그러자 가까이 다가온 미선이 종알거렸다.

"죽이지 않냐? 저 미소며 손가락, 다리 길이. 진짜 이기적인 외모다. 대체 루카스 어머님은 뭘 드셨기에 저런 아들을 낳았을까. 만나서 감사 인사라도 드리고 싶다. 잘난 아드님 덕분에 눈 호강시켜 주셔서 감사하다고."

"좀 오바다 싶네."

"어차피 내 거 아닌데 눈이라도 호강해야지, 안 그래? 게다가 텔레비전에서나 볼 수 있는 잘생긴 외모를 현실에서, 바로 눈앞에서 보는 건데 이런 기회를 놓치면 안 되지, 흐흐흐."

미선의 말에 서영도 동의할 수밖에 없었다. 보고만 있어도 기분이 좋아지고 야릇해지는 남자다.

이제 이 잡지가 서점에 쫙 풀리면 대한민국의 수많은 여성들이 같은 감정을 느끼겠지.

거기까지 생각이 미치자 기분이 좋지 않았다. 저를 보며 짓던 순수한 웃음도, 우쭐해지게 만드는 배려도, 오금을 저리게 만드는 섹시함도 더 이상 저에게만 보여지는 것이 아니었다. 저 또한 그저 수많은 여자들 중 하나가 될 것이다. 생각이 깊어질수록 점점 기분이 나빠졌다.

그러다 화들짝 놀란 서영은 두 손으로 양 뺨을 꾹 눌렀다.

질투를 하는 것 같은 이 기분은 뭐지?

섹스 한 번에 마치 그의 여자가 된 양 착각을 하는 건가?

말도 안 된다. 그건 그냥 섹스일 뿐이다. 마음을 나눈 것이 아니라 그저 육체의 끌림이었다. 질투는 무슨…….

서영은 잡지를 탁 덮었다. 그가 많은 여자들의 마음을 흔들든 말든 상관없다. 이젠 제 담당이 아니니 만날 일도 없었다.

그와의 관계가 좋았던 건 인정한다. 하지만 딱 그뿐이다. 다시 일상으로 돌아가야 한다.

명쾌하게 결론을 내린 서영은 주먹을 꽉 쥐며 다시 일할 준비를 마쳤다.

하지만 세상만사 제 뜻대로 되는 게 몇이나 될까. 하루 일과를 마치고 지친 몸으로 터덜거리며 집으로 걸어가던 서영은 제 앞에 우뚝 선 그를 보고 걸음을 멈추었다.

결코 자신의 앞에 있어서는 안 될 남자가 서 있자, 그녀는 자신도 모르게 눈을 동그랗게 뜨며 뒷걸음질 쳤다.

"그렇게 반가워요? 눈이 똥글똥글해졌어."

반가운 게 아니라 그냥 놀란 겁니다.

서영은 재빨리 자세를 바로 하고 새침한 표정을 지었다.

"무슨 볼일 있어요?"

"서영 씨 기다렸어요."

"왜요?"

"같이 저녁이나 먹을까 하고. 아니면 술 한잔?"

작업 거는 게 아주 자연스럽다.

서영은 성벽이라도 친 것처럼 어깨에 비스듬하게 멘 가방을 앞으로 돌려 단단히 잡았다. 그리고 쌀쌀맞게 대꾸했다.

"저녁은 먹었고 술 마실 생각도 없어요. 그리고 무엇보다 이런 만남, 이제 사양하고 싶습니다. 그러니까 불쑥 나타나서 뭐 먹자, 마시자 하지 않았으면 좋겠네요."

서영의 표정과 말투에서 심상치 않은 느낌을 받은 루카스의 얼굴에 서서히 웃음기가 걷혔다.

뭐가 잘못된 걸까?

그날 분명히 마음을 나누었다고 생각했는데.

혼자만의 착각이었던 건가?

아니다. 착각이 아니다. 그날 그녀는 몸도 마음도 열었다.

도대체 왜……

루카스의 미간에 주름이 생겼다. 그것을 본 서영은 잠깐 움찔했지만 목을 가다듬고 고개를 치켜들었다.

잠 한 번 잤다고 완전 쉬운 여자 취급이다.

"전 피곤해서 이만."

단호하게 쐐기를 박고 휙 뒤돌아 아파트 단지 안으로 들어간 서영은 루카스가 쫓아올까 봐 종종걸음을 쳤다. 그러나 그는 쫓아오지 않았다. 안도와 함께 약간의 서운함이 밀려왔다.

"쳇, 역시 쉬운 여자 취급이었어."

그냥 몇 번 찔러 본 거였다. 하긴 저런 남자가 뭐가 아쉬워서 나이가 어린 것도 아니고, 미모가 뛰어난 것도 아니고, 돈이 많은 것도 아닌 저에게 매달릴까. 세계 여러 나라를 돌아다니는 사람이니 사고방식도 엄청나게 개방적인 사람일 테고 잠깐 끌리는 이성과 잠 한 번 자는 일쯤은 아무것도 아닐 거다.

침대에 누운 그녀는 몸을 뒤척거렸다. 피곤함과 다르게 잠이 오지 않았다.

다음 날 아침, 결국 잠을 설친 그녀는 퀭한 눈으로 비척비척 집을 나섰다. 머리가 무겁고 피곤하자 짜증이 밀려왔다. 몸이 아래로 내려앉는 기분이 들었다.

"괜히 와서 사람 피곤하게 하고, 짜증 나."

흘러내린 가방을 사납게 잡아채며 투덜거리는데 사람 그림자가 옆으로 슥 다가오는 것이 느껴졌다.

아침부터 뭐야? 곱지 않은 시선으로 옆을 째려보자 낯익은 목젖이 보였다.

"헉! 뭐예요?"

루카스가 생글거리며 제자리 뛰기를 하고 있었다.

"운동하는 중."

어제는 미간에 잔뜩 주름을 잡고 노려보더니 아침부터 운동? 이걸 어떻게 해석해야 하는지 머릿속이 미로처럼 꼬였다. 그런 그녀의 생각을 읽었는지 그가 손을 들어 인사를 하고 앞으로 휙 뛰어갔다.

"Have a nice day!"

불길한 예감이 등줄기를 서늘하게 엄습해 왔다. 도저히 나이스한 데이가 될 것 같지 않았다. 그리고 그녀의 예상은 적중했다. 여기저기에서 예고도 없이 출몰하는 루카스 때문에 심장마비에 걸릴 지경이었다.

모처럼 쉬는 날, 동네 마트를 돌고 있는데 누군가 그녀의 장바구니에 훈제 연어를 툭 던져 넣었다. 의아한 눈으로 고개를 돌리니 루카스였다.

"뭐예요?"

"연어."

"그러니까 왜 그쪽 연어를 내 장바구니에 넣냐구요!"

"연어 먹고 싶은데 지갑을 안 가져왔어요. 우린 친한 이웃

이니까 위기에 처한 나를 도와줘야 서영 씨 마음이 편할 것 같아서요."

원래부터 한국어 실력은 좋았지만 그새 말솜씨가 더욱 늘어 있었다. 그녀가 노려보자 루카스가 눈을 커다랗게 뜨며 불쌍한 표정을 지었다.

"진짜 먹고 싶은데, 나 생선 좋아하는 거 알잖아요."

"으…… 이번만이에요."

"땡큐!"

마지못한 서영의 말에 함박웃음을 지은 그가 어린아이처럼 맑게 웃었다. 저 웃음을 보면 심장이 간질거렸다.

고개를 돌려 일부러 그의 미소를 외면한 그녀가 묵묵히 계산대로 향했다.

그런 그녀를 보는 루카스의 얼굴에 그늘이 졌다. 이제 겨우 한 발 다가갔다고 생각했는데 다시 도망가 버렸다.

뭐가 문제였을까? 밤새 한숨도 자지 못하고 고민에 고민을 거듭했다. 그리고 결론을 내렸다. 아직 그녀는 마음을 모두 열지 않았다. 엑스 남친 때문에 걸어 잠근 빗장이 아직 다 풀리지 않은 것이다.

몸이 달아 미칠 지경이었지만 기다려야만 했다. 그녀의 곁을 맴돌고 있는 따스한 봄바람이 자신이라는 걸 어서 빨리 알아채기를 바라면서.

※　　　※　　　※

"같이 술 한잔해요."

"……."

"술 마시고 싶다고."

"……."

"차 양!"

서영의 고개가 휙 돌아갔다. 이게 무슨 70년대 다방에서나 나올 법한 소리인지. 그녀는 사납게 눈을 떠 루카스를 잡아먹을 듯 노려보았다. 얼른 미소를 지은 그가 서영의 앞에 섰다.

"그냥 한 잔만 딱! 해요. 네?"

"술 끊었어요."

"풋, 거짓말."

그래, 거짓말이다. 그 좋은 걸 왜 끊어.

서영은 루카스를 외면하고 다시 걷기 시작했다. 그러자 그가 알짱거리며 따라왔다. 싫다는데 왜 쫓아오는 거야.

심기가 불편해진 그녀가 걸음을 빨리했다. 하지만 얼어붙은 빙판길을 하이힐을 신고 빨리 걷기란 쉽지 않았다. 형광 분홍색 운동화를 신은 그의 긴 다리가 성큼 따라붙었다. 언제 보아도 참 야릇한 패션 감각이다.

그녀가 우뚝 멈춰 서자 그도 멈췄다. 서영이 심히 거슬리는 눈빛으로 그를 올려다보았다. 키가 한참 커서 고개가 뒤로 휙 꺾이는 바람에 모양은 좀 빠졌지만 나름 허리에 손을 올려 강경한 태도라는 것을 팍팍 어필했다.

"계속 이렇게 따라다닐 거예요?"

"싫으면 같이 술 마시든가."

"술 끊었다고 했잖아요!"

"거짓말하면 엉덩이에 뿔난대요."

어디서 들은 말은 있어 가지고.

서영이 콧방귀를 뀌며 돌아서려는데 갑자기 그가 어깨를 확 낚아채 품으로 끌어당겼다. 포근한 코트의 질감과 달콤하면서도 시원한 화장품 향이 콧속으로 들어오자 난데없이 가슴이 뛰기 시작했다.

"무, 무슨…… 어맛!"

서영이 막 항의를 하려는 찰나 주차장처럼 꽉 막힌 차도를 피해 인도 위로 올라온 오토바이 한 대가 그녀의 뒤를 휙 지나쳤다. 별로 빠르진 않은 속도였지만 머리카락이 휘날릴 정도로 가까운 거리였기에 순간 놀란 서영은 저도 모르게 루카스의 코트 자락을 꽉 잡았다.

"괜찮아요?"

정수리 위에서 들리는 낮은 목소리가 여전히 가슴을 뛰게 했다.

좀 더 도도한 여자이고 싶었는데, 고작 포옹 한 번에 무너질 유리 심장이었구나.

그녀는 가벼운 제 자존심에 실망하며 루카스의 코트 자락을 양손으로 꽉 움켜쥐고 고개를 박았다.

서영이 후 하고 한숨을 내쉬자 셔츠와 니트 사이를 통과한 뜨거운 숨결이 루카스의 피부에 닿았다. 무너져 버린 서푼짜리 자존심에 애도를 표하려고 내쉰 한숨이었지만 루카스에게 그것은 그녀를 향한 욕정에 불을 댕긴 숨이었다.

"음, 여기서 저번처럼 또 에로틱한 분위기 계속할까요?"

그의 말에 서영이 슬그머니 몸을 떼었다.

단지 포옹한 것뿐인데 에로틱은 무슨……. 가볍게 코웃음을 치며 그를 비웃어 주려고 했다. 그런데 눈이 마주친 순간 손가락이 오그라드는 건 무슨 현상일까.

섹시한 눈빛이 그윽하게 바라보자 얼굴이 순식간에 루돌프 코처럼 빨개졌다. 침을 꿀꺽 삼킨 그녀는 그에게서 멀찌감치 떨어졌다.

그녀의 태도가 부드러워진 것을 눈치챈 그가 욕망을 누르고 또다시 제안했다.

"같이 술 한 잔 딱!"

유행이 지난 지 한참 된 개그맨을 흉내 내는 그 동작에 서영은 어이없는 웃음을 터트렸다. 그러자 그의 얼굴에도 환한 미소가 걸렸다.

화요일의 호프집은 한산했다. 회식이나 술자리는 대부분 금요일에 가졌기에 자주 들르던 호프집임에도 불구하고 낯설게 느껴졌다.

치킨과 먹태를 주문한 둘은 기본 안주를 놓고 맥주잔을 들었다. 서영이 맥주잔을 바로 입에 가져다 대려고 하자 루카스가 자신의 잔을 내밀었다.

"짠! 해야죠."

"짠! 할 일이 없어서요."

그의 제안을 단칼에 거절한 서영은 고개를 돌리고 잔을 반이나 비웠다.

차가운 맥주가 빠르게 몸을 돌자 추위가 확 몰려왔지만 알코올 때문인지 금세 더워졌다. 그녀는 남은 맥주도 원샷으로 마셔 버렸다.

루카스는 그런 그녀를 지그시 바라보더니 더 이상 말을 걸지 않고 술을 마셨다.

하고 싶은 말은 산더미처럼 많았다. 산처럼 많은 말을 한다고 해도 뜻은 오직 하나, 당신을 사랑한다는 의미를 담고 있을 테지만. 지금은 그저 앞에 그녀가 앉아 있는 것으로 만족해야 했다.

루카스 말대로 맥주 한 잔을 마신 서영은 남은 치킨과 먹태를 싼 봉지를 들고 자리에서 일어섰다.

"정말 갈 거예요?"

"딱 한 잔이라고 한 건 그쪽이에요."

"에이, 그럼 'All night'이라고 할걸……."

루카스의 말에 서영은 눈을 흘겼다. 그랬다면 절대 응해 주지 않았을 것이다. 그가 뭐라고 떠들든 가게를 나와 앞서 걸어가던 그녀는 따뜻한 손이 제 손을 잡는 것을 느끼곤 팔을 확 뺐다.

"뭐예요?"

"봉지, 내가 들고 가려고요."

또 삽질했다. 얼굴에 열이 오르는 걸 느낀 서영은 일부러 쌀쌀맞게 대꾸했다.

"안 무거워요."

"아니, 서영 씨는 아까 먹태 시켰잖아요. 치킨은 내가 시킨 거니까 내가 가져간다고요."

아무래도 이 남자 일부러 이러는 거 같다. 이른바 밀당인가? 당겨서 안 되니까 이제 마구마구 밀어 내나 보다.

봉지 하나를 그에게 던지다시피 주고 빠르게 걸어가자 킥킥거리는 웃음과 함께 루카스가 옆으로 다가오는 것이 느껴졌다.

유들유들한 버터 발음으로 하는 어눌한 한국말이라 그런지 제대로 놀림당하는 기분이었다.

생각할수록 점점 약이 올랐다. 이대로 물러서면 왠지 지는 것 같아 서영은 입술을 깨물었다. 며칠 동안 당한 일들은 어떤 방법으로든 복수를 해야 직성이 풀릴 것 같았다.

이렇게 뒤끝이 긴 여자였구나.

루카스를 만나면서 전에 몰랐던 새로운 자신을 발견하게 되는 것 같아 신기했다.

머릿속이 복잡하게 뒤엉킨 채로 어느새 아파트 앞까지 왔다. 이대로 복수는 물 건너갔구나, 아쉬워하는데 그가 그녀를 따라 엘리베이터에 탔다.

"왜 타요?"

"그냥 보내면 예의가 아니죠. 난 신사니까. 문 앞까지 데려다줄게요."

"그러시든가요."

시큰둥하게 말을 내뱉은 서영의 머리가 다시 빠르게 돌아갔다. 아직 복수의 기회가 남았다. 어떻게 해야 이 남자를 멘붕에 빠뜨리지?

문 앞에 선 그녀가 루카스를 향해 돌아섰다. 그는 문에 적힌 호수를 읽고 있던 참이었다.

"여기 사는구나. 미선 씨랑 같이?"

"……."

"왜 그렇게 노려봐요? 얼굴에 뭐 묻었어요?"

"……."

"서영 씨. 눈에서 레이저 나와요."

복수란 두 글자가 눈을 활활 불타게 만들었다. 이 남자를 만나 삥이 치던 일주일이 주마등처럼 지나갔고, 인정하고 싶진 않지만 황홀하던 그 밤도 슬로모션처럼 지나갔다. 요 며칠 스토커처럼 따라다니며 깐족대던 일까지 생각나자 뒷골이 당겨 왔다.

치킨은 제가 시켰다는 말도 안 되는 소리로 마지막까지 마음을 들었다 놨다 하는 이 남자가 너무 얄미웠다. 그래 놓고 저 해사한 얼굴을 좀 보라.

서영은 숨을 깊이 들이쉬었다. 그리고 주먹을 불끈 쥐었다가 폈다.

"서영 씨……!"

루카스의 겁먹은 얼굴을 양손으로 야무지게 잡은 그녀가 까치발까지 하며 그의 입술에 제 입술을 눌렀다.

좀 치사한 방법이긴 하지만 자신에게 안달복달하는 그이니 이렇게 키스로 몸을 달게 한 뒤 집으로 확 내뺄 생각이었다. 그러면 그가 약이 올라 죽을 거라는 계산이었다.

깊고 진하게 한판 한 뒤 슥 떨어지면 끝인데……. 이놈의 입술이 떨어질 생각을 안 한다. 오히려 덩치 큰 그를 몸으로 밀어붙이며 갈구하듯 그의 입술과 혀를 빨고 깊숙이 들이마셨다.

강력한 자석처럼 딱 붙은 입술은 계속해서 그를 원했다. 휙 돌아서야 하는데, 지금이 딱 적절한 타이밍인데……. 하지만 그 생각은 머릿속에서만 맴돌 뿐 현실의 그녀는 루카스에게 매달려 끝도 없는 키스를 하고 있었다.

그녀가 갑자기 입술을 붙여 왔지만 당황은 잠시였다. 그녀에게 호응하며 루카스도 입술을 세차게 빨았다. 아까부터 그녀의 입술과 몸을 가지고 싶어 견딜 수가 없었다. 그녀와 헤어지기 싫어 신사도를 운운하며 집 앞까지 따라왔는데 그만한 보람이 있다고 해야 할까?

도톰한 입술이 터질듯 탄력적이었고, 쫄깃한 혀는 맛있었다. 허리와 목을 꽉 붙든 그가 아파트 문 쪽으로 그녀를 밀고 몸을 밀착시켰다. 뜨거운 몸의 열기가 두꺼운 코트를 뚫고 서로의 몸에 배어들었다.

입술이 문제가 아니었다. 충만한 열기가 온몸을 폭발시킬 듯 흘러넘치자 입고 있는 옷이 거추장스러워졌다.

어떻게 문을 열고 안으로 들어왔는지 생각나지 않았다.

서영이 코트 단추를 풀고 그의 니트를 머리 위로 벗기는 사이, 루카스는 제 셔츠를 잡아 뜯듯 벗고 그녀의 블라우스 역시 양쪽으로 잡아당겨 단번에 벗겨 내 버렸다. 작은 단추들이 공중으로 튀어 올라 바닥을 뒹굴었지만 아무도 신경 쓰지 않았다.

서로의 입술을 탐하며 알몸이 될 때까지 옷가지들을 하나씩 하나씩 벗겨 냈다. 헨젤이 집으로 돌아가는 길을 표시하기 위해 바닥에 떨어뜨린 빵 조각처럼 그들이 지나간 자리에도 옷들이 길을 만들고 있었다.

그녀의 침대는 일인용으로 좁았지만 하나가 된 두 사람이 눕기엔 충분했다. 키스 때문에 이미 둘의 성기에서는 뜨거운 물이 흘러넘치고 있었다. 둘은 누가 먼저라고 할 것도 없이 서로의 몸 안으로 들어갔다.

"헉!"

둘이 만나는 순간 짜릿한 통증이 느껴지더니 이내 쾌락이 밀려왔다. 그녀의 다리를 양어깨에 걸친 루카스는 전쟁을 하는 사람처럼 전진과 후퇴를 반복했다.

철퍽! 철퍽! 철퍽! 그때마다 그녀의 몸에서 흘러나온 액체가 그의 몸에 부딪혀 야한 소리를 만들었고, 루카스의 입에선 황홀한 신음이 흘러나왔다.

"허억!"

그녀의 허리가 뒤로 꺾이며 비명이 터져 나왔다. 폭죽이 팡팡 터지는 것처럼 몸이 튕겨 올랐다. 이성이 날아가 버린 두 육체는 오로지 본능에 의해서 움직이고 있었다.

그녀의 허리를 꽉 잡은 루카스는 더 깊이 들어가기 위해 안간힘을 썼고, 서영 역시 그를 받아들이기 위해 허리를 들었다. 꼭 맞는 열쇠와 자물쇠처럼 두 사람의 몸이 완벽하게 맞으며 찰칵, 문이 열렸다.

둘의 입에서 동시에 격한 신음이 터졌고, 열락에 휩싸였던 두 육체는 하나가 되어 깊숙하게 가라앉았다. 서영의 위에 누운 루카스의 이마에서 땀방울이 또르르 굴러 그녀의 목으로 떨어졌다.

그의 뜨거운 숨결이 목과 쇄골에 닿는 느낌에 서영은 깊은 숨을 내쉬었다. 그에 맞춰 가슴이 들썩거렸다.

서영의 허리를 안은 그가 몸을 돌려 그녀를 마주 보고 누웠다. 말랑하고 봉긋한 가슴에 얼굴을 비비던 그는 오뚝한 코로 그녀의 유두를 장난스럽게 톡톡 건드렸다.

별것 아닌 동작이었지만 아직 몸 안에 남아 있던 무엇이 다시 동글동글하게 뭉쳐지는 것 같았다.

여성이 바르르 떨며 뜨거운 물을 쏟아 내려 하자 서영은 허벅지에 힘을 주었다. 밝히는 여자처럼 보이고 싶지 않았다. 키스하고 도망가기, 이른바 먹튀로 복수하려고 했는데 말짱 꽝이 되었다.

제가 먼저 덤비고 그를 집 안까지 끌어들였으니 할 말이 없었다. 그가 코로만 건드리던 유두를 살며시 핥고 빨기 시작하자 또다시 아래가 움찔거렸다. 허리를 비틀던 그녀가 무릎을 구부리자 딱딱한 뭔가가 닿았다. 그의 목소리가 아련하게 들렸다.

"한 번 더 해도 되죠?"

안 된다고 할 수가 없었다. 가슴을 지분거리는 입술에 이미 활짝 벌어진 여성은 그를 다시 맞을 준비가 되어 있었고 입에서 절로 터지는 신음을 주체할 수가 없었다. 그의 머리를 꽉 움켜쥔 그녀는 대답도 하지 못한 채 그저 끙끙거리는 소리밖에 낼 수가 없었다.

어떻게 이렇게 순식간에 몸이 뜨거워질 수 있는지 모르겠다. 특별한 전희도 없이 키스 한 번에 활짝 열리는 몸이 당황스러웠지만 지금은 이 상황을 받아들일 수밖에 없었다.

그에게 사랑받는 것 같은 느낌이 좋았고, 두 번째인 관계는 여전히 황홀했다. 살아 있는 느낌, 이 세상에서 최고가 된 느낌이 들었다. 이런 경험을 하게 해 준 남자가 조금 고마운 건 사실이었다.

루카스는 가만히 서영을 바라보았다. 그녀의 향기는 늘 자신을 흥분시켰다. 손끝의 스침, 나직하게 들리는 목소리, 귀

뒤로 머리카락을 넘기는 가느다란 손가락까지.

이렇게 그녀를 안고 몸을 쓰다듬으면 마음이 편안해지고 지금껏 누구에게서도 느껴 보지 못한 행복을 느낄 수 있었다.

그녀를 영원히 가지고 싶다.

서영의 허리를 잡은 그가 제 위로 그녀를 앉혔다. 그녀의 발갛게 상기된 얼굴이 사랑스러웠고, 헝클어진 머리가 욕정을 자극시켰다. 지분거렸던 가슴에 그가 남긴 자국들이 선명하게 찍혀 만족스러웠다.

아담한 가슴 아래 날씬한 허리와 소담한 검은 숲이 보였다. 방금까지 이어졌던 그와의 정사로 검은 숲은 비라도 내린 듯 촉촉하게 젖어 있었다.

몸을 훑어 내리는 루카스의 시선에 서영의 얼굴이 더욱 빨개졌다. 그러자 눈을 맞춘 그가 다정하게 웃음을 지었다.

사랑해.

분명히 그렇게 말하고 있었다. 수줍어진 서영이 살짝 미소를 짓자 허리를 번쩍 든 그가 제 것을 그녀의 몸에 넣었다.

"아!"

아까와는 또 다른 자극이 몸을 관통했다.

"마지막으로 한 번 더?"

대답을 기다리지 않고 그가 허리를 들어 올렸다. 아까보다 더 깊게 들어오는 쾌감에 서영의 몸이 흔들렸다. 쾌락에 찬 두 사람의 신음은 누군가가 집으로 들어오는 것도 모르고 한동안 계속되었다.

✽   ✽   ✽

피곤한 몸을 끌고 집으로 돌아온 미선은 문 앞에 떨어진 두 개의 봉지를 보고 고개를 갸웃거렸다. 봉지는 서영과 자주 가던 호프집의 것이었고 안에 든 것은 치킨과 먹태였다.

"대체 이게 왜 여기 떨어져 있는 거야?"

의아함에 고개를 갸웃거리던 그녀는 조금 열려 있는 현관문을 보고 흠칫 몸을 떨었다.

"문이 왜 열려 있는 거지?"

서영은 오늘 일찍 퇴근했는데, 집에 혼자 있는 건가? 봉지가 떨어져 있고 문이 열려 있다는 건…… 혹시 도둑이!

도무지 알 수 없는 상황에 두려움까지 겹친 미선은 달달 떨리는 손으로 문을 열고 안으로 들어섰다. 들어서자마자 보이는 건 뱀 껍질처럼 바닥에 이어져 있는 옷가지들이었다. 이어서 비명에 가까운 낯 뜨거운 신음 소리가 들려왔다.

일단 도둑이 든 건 아니라는 생각에 안심이 되었다. 그리고 문도 제대로 닫지 않은 채 신음을 흘리는 이들의 정체가 궁금해졌다.

하나는 서영의 목소리 같은데 또 다른 하나는 누구의 것인지 모르겠다. 궁금증이 머리를 뚫고 지구 밖까지 나갈 기세였지만 양심상 엿볼 수는 없었다.

군침을 삼키며 미선은 들어왔던 문으로 조용히 나갔다. 그리고 시계를 보았다.

"이게 무슨 민폐래. 가만두지 않겠어. 음, 대충 30분 후에 들어가면 맞겠지?"

그녀는 부러움을 참고 세 시간 같은 30분을 알차게 보내기 위해 스마트폰을 들고 열심히 게임을 하기 시작했다.

그사이 온몸의 열정과 정액을 쏟아 내 버린 두 사람은 서로를 꼭 껴안고 누워 있었다.

루카스의 가슴에 얼굴을 묻은 서영은 꼼짝도 하지 않고 죽은 듯이 안겨 있었다. 행복했지만 더럽게 창피하기도 했다. 도저히 얼굴을 들고 그를 볼 자신이 없었다.

왜 그랬을까. 그냥 기습 키스 후 몸을 달게 해 놓고 훅 빠지면 완벽한 작전이었는데. 이건 완벽하게 그를 유혹한 꼴이었다.

입이 있어도 말을 할 수 없으니 그저 눈을 감고 시체처럼 누워 있는 것이 최선이었다. 아니, 쥐구멍이라도 있으면 그

속으로 쏙 들어가고 싶은 심정이었다.

루카스는 행복한 기분으로 서영을 꼭 안아 주었다. 자신을 계속 밀어 내는 줄로만 알았는데 갑자기 육탄 공격이라니, 반전도 이런 반전이 없었다.

그럼 그동안은 튕긴 건가?

서영답진 않았지만 결과가 좋으니 넘어가기로 했다.

열에 들떠 벌게진 그녀의 얼굴이 다시 보고 싶어진 그는 안고 있던 팔을 풀었다. 그러자 그녀가 벌어진 거리만큼 그의 품으로 다가왔다. 무슨 일인가 싶어 몸을 뒤로 빼자 그녀의 몸이 또 따라왔다.

얼굴을 침대에 푹 파묻고 숨조차 쉬는 것 같지 않았다. 매끈한 등을 톡톡 건드려 보았지만 흠칫 놀라 한 번 움찔할 뿐 여전히 미동이 없었다.

미간에 주름을 잡은 그는 한쪽 팔로 턱을 괴고 인형처럼 엎어져 있는 그녀의 머리를 쓰다듬었다.

손길에 소스라치게 놀란 서영이 고개를 번쩍 들었지만 눈이 마주치자 빨개진 얼굴로 다시 침대에 푹 엎어졌다.

난감해하는 눈빛이 무엇 때문인지 대충 짐작이 간 루카스의 입가에 미소가 스쳤다.

그가 다시 머리카락을 만지작거렸다. 그곳에 신경이 있는 것처럼 그녀의 몸이 움찔했다.

"계속 이렇게 있을 거예요?"

"……"

"그럼 계속 머리카락 만져도 되죠?"

"만지지 마요."

베개에 묻혀 웅얼거리는 목소리가 시트 밑에서 새어 나왔다. 킥킥거리던 그가 이번엔 침대에 눕더니 머리카락을 손에 감기 시작했다.

"감촉 되게 좋다. 실크 스카프 같아. 냄새도 좋네. 샴푸 뭐 써요?"

"마, 만지지 말라고요. 아얏!"

울상이 된 목소리로 고개를 돌리던 서영은 루카스의 손에 감긴 머리카락 때문에 비명을 지르며 그의 가슴으로 넘어졌다. 방금 전까지 빨고 만지작거렸던 몸이었는데 마치 처음 닿는 것처럼 손바닥이 뜨거워졌다.

"어딜 도망가려고."

"아얏!"

머리카락을 볼모로 꼭 잡은 그가 개구쟁이처럼 미소 짓자 그녀의 얼굴이 화르륵 불타올랐다. 다정한 손길이 그녀의 뜨거워진 얼굴을 부드럽게 쓰다듬었다.

"이젠 도망 안 갔으면 좋겠다. 그냥 여기 있으면 좋겠는데. 안 되나?"

부드럽게 어루만지는 그의 눈빛이 강하게 마음을 흔들었다.

그녀가 가만히 곁에 눕자 그가 팔을 내주었다. 단단한 팔을 베고 누운 그녀는 사춘기 소녀마냥 벌떡거리는 가슴을 진정시키기 위해 이불을 끌어당겼다.

"침묵은 긍정의 의미라면서요? 지금 이 행동은 예스라는 얘기죠?"

"나한테 왜 그래요?"

"내가 뭘?"

"뭐, 쿨하게 잠만 잘 수도 있으니까 이건 그렇다고 쳐도 왜 자꾸……."

"나하고 쿨하게 잠만 자고 싶어요?"

그가 그녀의 말을 끊고 물었다. 웃음이 배어 있는 말투였지만 올려다본 눈빛에는 조금의 장난기도 보이지 않았다.

"난 잠도 자고, 밥도 먹고, 영화도 보고, 음…… 또 뭐가 있더라. 아! 손잡고 세계 여행도 하고 싶은데 꼭 잠만 자야 해요?"

그 물음에 말문이 막혔다. 그저 장난이라고, 잠만 잔 거라고 어물쩍 넘기려 했지만 그의 목소리에 담긴 진심과 솔직함에 그렇게 생각한 것이 미안해질 지경이었다. 도망가려던 것이 미안해 그녀도 솔직해지기로 했다.

"난요…… . 아직 누굴 만날 준비가 안 되어 있는 거 같아요."

"엑스 남친 때문에?"

그가 태현의 존재를 언급했지만 아무런 감정의 동요도 일어나지 않았다. 이제 그는 완전하게 잊혀졌나 보다. 아니, 처음부터 태현은 아무런 문제도 되지 않았다.

걸림돌이 되었던 건 자신의 마음이었다. 그런데 마음이 가벼워지자 피식 웃음이 나왔다. 그 미소에 루카스가 과장되게 눈을 크게 뜨고 놀란 입 모양을 해 보이자 그녀의 웃음이 조금 더 진해졌다.

"그런데 이제 막 준비가 됐네요."

"진짜?"

"네."

"그럼 새로운 출발을 위해서!"

건배라도 외치려나 싶었지만 그가 한 것은 키스였다. 격렬한 키스가 아닌, 달콤함과 애정이 듬뿍 담긴 부드러운 키스였다. 가벼운 애무에 기분이 노곤하게 풀어졌다. 입술이 떨어지고 애틋한 눈빛이 오갈 때였다.

"나 왔어."

일부러 크게 외치는 듯한 미선의 목소리가 들리자 화들짝 놀란 서영이 더 큰 목소리로 대답했다.

"어, 언니! 잠깐만!"

"응, 왜? 어머나, 당황스러워라."

미선은 열린 방문 사이로 그제야 서영을 발견한 척했다. 연기를 하듯 어색한 말투였지만 당황한 서영은 그것을 눈치채지 못했다. 쩔쩔매며 이불로 몸을 가리기에 바빴다.

연극을 하며 들어온 미선은 그녀와 함께 있는 남자가 루카스라는 것을 알고 눈이 동그래졌다.

루카스가 서영에게 관심을 갖는 것 같다는 생각이 들긴 했지만 둘이 벌써 이런 관계일 거라고는 상상조차 하지 못했다. 그래서 눈앞의 장면이 놀랍기만 했다. 미선의 머릿속이 재빨리 회전하기 시작했다.

안절부절못하는 서영과 달리 루카스는 미소를 담은 채 미선에게 손까지 흔드는 여유를 보이고 있었다. 전혀 켕기는 게 없다는 표정으로 허둥지둥 이불을 몸에 두르는 서영을 바라보는 그의 눈길에는 제삼자가 보아도 애정이 어려 있었다.

서영을 사랑하기라도 하는 건가? 그녀는 6년을 사귄 애인과 얼마 전에 헤어졌다. 애정 따위는 눈곱만큼도 남아 있지 않은 상황에 마음이 너덜너덜해지고 피폐해졌다.

이렇게 금방 치유될 상처로 보이진 않았는데. 다행이라고 해야 할지, 루카스를 좀 더 경계해야 할지는 두고 봐야 할 것 같았다.

결정을 내린 미선은 몸을 돌려 나긋한 목소리로 입을 열었다.

"일단 옷은 좀 입고 얘기하자. 루카스 씨도 옷 입으세요."

서영은 화끈거리는 얼굴을 손으로 부채질하며 죄인이라도 된 양 고개를 외로 꼬고 있었다. 그에 반해 루카스는 시종일관 태연했다.

전혀 다른 반응을 보이는 두 사람을 번갈아 보는 미선의 얼굴엔 흥미진진함이 가득했다. 어떤 블록버스터급 액션 스릴러도 이만큼 흥미롭진 않을 것 같았다.

입가에서 웃음을 거둔 미선이 심각한 표정을 지으며 루카스를 쫙 째려보았다.

"우리 서영이 좋아해요?"

"좋아하는 걸 넘어서 사랑하죠."

헉! 세다. 이 직설적인 고백은 뭐고, 그 말에 얼굴이 빨개지는 서영은 뭐냐?

적응 안 되는 상황이 펼쳐지자 미선의 말문이 잠시 막혔다. 서영을 알고 지낸 지 햇수로 10년이 되어 가는 그녀였다. 이쯤에서 시어머니 노릇을 해 줘야 될 것 같아 팔짱을 끼고 다리를 꼬았다.

"그럼 둘이 정식으로 사귀는 거죠?"

"그럼요."

"언니."

정색하는 미선의 태도에 서영은 발을 동동 굴렀다. 이해가 안 되는 건 아니었지만 이제 겨우 마음을 확인한 것뿐인데 마치 깐깐한 시누이처럼 구는 미선의 행동에 마음이 조마조마했다.

"너도 같은 마음이야?"

"아니, 그게……."

"얜 아니라는데요?"

"언니!"

서영이 소리를 빽 지르자 미선이 귀를 후볐다. 그리고 다시 냉정하게 물었다.

"그럼 사귀는 거 맞아?"

"언니……."

"아니야?"

"맞아! 맞으니까 그만해."

울상이 된 서영이 고개를 끄덕거리자 비로소 미선의 입가에 미소가 맴돌았다. 그리고 서영을 꼭 안아 주었다.

"축하해."

"언니."

그동안 태현 때문에 마음고생 할 때 아무것도 묻지 않고 든든하게 곁에 있어 준 미선이었다. 진심 어린 말에 서영도 그녀를 꼭 안아 주었다.

잠시 등을 토닥거린 미선이 서영을 보며 고개를 끄덕였다. 그리고 자리에서 천천히 일어나더니 부드러운 말투로 강경하게 명령했다.

"그럼 이 집에서 나가 줄래? 최대한 빠른 시일에."

"언니."

흐뭇하고도 사악한 미소를 지어 보인 미선은 마녀 같은 눈빛으로 둘을 번갈아 보았다.

* * *

사진과 기사를 대조해 보던 서영은 옆자리의 미선을 힐끔 쳐다보았다. 그녀도 바쁜지 책상 위에 널브러져 있는 원고와 사진들을 연신 뒤적거리고 있었다.

서영은 볼을 빵빵하게 부풀리며 괜히 그녀의 눈치를 기웃거렸다. 그날 했던 말이 진심인지 묻고 싶은데 일에만 몰두하는 통에 타이밍을 좀처럼 찾지 못하고 있었다.

"왜 내쫓냐고?"

"캑캑……."

미선이 불쑥 말을 꺼내자 서영은 놀라 숨을 한꺼번에 들이마시다 캑캑거렸다. 모니터에서 눈을 뗀 미선이, 간신히 숨을 진정시킨 서영을 향해 돌아앉았다.

"자세히 얘기해 줘, 아니면 짧게 얘기해 줘?"

"자세히?"

숨을 크게 들이쉰 미선이 다다다 말을 시작했다.

"이제 막 시작하는 연애이니 얼마나 뜨겁겠어. 손만 잡아도 좋은 20대 초반도 아니고, 루카스는 육체의 욕구가 막 끓어오를 때잖아. 시도 때도 없이 물고 빨고 스파크가 파바박! 튀길 텐데 그 꼴을 내 집에서 보고 있으라고? 노노노, 사양합니다. 루카스 씨 집에서 마음 놓고 육체를 불사르라고. 실컷, 재가 될 때까지."

장황하고 적나라한 미선의 말에 얼굴이 빨개진 서영은 주변을 두리번거렸다. 혹시나 사무실 사람들이 들으면 어쩌려고 저런 말을 막 해 대는지. 아군인지 적군인지 헷갈리는 순간이었다.

당황한 서영은 미선이 더 이상한 말을 할까 봐 그녀의 입을 두 손으로 막았다.

"아, 알았어. 그러니까 그만해! 아주 동네방네 광고를 하지! 나랑 루카스랑 사귄다고!"

"그러게. 이번 잡지 특집 기사로 실을까? 섹시 화가 루카스

한, 미모의 출판업계 동갑내기랑 사귀다."

"언니!"

장난스런 미소를 지은 미선이 자리로 돌아가자 서영은 큰 숨을 내쉬었다. 다행히 모두 바쁜지 그녀들의 대화에 관심을 가진 사람은 없었다. 일에 집중하려던 서영은 미선 쪽을 다시 힐끔거렸다.

"그럼…… 짧게는?"

미선이 따뜻한 눈으로 그녀를 바라보았다.

"이쁘게 사랑해."

"칫."

서영이 곱게 눈을 흘기며 미선의 팔을 툭 쳤다. 진심으로 기뻐해 줘서 정말 고마웠다.

그러나 고마운 건 고마운 것이고 정말 짐을 싸 들고 나올 수는 없는 노릇이었다.

서른 살에 연애를 하면 수줍음도 없고, 내숭도 없는 줄 아나? 차서영, 아직 죽지 않았다. 진정한 밀당이 뭔지 보여 주지.

하지만 그 결심은 미선과 팔짱을 끼고 사무실을 나서자마자 와르르 무너졌다. 예쁘게 꾸며진 작은 꽃다발을 안고 루카스가 건물 바로 앞에 서 있었기 때문이다.

"끝났어요?"

"어머, 마중 나온 거예요? 서영 씨 좋겠다. 와! 예쁘네요! 그치, 서영 씨?"

멀뚱하게 서 있는 서영을 팔꿈치로 툭툭 치며 미선이 동의를 구했지만 그녀는 요지부동이었다. 반응 없는 그녀가 답답해 발로도 툭툭 건드렸지만 서영은 여전히 굳은 채 서 있을 뿐이었다.

이럴 땐 좋아하면서 그의 센스를 칭찬하고, 그러면서도 적당히 튕겨 줘야 하는데 너무 오랜만에 하는 연애라 공식을 까먹었나?

미선이 속으로 안달복달하는 그때, 서영은 두근거리는 심장을 들키지 않으려고 발끝에 힘을 주고 있었다.

하얀 눈을 배경으로 꽃다발을 들고 서 있는 루카스는 꽃 그 자체였다. 순정 만화에서 방금 튀어나온 모습으로 자신을 위해 꽃다발을 들고 있다니…….

놀란 마음에 탄성을 지르고 싶었지만 안 그래도 쉬운 여자가 된 것 같아 만회할 기회를 찾고 있는데 여기서 소리를 지르면 끝날 것 같았다.

루카스가 한 발 앞으로 다가오자 서영의 몸이 움찔거렸다. 환호성은 지르지 않더라도 환한 미소쯤은 돌려줄 예정이었는데, 그의 소담스런 꽃다발은 미선에게로 향했다.

"나요?"

미선도 뜻밖이었는지 쉽게 손을 뻗지 못하고 있었다.

"서영 씨랑 연애하게 해 줘서 고마워요. 이건 선물."

꽃다발과 함께 내민 작은 상자를 본 미선은 감동한 눈치였다. 진심이 더해진 선물과 꽃다발에 감동을 안 할 수가 없었다. 미선은 기분 좋게 웃으며 꽃다발과 선물을 받았다.

"그런가? 내 공로가 뭔지 모르겠지만 감사히 받을게요. 서영 씨 데이트 잘하고, 들어오지 마."

미선이 살랑살랑 손을 흔들며 퇴장하자 루카스가 서영의 곁으로 성큼 다가왔다. 그리고 다짜고짜 허리를 굽혀 쪽 하고 입술에 입을 맞췄다. 기겁한 그녀가 놀라며 뒤로 물러섰다.

"무슨 짓이에요!"

"음……. 반가워서 하는 짓?"

천진하게 웃는 얼굴을 보자 서영의 두 뺨이 빨개졌다.

"내가 누누이 말했죠! 한국에서는 예의를 지켜야 한다고. 길거리에서 이런 행위를 하는 건 관습법에 위배되고 미풍양속을 해친다고요! 쇠고랑 차고 싶어요?"

"좋아요. 그럼 이런 행위는 길거리 말고 우리 집에서 하는 걸로 해요."

"루카스 한!"

저에게 주는 줄 알았던 꽃다발이 미선에게로 돌아가서 안 그래도 민망한데 기습 키스까지 당하고 나니 목소리가 곱게 나가지 않았다. 흥분한 서영이 어깨까지 들썩이며 눈을 흘기자 루카스가 다정하게 손을 잡았다.

밖에 오래 있었는지 그의 손은 차가웠다.

"추운데 왜 밖에 있었어요?"

"그래서 다음엔 밖에서 기다리지 않으려고요."

금세 안 기다리겠다고 하니 서운하기도 했지만 추운 것보다는 낫다는 생각에 서영이 고개를 끄덕였다. 그러자 그가 따뜻하게 눈을 맞췄다.

"다음엔 서영 씨 사무실 안에서 기다리려고요."

그럼 그렇지. 장난기 어린 목소리에 서영도 웃어 버렸다.

나란히 손을 잡고 버스 정류장으로 향하던 루카스가 갑자기 걸음을 멈추었다. 서영이 고개를 돌리자 그가 주머니에서 뭔가를 꺼내 꾹 눌렀다.

삐빅! 하는 소리와 함께 길가에 주차되어 있는 자동차에서 불빛이 번쩍거렸다.

"차 샀어요?"

"필요해서 한 대 뽑았죠. 뽑는다는 표현이 맞나?"

"맞아요."

나날이 늘어 가는 한국어 실력에 루카스 본인은 물론, 서영도 뿌듯함을 느꼈다. 그동안 저와 다니며 그렇게 수다를 떨었으니 일취월장하는 건 어쩌면 당연한 건지도 몰랐다.

늦은 시간이라 버스를 탔으면 피곤했을 텐데 편하게 차로 데려다주니 고마웠다. 꽃 때문에 서운했던 건 모두 잊은 서영이 진심을 담아 인사했다.

"덕분에 편하게 가네요. 고마워요."

"그렇게 덥석 고맙다고 해도 될까? 무슨 꿍꿍이가 있을 거란 생각은 안 해요?"

"꿍꿍이요?"

생전 처음 들어 보는 말이었다. 그녀가 의아하게 바라보자 생각에 빠진 루카스의 입이 앞으로 튀어나왔다.

"꿍꿍이 아닌가? 꿀꿀이? 아니, 그건 돼지인데……. 꿍꿍이?"

"아! 꿍꿍이."

별말을 다 아네. 고개를 갸웃거리던 서영은 그가 제 손을 잡아 기어 위에 올리고 그 위로 손을 겹치자 가슴이 덜컹거리는 것을 느꼈다. 사춘기도 아니고 이런 거 가지고 심장이 두근거리다니. 민망해 숨을 내뱉었다. 서른 살이라는 나이가 무색할 지경이었다.

손이 얹혀 있기만 해도 두근거리는데 그가 기어를 바꿀 때마다 손을 꽉 잡는 바람에 심장이 요동을 쳤다. 요동치는 심장을 숨기려고 그녀가 조금 높은 목소리로 물었다.

"수동 변속기어네요. 요즘은 다 오토로 모느데 어떻게 이런 걸 살 생각했어요?"

"그래야 서영 씨 손을 자주 꽉 잡지."

손가락이 오그라들어 저도 모르게 기어를 꽉 잡았다. 그러자 그가 그녀의 손등을 톡톡 쳤다.

"아직 변속할 때 아니에요."

미국 사람이 확실했다. 표현 안 하는 것을 미덕으로 여기는 한국 남자들과 확실히 달랐다. 헛기침을 한 그녀가 대수롭지 않은 듯 입을 열었다.

"꿍꿍이가 이거예요? 루카스 씨 귀엽네."

"설마…… 이 정도가 꿍꿍이일까?"

음흉하게 웃는 그를 보자 온몸에 소름이 오소소 돋았다.

집에 도착한 그는 문을 열며 다시 한 번 음흉하게 웃었다. 못 본 척 안으로 들어서던 서영은 놀라움에 눈을 커다랗게 떴다. 미선에게 준 것에 열 배쯤 되는 커다란 꽃다발이 새하얀 거실에서 화려하게 빛을 내고 있었기 때문이다.

놀란 그녀가 움직이지 못하자 곁으로 다가온 루카스가 다정하게 어깨를 안았다.

"꽃다발이 너무 커서 못 들고 가겠더라고요. 어때요? 이 정도면 꿍꿍이 부릴 만한가?"

"내 몸만 한 거 같아. 정말 크고 예쁘네요."

"자! 편하게 집으로 모셔 왔고, 꽃다발로 가슴도 설레게 했으니 다음 꿍꿍이!"

어깨를 잡고 제 쪽으로 돌려 그녀와 눈을 맞춘 그가 미소 지었다.

chapter 6

내 눈에만
보이는 사람

촉촉촉. 은밀한 소리가 커다란 원룸 안에 가득 울려 퍼졌다. 각종 채소와 슬라이스된 연어를 꺼내 놓고 열심히 둘둘 말던 루카스는 잠깐 시원하게 해야 한다면서 연어 롤을 냉장고에 넣었다. 그리고 다음 꿍꿍이를 외치더니 그녀의 목에 입을 맞추었다.

뭐라 반박할 새도 없이 목에서 도톰한 귓불로, 다시 턱 선을 따라 입을 맞춘 그는 최종 목적지인 그녀의 입술에 제 입술을 겹쳤다. 연어 롤을 만들며 입속으로 들어갔던 소스의 상큼함이 느껴졌다.

농도 짙은 키스에 서영의 입에서 달콤한 신음이 흐르자

조심스럽게 그녀를 침대까지 끌고 가 눕힌 그가 얼굴과 목에 빈틈없이 입술 도장을 찍었다. 베이비 키스의 촉촉거리는 소리가 은근히 야하게 들렸다. 서영은 그의 입술이 닿을 때마다 몸을 움찔거렸다.

목이 말라 침을 삼킨 그녀가 입을 벌리고 한숨을 내쉬자 그가 눈빛을 번뜩이며 잔뜩 잠긴 목소리로 속삭였다.

"지금 유혹한 거예요?"

"유혹이면 어떻게 할래요?"

"이렇게……."

한쪽 입꼬리를 올리며 섹시하게 미소 지은 루카스의 입술이 목을 타고 내려와 단단한 쇄골에 닿았다. 서영의 티셔츠와 브래지어를 한꺼번에 위로 올린 그가 가슴을 덥석 물자, 짜릿한 느낌에 번개라도 맞은 양 그녀의 몸이 위로 튕겨졌다.

아담하고 하얀 가슴이 순식간에 붉게 물들었고, 수줍게 숨어 있던 유두가 성이 난 듯 꼿꼿하게 고개를 들었다. 촉수처럼 감긴 혀가 유두를 괴롭히자 그녀는 신음을 흘리며 그의 머리카락을 꽉 붙잡았다.

루카스가 가슴을 주무르던 손으로 그녀의 날씬한 옆구리를 훑어 내렸다. 그의 손이 닿은 부분이 불에 닿은 듯 뜨거워지고 벌레가 기어가는 것처럼 간질거려 서영은 몸서리를 첬다. 쏙 들어간 허리와 골반 부근을 배회하는 손 때문에 연신 몸을 비틀며 끙끙거렸다.

"아! 그만……. 아니, 계속해요."

허스키하게 속삭이는 그녀의 목소리가 귓가를 간질였다. 손을 대기만 해도 톡 터질 듯이 탄력적인 가슴과 제 손을 따라 쉼 없이 움직이는 허리 때문에 루카스의 남성이 커다랗게 부풀어 올랐다.

당장에라도 안으로 들어가 맑은 샘물에 풍덩 빠지고 싶었지만 아직 그녀의 샘에 물이 차오르지 않았다.

인내심을 가지고 그녀의 골반을 쓰다듬던 손이 천천히 스커트를 올리며 안으로 들어갔다. 얇은 팬티스타킹이 장막이라도 되는 양 그를 방해하자 망설임 없이 스타킹을 찢고 팬티 속까지 단번에 쳐들어갔다.

지이익, 찢어지는 소리와 함께 꽃잎을 벌리며 들어온 그의 손이 동그란 알갱이를 누르자 서영은 헉 소리를 냈다.

그가 손가락으로 꽃잎을 헤집고 들어와 여린 살을 더듬거리자 허리에서 불꽃이 튀고 아랫배가 따끔따끔 아파 왔다. 저도 모르게 몸을 틀던 서영이 다리를 오므리려고 하자 루카스가 귓가에 속삭였다.

"쉬이, Relax. 천천히 할 테니까."

말과 달리 억누른 그의 목소리에는 힘이 잔뜩 들어가 있었다. 뜨거운 입김이 귓가에 닿자 서영은 몽롱한 눈을 들어 그를 보았다. 욕망으로 물든 눈동자가 그녀를 한입에 삼킬 듯 바라보고 있었다.

이 남자의 눈을 보면 왜 숨이 막히는지 알 것 같았다. 굽힐 줄 모르는 자존심과 뜨겁게 불타오르는 사랑이 눈 속에 있었다. 그가 늘 장난스럽게 말하던 대로 사랑한다는 감정을 담은 눈빛이 그녀를 원하고 있었다.

서영은 루카스의 목을 끌어안고 그의 입술을 삼켰다.

자신이 아직 아름답고 사랑받을 수 있는 여자임을 확실하게 알려 주는 사람. 소중하고 귀하게 대해 자존심을 세워 주는 남자. 다시 자신의 가슴을 뛰게 한 연인. 자신의 몸을 뜨겁게 만들어 주는 단 하나의 사랑.

서영은 정성껏 입을 맞추었다. 입술을 비비고, 그의 혀를 감싸 뜨겁게 달구며 숨결과 진한 애욕을 삼켰다. 제 속에 이런 열정이 있었나, 스스로 놀랄 정도로 적극적인 모습이었다.

저돌적인 키스에 놀란 건 서영뿐만이 아니었다. 루카스 역시 놀라 잠깐 그녀의 혀를 놓치기까지 했다. 늘 한 걸음 물러나 방어만 하던 그녀가 불길이 번지는 듯 그를 잠식하고 있었다.

뜨겁게 키스를 하며 몸을 일으킨 그녀가 순식간에 자리를 바꿔 그의 허리에 걸터앉았다.

가슴 위에 불편하게 걸쳐져 있던 브래지어와 블라우스를
벗고, 찢어진 스타킹과 팬티도 모두 벗어 버린 그녀는 순수
한 알몸이 되었다. 매끄럽게 빛나는 몸매는 마치 조각 같았
고, 상기된 얼굴은 사랑스러웠다.

붉게 부푼 입술 사이로 뜨거운 숨결을 쉴 새 없이 토하며
그의 몸을 애무하자 루카스의 남성은 폭발하기 일보 직전이
되었다.

"윽, 서영 씨."

루카스의 애절한 목소리에 조그마한 유두를 할짝거리던
그녀가 몸을 일으켰다. 그리고 신음을 흘리며 눈을 찡그리
는 그를 보며 싱긋 웃었다. 부푼 입술 덕에 그 미소는 섹시
하고 요염했다.

더 이상 참지 못하고 루카스가 일어나려고 하자 서영이
그의 가슴을 지그시 눌러 저지했다.

"내가 할 거야."

허스키한 목소리에 남성이 꿈틀거렸다. 그의 어깨를 양손
으로 짚은 그녀가 엉덩이를 슥 들었다. 흐트러진 그녀의 긴
머리카락이 얼굴을 간질였지만 그는 그것에 신경 쓸 겨를이
없었다. 그녀의 풍만한 엉덩이가 천천히 허리 위에 내려앉
더니 남성을 꽉 조이며 감싸 안아 버렸기 때문이었다.

뜨겁고 야들한 속살에 포위당한 남성이 그녀의 몸 안에서 승천하는 용처럼 꿈틀거리자 서영의 허리가 아래위로 움직이기 시작했다.

"으음, 아! 아아!"

그녀의 움직임이 빨라지자 신음은 더욱 커져 갔다.

"으윽! 아아!"

"하! 서영아."

움직일 때마다 여린 살을 스치며 주는 쾌감에 서영의 안에서 샘물이 콸콸 쏟아져 시트까지 흠뻑 젖어 들고 있었다.

철퍽철퍽, 두 사람의 몸이 부딪히는 소리와 입에서 나오는 교성이 방 안을 가득 채웠다.

그녀의 얼굴에 맺힌 땀이 달콤하고 뜨거운 숨결과 함께 루카스의 얼굴 위로 떨어졌다. 충혈된 눈으로 그녀를 보던 루카스는 입술 사이의 붉은 살덩이를 덥석 물어 뽑아 버릴 듯 빨아 당겼다. 그리고 그녀의 허리를 잡아 다시 자세를 바꾸었다. 마무리를 하기엔 그녀가 너무 지쳐 보였다.

그녀의 다리를 위로 들어 안으로 더욱 깊숙하게 들어가자 서영의 교성이 비명으로 바뀌었다.

"아악! 루카스! 하악! 하악!"

퍽퍽퍽, 루카스는 더욱 깊이 들어가기 위해 허리를 있는 힘을 다해 부딪쳤고, 이윽고 그녀의 샘은 화산을 분출하듯

펑 터져 버렸다.

"윽! 으읙! 으으음."

동시에 루카스가 그녀의 몸에서 남성을 빼냈다. 남성에서
나온 뜨거운 생명들이 한꺼번에 쏟아져 그녀의 몸 위에 뿌
려졌다. 나란히 절정을 맞이한 둘은 격한 숨을 몰아쉬었다.

서영의 가슴이 오르락내리락 숨을 고르자 루카스는 그녀
의 손을 깍지 껴 잡았다. 그리고 다정하게 눈을 맞추었다.

정신이 오락가락하던 서영도 그를 보며 희미한 웃음을 지
었다.

두 사람의 눈빛이 하나로 얽히는 순간 루카스의 입술이
움직였다.

사랑해.

　　　　✳　　　　✳　　　　✳

얼마나 지났을까. 잠이 들었던 서영은 눈을 비비며 뒤척
거렸다. 익스트림 스포츠를 즐긴 사람처럼 온몸의 세포가 노
곤하게 녹아 버려 루카스의 달콤한 고백과 따뜻한 키스를 받
던 도중 저도 모르게 잠이 들어 버렸다.

키스를 하다 잠이 들었다는 것을 깨닫자 조금 미안한 마
음이 들어 실눈을 뜨고 옆자리를 봤지만 아무도 없었다. 그

녀는 눈을 크게 떴다.

아직 집 안은 캄캄했다. 몸을 돌려 거실 쪽을 바라본 그녀의 입가에 잔잔한 미소가 맺혔다. 이젤 앞에 선 그가 골똘히 캔버스를 바라보고 있었기 때문이다.

그녀의 잠을 깨우지 않으려고 이젤 옆에 켠 은은한 무드 등이 그의 완벽한 뒤태를 더욱더 선명하게 부각시켜 주고 있었다.

넓은 어깨 아래 작은 근육들이 예술적으로 자리 잡은 등은 언젠가 미술관에서 관람했던 조각상처럼 멋졌다. 섬세한 근육들을 따라 내려가니 탄탄한 허리가 보였고 그 밑의 귀여운 엉덩이는 움직일 때마다 꿈틀거렸다.

단단한 허벅지와 여자처럼 미끈하게 빠진 종아리까지, 어디 하나 흠잡을 곳 없이 완벽하게 아름다웠다.

변태가 된 심정으로 혼자 웃음을 짓고 있던 그녀의 얼굴이 빨개졌다. 잠에서 깬 것을 눈치챈 그가 그녀를 향해 몸을 돌렸기 때문이었다.

알몸인 그의 뒷모습을 몰래 훔쳐보는 건 상관없었지만 그것을 들켰을 때는 상황이 달랐다. 창피한 마음에 그녀는 재빨리 이불을 뒤집어쓰고 자는 척을 했다.

"안 자는 거 아는데……. 깬 거 다 봤는데……."

개구쟁이 같은 루카스의 말에 그녀는 눈만 내밀어 난처하게 웃음을 지었다.

"봤어요?"

"응, 이리 와 봐요. 보여 줄 거 있어요."

다짜고짜 손을 잡아끄는 덕에 그녀 역시 알몸으로 침대를 쏙 빠져나와 버렸다.

무드등 하나만 켜져 있어 잘 보이진 않았지만 그래도 자신의 모습이 신경 쓰인 서영은 긴 머리카락을 앞으로 내려 가슴을 가리고 두 손으로 슬쩍 아래를 가렸다. 하지만 루카스는 그림에 신경이 팔렸는지 흥분된 어조로 물었다.

"뭐 그린 것 같아요?"

그제야 서영도 그림을 유심히 보았다. 어스름한 불빛 사이로 뭉게구름 같은 형상이 보였다. 추상화처럼 이해할 수 없는 그의 그림을 해독하기란 쉽지 않았다. 붉은색을 주색으로 쓴 그림은 주황색과 노란색으로 이루어진 따뜻한 색들로 가득했다.

난처하게 고개를 젓던 서영과 눈이 마주친 루카스는 이젤 앞에 놓인 의자에 앉더니 그녀를 무릎 위에 앉혔다.

맨살이 닿는 느낌에 화들짝 놀라 몸이 경직되자 그가 뒤에서 다정하게 안으며 귀에 속삭였다.

"다시 봐요. 누가 보여요?"

루카스의 다리를 의자 삼아 앉은 그녀는 심호흡을 하고

그림을 보았다. 그러나 오금에 그의 무릎이 닿아 자꾸만 벌어지려는 다리가 신경 쓰여 그림에 집중할 수 없었다.

어두워서 참 다행이라고 생각하던 그녀는 문득 눈에 들어오는 어떤 형상에 '아!' 하며 입을 벌렸다.

"저거 혹시……."

"보여요?"

"혹시…… 내 모습이에요?"

그가 뒤에서 고개를 끄덕이는 게 느껴졌다. 얼굴을 돌려 그를 본 서영은 신기하다는 듯 다시 그림을 바라봤다.

사람의 형태가 보이는 건 아니었다. 눈, 코, 입 같은 건 아무 데도 없었다. 그럼에도 불구하고 자신의 모습이라는 생각이 들었다. 너무 신기해서 서영은 다시 물었다.

"어떻게 나로 보이지? 사람처럼 보이진 않는데……."

"느낌이에요. 그 사람의 마음을 느끼고 그걸 다시 그림으로 그리는 거예요. 서영 씨 마음은 저렇게 포근하고 예쁘잖아요."

대놓고 예쁘다고 하니 조금 쑥스럽기도 했지만 뭉게구름 같은 그림이 자신의 모습으로 보이는 건 여전히 신기했다. 입까지 벌리고 찬찬히 살피자 군데군데 번개처럼 보이는 것이 있었다.

"저것도 나예요?"

"응."

"내가 번개처럼 짜릿한가?"

"숨겨져 있는 열정, 뜨거운 욕망, 원초적 본능."

목소리가 점점 낮아지더니 그가 입술로 그녀의 목을 살며시 깨물었다. 놀란 서영이 움찔거리자 그녀를 안은 팔에도 힘이 들어갔다.

귓불을 빨아 당기는 그의 뜨거운 숨결이 귓속으로 들어왔다. 귀와 목덜미를 연신 핥던 그가 어깨에 잇자국이 나도록 아프게 깨물자 그녀는 허리를 틀었다.

꼭 붙이고 있던 그녀의 무릎 사이에 작은 틈이 생기자 루카스가 제 다리를 벌렸다. 그러자 그 위에 앉아 있던 그녀의 다리 역시 활짝 벌어졌다. 그러나 뒷목을 핥으며 가슴을 주무르는 루카스 때문에 그녀는 제 다리가 벌어졌는지도 눈치채지 못했다.

예민한 목덜미와 귓불을 오가던 그의 입술이 나직하게 속삭였다.

"당신, 목이 가장 예민한 거 알아?"

품에 꼭 안아 결박하듯 그녀의 두 팔을 옭아맨 그가 다른 손으로 가슴을 움켜쥐었다. 솜사탕보다 달콤하고, 케이크보다 폭신한 감촉이 더없이 좋았다. 유두를 지분거리며 가슴을 문지르고 아프게 움켜잡기도 하자 그녀의 입에서 기어이 신음이 터져 나왔다.

"으응."

그 신음 소리가 번져 그의 기분도 몽롱해졌다.

가슴을 문지르던 손이 납작한 배를 따라 내려와 활짝 벌어진 허벅지를 쓰다듬었다. 반사적으로 다리를 오므리려던 그녀는 루카스의 손에 꼼짝 못 하고 허벅지 안쪽을 내주었다. 뒤에서 꽉 안은 그의 팔 때문에 허리를 비틀고 고개를 흔드는 게 고작이었다.

다른 곳의 피부와 다르게 허벅지 안쪽은 좀 더 여리고 부드러웠다. 그녀의 은밀한 곳처럼 그만이 만질 수 있는 부분이었다.

부드러운 허벅지를 따라 올라간 손이 그녀의 숲에 닿더니 애를 태우는 것처럼 그 근처를 맴돌았다. 촉촉한 비가 내린 숲은 싱그럽게 젖어 있었고 그 깊숙한 곳엔 폭포가 숨어 있었다.

숲을 헤치고 들어간 그의 손가락이 그녀의 민감한 돌기를 건드렸다.

"음으!"

튕겨 오르는 그녀의 몸을 다시 꽉 안은 그가 이번엔 좀 더 세게 돌기를 누르며 문질렀다.

"아아! 헉헉."

짙은 신음을 뱉은 그녀가 숨을 가쁘게 쉬기 시작했다.

목덜미를 애무하는 통에 아랫배가 팽창하여 아파 왔다. 그와 동시에 그녀의 아래에서 조금씩 물이 흐르기 시작했다. 활짝 벌어진 다리 때문에 고여 있던 물이 밖으로 흘렀고 그곳을 손으로 자극당하니 더 이상 견딜 수가 없었다.

한 번 시작된 본능은 그녀를 더욱 재촉했다. 어서 안으로 들어오라고, 내 몸으로 들어와 이 갈증을 풀어 달라고 아우성치기 시작했다.

루카스 역시 남성이 단단해졌음을 느꼈지만 아직 제 차례는 아니라고 생각했다. 그녀의 몸을 실컷 만진 뒤 제 욕망을 충족할 셈이었다. 그런데 그녀가 몸을 비틀기 시작하자 그는 입술을 깨물었다.

제 손 때문에 견딜 수 없게 된 서영이 엉덩이를 이리저리 움직이자 그 아래에서 조금씩 단단해지던 녀석이 순식간에 부풀어 버렸다. 커다랗게 커진 남성이 그녀의 엉덩이 밑에 깔리는 바람에 아픔까지 느껴졌다.

"하, 날 죽일 거야?"

"으흠, 날 죽이고 있는 건 당신이잖아요. 하아! 어떻게 좀 해 줘."

신음과 뒤섞인 목소리가 그를 유혹했다. 그녀를 조금 더 애태울 예정이었는데 참지 못할 것 같았다. 그녀의 숲으로 손가락을 쑥 집어넣은 그가 안쪽의 여린 살을 누르고 문질렀다.

"아아, 으음음!"

서영의 허리가 위로 튕기더니 맑은 물이 줄줄 새어 나오기 시작했다. 그녀를 애태우려고 했던 작전은 실패했다. 더이상 참을 수가 없었으니까.

의자에서 일어선 그가 그대로 그녀의 허리를 잡아 뒤에서 공격했다.

"헉! 아악!"

아랫배를 찔린 것처럼 날카로운 통증에 서영은 비명을 질러 버렸다. 뒤에서 밀어붙이는 힘에 휘청거리던 그녀는 앞에 놓인 이젤을 붙잡아 간신히 몸의 중심을 잡았다.

그녀를 배려하던 저녁때의 섹스와는 뭔가 달랐다. 급한 사람처럼, 이기적인 욕심쟁이처럼 사정없이 몰아붙이는 그의 힘에 서영은 다리를 부들부들 떨며 넘어지지 않으려 이젤을 붙들었다.

그가 허리를 튕길 때마다 서영의 입에서 외마디 비명이 터져 나왔다. 하지만 결코 아파서 지르는 비명은 아니었다. 아픔을 넘어선 쾌감과 몸을 어떻게 해야 할지 알 수 없는 환락 때문이었다.

그저 본능에 따라 마음껏 비명을 지른 그녀는 아랫배가

조여드는 느낌과 함께 제 몸에서 물줄기가 확 퍼져 나가는 것을 느꼈다.

"하악!"

그녀의 몸에서 남성을 뺀 그가 낮은 탄성을 토해 내자 엉덩이 사이에서 뜨거운 것이 뿜어졌다. 뜨끈하고 점성이 강한 물질이 허벅지를 타고 바닥에 뚝뚝 떨어졌다. 비릿하고 야릇한 향이 땀 냄새와 함께 진동했다.

아득해지는 시야 사이로 캔버스에 그려진 뭉게구름 안의 번개가 번쩍거리는 것이 보였다.

*   *   *

하늘에 제설기를 설치했는지 함박눈이 펑펑 쏟아지고 있었다. 오가는 사람 모두 두꺼운 옷깃을 꽁꽁 여미고는 넘어지지 않으려 종종걸음을 쳤다.

수북이 쌓인 눈으로 거리는 마치 눈의 나라처럼 변했고, 그 하얗고 까만 무채색의 풍경에서 살아 있는 생명체라고는 루카스 혼자뿐인 것 같았다.

선명한 오렌지색 롱코트를 입은 그는 지나가는 여자들의 시선이 제게로 쏟아지는 줄도 모르고 고개를 이리저리 돌리고 있었다. 지하철 출구를 잘못 나온 그는 열심히 4번 출구를 찾고 있는 중이었다.

"내가 절대 길치는 아닌데 서울은 너무 복잡해. It gives me a headache."

거리는 사람들로 넘쳐나 조금만 걸어도 어깨가 툭툭 부딪히기 일쑤였다. 큰 키를 십분 활용한 루카스는 고개를 쭉 빼고 즐비하게 늘어져 있는 간판들을 하나하나 점검했다.

"Big bell, 4번 출구, 뚜레쥬르, 길 건너 스타벅스. Found it!"

보신각종을 찾은 그는 환한 얼굴로 차근차근 가게들을 짚어 나갔다. 그리고 드디어 약속 장소를 발견하고는 만족스런 미소를 지으며 약도 종이를 코트 주머니에 넣었다.

다행히 커피숍 안으로 들어가자마자 민중의 얼굴이 보여 그는 손가락을 살랑살랑 흔들며 인사했다. 그러자 민중의 미간에 주름이 생겼다.

"서른이나 먹은 놈이 이게 뭐냐, 이게? 쪽팔리게."

민중은 허공에서 손 인사를 하는 그를 흉내 내며 타박했다. 그러나 루카스는 아랑곳하지 않는 눈치였다.

"너도 서른인데 쪽팔리게 쪽팔린다는 말을 하냐."

커피가 빨대를 따라 반쯤 올라가다 아래로 쭈욱 내려갔다. 놀란 민중이 토끼 눈이 되어 그를 보았다.

"너 말 많이 늘었다."

"좋은 선생을 찾았거든."

싱글벙글 웃음이 떠나지 않는 루카스를 보며 민중은 눈을 가늘게 떴다. 원래도 웃음이 많은 녀석이긴 했지만 지금 입가에서 뚝뚝 떨어지는 웃음은 그 종류가 달랐다.

다섯 살에 미국으로 간 녀석은 가자마자 아버지를 잃고, 몇 년 뒤 미국인 새아버지를 받아들였다. 당연히 마음에 커다란 상처를 입었지만 그를 걱정하는 어머니 때문에 늘 웃고 살았다고 했다. 행복한 분장을 한 피에로처럼…….

녀석의 10대는 거짓 웃음과 곪아 가는 상처로 가득했다.

미국으로 어학연수를 갔을 때 그를 처음 만났다. 민중 역시 질풍노도의 시기를 겪고 있을 때였다. 사소한 일로 주먹다짐을 했던 두 소년은 그렇게 마음을 나누는 친구가 되었다.

벌써 10년도 더 지난 일이었다. 그동안 잔뜩 곪아 있던 녀석의 상처는 뿌리까지 도려내졌고, 방어 수단으로 싱글벙글 짓던 미소는 진짜가 되었다.

그런데 오늘의 싱글벙글은 조금 달랐다. 얼굴에 빛이 나는 것도 같고, 달싹거리는 입술은 뭔가 자랑하고 싶어 안달난 모습이었다.

민중은 목소리를 낮춰 은밀하게 물었다.

"뭔가 있는데…… 너 몇 달 전부터 수상했다고. 찰스가 펄펄 뛰는데도 한국에 계속 머무르고 말이야. 뭐야? 틈 들이지 말고 말하지?"

"보여 주고 싶은 사람이 생겼어."

"설마…… 여자?"

"응."

"오! 마이 지저스!"

민중이 머리를 움켜쥐며 완벽한 콩글리시 발음으로 지저스를 외쳤다.

알고 지낸 지 12년이 되었지만 그동안 루카스가 여자를 만나는 것을 본 적은 한 번도 없었다. 그런 그가 여자를 소개시켜 주고 싶어 하다니. 가벼운 사이는 절대 아닐 것 같았다.

흥분한 민중이 루카스의 멱살을 잡고 마구 흔들었다.

"자식, 드디어 연애를 하는구나. 노총각으로 늙어 죽지 않을까 이 형님이 얼마나 걱정했는지 아냐? 그래, 언제 보여 줄 거야? 오늘 같이 오지 그랬어?"

"이거 놓고 말해. 숨 막혀."

"야, 감격에 겨워서 그런다. 너 같은 놈을 받아 주다니 참 천사 같으신 분인가 보다."

"천사 맞지. 진짜 예쁜 엔젤."

나사 하나 빠진 놈처럼 헤벌쭉 웃는 얼굴과 누군가를 생각하며 반짝거리는 루카스의 눈동자를 본 민중은 소름이 돋으려는 제 팔을 꽉꽉 눌렀다.

민중의 상태를 눈치챘는지 루카스가 금방 현실로 돌아왔다.

"전시회 첫날 같이 올 거니까 그때 볼 수 있을 거야."

"그때까지 안 보여 주겠다는 소리잖아. 더 궁금해지는데?"

"궁금해? 궁금하면 500원."

"컥! 쿨럭."

루카스의 철 지난 유행어에 민중은 사례에 걸린 듯 기침을 했다. 처음 한국에 들어왔을 때 심심하다기에 개그 프로그램을 추천해 줬더니 그걸 제대로 써먹는 듯했다.

하지만 벌써 구석기시대 개그가 되어 버렸는데 여자 친구에게 하진 않겠지. 만약 한다면 반응은 불 보듯 뻔한데 이걸 알려 줘, 말아. 민중이 잠깐 망설이는 사이 루카스는 제 음료를 주문하러 계산대로 걸어가고 있었다.

※　　　　※　　　　※

전시회 날까지 기다릴 수 없었던 민중은 여러 차례 루카스를 독촉했다. 민중의 성화에 결국 손을 든 루카스는 서영과 함께 그를 만나기로 했다.

서영은 긴장한 기색이 역력했다. 계단을 내려가면서도, 지

하철을 타서도 자꾸만 혀를 내밀어 입술을 축이고 헛기침을
했다.

루카스는 긴장하는 서영을 보자 미안한 마음이 들어 그녀
의 손을 꼭 잡아 주었다. 그러자 그녀도 눈을 맞추며 어색한
미소를 지었다.

"너무 애쓰지 마요. 그냥 있는 그대로. Ok?"

"그러려고 하는데 생각보다 더 긴장이 되네요."

그녀가 루카스의 손을 놓고 가방에서 거울을 꺼내어 화장
상태를 꼼꼼히 살폈다. 시부모님이 될 분들을 보러 가는 것
도 아닌데 엄청 긴장이 됐다.

미국에서 처음 사귄 친구라고 하던데 루카스처럼 4차원
이상의 사람은 아니겠지? 메뚜기처럼 톡톡 튀는 사람은 루
카스 하나로 족했다. 심호흡을 하자 그가 그녀를 살며시 안
아 주었다.

"내 눈에만 이쁘면 되지. 왜 그렇게 신경 써요? 내 친구한
테 잘 보여서 뭐하려고. 연애하려고? 질투 나려고 그런다."

초딩 같은 루카스의 말에 피식 웃음이 새어 나온 그녀는
팔을 둘러 그의 등을 두드렸다.

"한국 문화에서는요, 주변 인물도 굉장히 중요하답니다.
루카스 씨 친구니까 나한테도 중요한 인물이라고요. 당연히
잘 보여야죠. 그 친구가 저 여자 별로다, 그러면 어떻게 할

거예요?"

"원 펀치 날려야지."

"네? 그게 말이 돼요?"

루카스의 말에 서영이 그의 가슴을 탁 때렸다. 두꺼운 코트 때문에 아프지는 않았지만 울상이 된 루카스는 과장되게 입술을 내밀며 불쌍한 표정을 지었다.

"친구를 왜 때려요? 못살아. 잘 보여야 된다고요."

"안 좋음. 나랑만 잘 지내면 됨."

대체 저건 무슨 말투래? 정말 딱 초딩 같았다.

속으로 혀를 끌끌 차자 주변에서 따끔한 시선이 느껴졌다. 나이가 지긋하신 어르신들의 따가운 눈총과 젊은 여자들의 질투와 선망 어린 눈동자가 한꺼번에 자신들에게 쏟아졌다.

서영은 얼굴이 화끈거리는 것을 느꼈다. 나이 서른에 이게 무슨 추태람. 태현과는 한 번도 이런 적이 없었는데. 공공장소에서 화장을 고치고, 남자와 껴안고, 두 손을 조몰락거리고……. 지하철 문에 머리를 콕 박은 그녀가 눈을 꽉 감았다.

문가에 바짝 붙은 서영을 보며 루카스가 걱정스럽게 물었다.

"그래도 긴장돼요?"

"저기 멀리 떨어져요."

갑자기 저를 밀어 내는 그녀를 보자 루카스의 눈썹이 위로 올라갔다. 그리고 조금 화난 듯 큰 목소리로 그녀에게 물었다.

"진짜 내 친구에게 관심 있어요?"

그의 목소리에 사람들의 시선이 다시 파바박 꽂혔다. 다행히 때마침 목적지에 도착한 덕분에 서영은 그의 손을 잡고 후다닥 지하철에서 내릴 수 있었다. 툴툴거리며 끌려가던 루카스가 볼멘소리로 꿍얼거렸다.

"진짜 그런 거예요?"

"지하철은 공공장소예요. 과한 애정 표현을 하거나 큰 목소리로 얘기하면 안 된다고요. 그러면……."

"풍기 문란으로 잡혀 간다고요?"

"맞아요."

"우리가 뭘 어쨌는데."

"그게……."

반박하려던 그녀가 입을 굳게 다물었다.

그래, 뭘 어쨌는데. 손잡고, 어깨 좀 끌어안고, 그게 뭐 그렇게 대수라고. 그 정도는 요즘 초딩들도 다 한다. 입을 맞췄어, 몸을 더듬었어? 상식 이하의 행동을 하는 사람들도 수두룩한데 손잡는 것 정도는 괜찮지, 안 그래?

스스로 납득한 그녀는 다시 고개를 갸웃거리며 루카스를

보았다. '그런데 왜 사람들의 시선이 쫙 모인 거지?'라고 생각한 찰나 시선을 준 사람들의 대부분이 젊은 여자라는 것을 깨달았다.

결론은 풍기 문란이 아니라 그냥 루카스가 시선을 끈 것이었다. 잘난 놈. 서영은 루카스를 노려보다 목도리를 빙빙 둘러 그의 코까지 가려 버렸다. 영문도 모르고 코와 입이 막힌 그가 항의했다.

"왜요?"

"가리고 다녀요. 다른 여자들이 보잖아요!"

그녀의 말에 황당하게 커진 그의 눈이 초승달처럼 휘어졌다. 그리고 그녀의 어깨를 끌어안았다.

"질투하는구나. 그렇죠? 질투하는 거 맞죠?"

"어서 가요. 약속 시간 늦겠어요."

그의 대답을 못 들은 척하며 서영은 걸음을 빨리했다. 하지만 어깨를 꼭 끌어안은 루카스 때문에 도망가진 못했다.

"기분 킹왕짱이다. 질투도 해 주고."

"누가 질투를 해요."

"그럼 이건 뭔데?"

목도리를 가리키는 루카스의 눈동자가 확신에 차 빛나고 있었다. 서영은 대꾸하지 않고 묵묵히 제 길을 갈 뿐이었다.

"다행이다. 서영이가 날 질투해 줘서."

'서영 씨'에서 '서영이'로 변한 호칭에 그녀는 걸음을 멈추었다. 돌아본 루카스의 눈빛은 따뜻하고 사랑스러웠다.

"나 많이 좋아하죠? 나도 당신 많이 좋아해요. 그러니까 우리 오래오래 행복하게 살아요."

동화책의 결말을 말하는 듯한 루카스를 보며 서영도 그랬으면 좋겠다고 마음속으로 생각했다. 하지만 '오래오래 행복하게 살았습니다'라는 구절이 동화책에서만 실현 가능한 말이라는 걸 그는 알까?

현실에서 오래오래 살다 보면 짙었던 감정이 옅어지고, 뜨겁던 사랑도 점점 식어 간다는 걸 말이다.

사이좋게 손을 잡고 식당으로 들어서는 두 사람을 본 민중의 눈이 휘둥그레졌다. 손잡은 걸 직접 눈으로 목격하자 손발이 절로 오그라들었다. 하지만 루카스의 얼굴에 핀 웃음꽃에 그의 얼굴에도 미소가 감돌았다.

자리에서 일어난 민중이 서영을 향해 웃음을 지었다.

"처음 뵙겠습니다. 박민중입니다."

"차서영이에요."

서영이 손을 내밀어 악수를 청하려고 하자 루카스가 민중의 손을 탁 쳐 내더니 그녀의 손을 잡고 자리에 앉았다.

"악수하지 마. 나만 만질 거니까."

얼굴이 빨갛게 달아오른 서영이 루카스를 향해 눈을 흘기자 웃음을 터트린 민중이 고개를 끄덕였다.

"오냐. 안 만진다, 안 만져. 서영 씨, 이 녀석 조심하세요."

"네?"

"스킨십 엄청 좋아해요. 아무 데나 막 만지고, 아무 때나 쪽쪽거리고."

당황한 서영을 보며 더욱 크게 웃는 민중의 모습에 루카스가 벌컥 화를 냈다.

"내가 언제?"

"나 보면 만날 하이파이브 하잖아. 어머니도 잘 안아 드리고, 우리 딸 볼 때마다 쪽쪽거린 게 누군데…… 이제 돌 지난 귀한 공주님이다. 함부로 건들지 말라 이거야."

그의 말에 루카스는 눈을 부라렸고 서영은 안도의 숨을 내쉬었다. 뭐, 반은 맞는 말이었다. 볼 때마다 키스하고 손을 만지작거린 건 사실이니까.

자신과 함께 있을 때는 장난스럽지만 당당하던 그가, 친구의 장난에 쩔쩔매는 것을 보자 그 모습이 어쩐지 귀여웠다.

제게 왜 긴장을 하냐고 하더니 그도 상당히 긴장한 모양이었다. 추운 날씨에도 불구하고 찬물을 벌컥거리는 모습을 본 그녀가 그의 손을 슬쩍 잡았다.

합격인가 봐요. 눈으로 말하는 그녀에게 루카스가 고개를 끄덕였다. 그러자 대번 민중의 태클이 들어왔다.

"연애하는 거 너무 티 내네. 에구, 서러워라. 나도 우리 마누라랑 딸 불러와야겠다."

민중의 푸념에 서영이 작게 웃었다.

"언제 같이 식사해요."

"그럴까요? 이 녀석 전시회 끝나면 같이 밥 먹어요. 넌 어때?"

"Ok!"

✳   ✳   ✳

전시회는 3월 중순이었다. 초대를 받아서 여는 전시회라 그림만 제공하면 되는 간단한 일이라고 그가 화구들을 정리하며 설명했다.

뭐라도 돕고 싶어 서영은 그가 붓을 꺼내면 나머지 도구들을 탁자 위에 가지런히 놓았다. 물통과 물감이 얼룩덜룩 묻은 수건을 내려놓은 그는 마지막으로 팔레트를 꺼냈다.

가을 단풍처럼 화려하고 현란한 색의 물감이 가득한 팔레트를 한 개도 아니고 무려 세 개씩이나 꺼내 펼쳤다.

"대부분 이미 완성된 작품을 전시할 예정이지만 몇 개는 새로 그려야 해서 놀아 줄 틈이 없겠다."

"나도 바쁜데요. 안 놀아 줘도 되네요."

"튕기는 거예요?"

"튕기기는, 나 원래 이래요."

"그런데 언제까지 존댓말 써요, 우리?"

"반말하고 싶어요?"

그가 입술을 쭉 내밀더니 불만스런 표정을 지었다.

"우린 동갑이면서 친한 사이이고, 거기다 연인인데 굳이 존댓말을 쓸 필요가 있나 해서."

"편하게 해요. 난 아직 존댓말이 좋으니까."

"한국 존댓말 어렵단 말이에요. 역시 'English'가 실용적이라니까."

"무슨 소리예요! 한국어가 얼마나 과학적이고 멋진 말인데. 우리 계속 존댓말 쓰죠, 루카스 씨."

"흥, 멸치 소갈딱지."

"밴댕이예요."

루카스의 말에 서영이 쿡쿡거리며 웃었다. 그녀의 웃음에 정말 토라졌는지 이젤 앞에 앉은 그가 말없이 붓을 놀리기 시작했다.

어두운 색과 밝은 색이 슥슥 칠해지며 그녀가 이해할 수 없는 그림이 그려지고 있었다.

추상화는 너무 어려워.

유심히 그림을 보던 그녀는 팔레트로 시선을 돌려 조그맣게 물었다.

"색깔 예쁘다. 근데 이건 무슨 색이야? 까만색? 푸르스름한 게 섞여 있는데……."

싫다고 하면서도 서영은 그가 편하도록 자연스럽게 말을 낮춰 주었다.

"인디고블루. 검정이랑 많이 친한 파란색. 리얼 검정은 이거. 미드나잇 블랙. 이건 코발트블루, 세룰리안블루……."

"후훗, 킥킥킥."

뾰로통한 얼굴로 물감들을 설명하던 루카스는 서영이 쿡쿡거리자 눈을 흘겼다. 열심히 설명해 줬는데 왜 웃는지 모르겠다는 표정이었다.

"왜 웃어?"

"밥 아저씨 같아서."

"밥 아저씨?"

"그 왜 있잖아. 예전에 텔레비전에서 열심히 봤는데, 폭탄 머리 아저씨가 나와서 영어로 물감 이름을 막 말하면서 혼자 샤샤샥 그리고 이렇게 하면 참 쉽죠, 했어. 그래서 나도 몇 번 따라했는데 그 아저씨처럼은 안 되더라고. 순 뻥이었어."

"아! 밥 로스! 나도 팬이었는데."

"요즘 보니까 어떤 광고에 대역이 나오던데 추억이 새록새록 솟아나더라. 그래서 일부러 영상도 찾아봤어."

둘의 머릿속에 덥수룩한 수염과 폭탄 머리를 한 밥 로스가 커다란 붓으로 반다이크 브라운과 알리자린 크림슨을 슥슥 칠해 한 편의 풍경화를 뚝딱 그리는 장면이 떠올랐다.

같은 추억을 공유한다는 건 좋은 거구나. 서로의 얼굴을 바라보던 둘은 동시에 웃음을 터트렸다.

한참을 웃던 루카스가 그녀의 손을 끌어당겼다.

"당신도 한번 그려 봐."

"헉! 나 그림 못 그려."

기겁을 하며 엉덩이를 뒤로 뺐지만 어느새 깨끗한 종이를 이젤에 올려놓은 그가 막무가내로 그녀를 의자에 앉혔다. 그리고 난처해하는 그녀에게 앞치마를 입혀 주었다.

"더러워지면 안 되니까."

"그림 진짜 못 그리는데……."

"날 믿어 봐. 밥 로스만큼은 아니어도 나 꽤 실력 있는 화가라고."

그의 실력을 의심하는 게 아니었다. 그저 아직도 유치원 수준에서 벗어나지 못한 제 그림 실력을 보여 주기 싫을 뿐이었다.

울상이 된 서영과 달리 신이 난 루카스는 뒤로 가서 그녀의 손을 겹쳐 잡았다. 그리고 제법 진지하게 입을 열었다.

"자, 힘 있게 붓을 잡고 단번에 쭉 그으면 직선이죠? 거기에 이렇게 붓을 살짝 눌렀다 튕기면 거친 느낌이 나요. 아래에서 위로 휙. 한번 해 봐요."

입술을 깨문 그녀가 망설이다 아래에서 위로 붓을 탁 쳐올렸다. 그러자 루카스가 그녀의 머리를 쓰다듬어 주었다.

"잘하네. 딱 봐도 나무 같잖아. 완전 소질 있는데. 그럼 여기에 뭉게뭉게 나뭇잎을 그려 볼까요? 퍼머넌트 옐로 그린에 샙 그린을 약간 섞은 다음, 어깨에 힘을 빼고 손목의 스냅을 이용해서 자유롭게 나뭇잎을 표현해 줍니다. 어때요? 봄에 파릇파릇 돋아나는 새싹처럼 보이나요? 참 쉽죠?"

"하하하하하."

루카스가 고개를 까딱거리며 밥 로스 흉내를 내자 울상을 짓던 서영의 입에서 웃음이 터져 나왔다. 그런 그녀를 보는 루카스의 눈빛은 따뜻했다. 그 시선에 눈물까지 맺힐 정도로 웃던 그녀의 입가에 웃음이 점차 잦아들었다.

"내가 계속 웃게 해 줄게. 당신도 나 계속 웃게 해 줄 거지?"

그녀가 미소 짓자 입술 위로 루카스의 입술이 부드럽게 내려앉았다. 숨결이 오고 갔지만 애욕에 들끓는 키스가 아닌 성스러운 언약을 하는 행위처럼 느껴졌다.

당신에게 약속합니다. 영원히 당신만을 사랑합니다.

그녀를 향해 짓는 미소가 부드러웠다. 그리고 그의 맑은
눈동자에 비치는 그녀의 얼굴은 어느 때보다 환하게 빛나고
있었다.

＊　　　＊　　　＊

사랑을 하는 여자는 아름답다. 그러나 사랑받는 여자는
아름다움을 넘어 보석처럼 반짝반짝 빛이 난다. 며칠 연속으
로 이어진 야근에도 불구하고 서영은 힘이 넘치고 있었다.

3월호 마감이 코앞이었다. 숨 쉴 시간도 모자란 날들이 지
나면 일주일 정도는 일상으로 돌아갈 수 있는 여유가 생긴다.
그럼 가벼운 마음으로 루카스의 전시회에 참석할 수 있다.

생각만으로도 가슴이 두근거렸다. 다시 누군가를 사랑하
는 건 불가능할 거라고 생각했다. 설령 하게 된다고 해도 아
주 오랜 시간이 지난 후에, 가슴 터질 듯 벅찬 사랑이 아니
라 이 사람 정도면 괜찮겠다 싶은 사랑을 할 줄 알았다.

이렇게 빨리 심장을 가져갈 남자가 나타날 줄은 정말 몰
랐다. 게다가 그리도 잘난 남자라니……. 그래서 이 행복한
상황이 혹시 꿈은 아닐까, 가끔 의심이 들곤 했다.

오늘쯤이면 루카스도 작업이 끝날 것 같다고 했다. 오랜만에 밖에서 근사한 저녁이라도 먹어야겠다. 평일이니까 예약은 안 해도 괜찮겠지.

마지막으로 파일을 넘긴 그녀는 노트북의 전원을 껐다.

"끝! 아이고, 힘들다."

"벌써 끝났어? 뭐야, 난 아직도 많이 남았는데. 제대로 한 거 맞아?"

미선이 부러움과 의혹이 섞인 말투로 눈을 흘겼다. 며칠간의 야근으로 그녀의 눈가엔 시커먼 그늘이 졌고, 입술은 건조하게 메말라 있었다. 그녀가 의문스럽다는 듯 팔짱을 꼈다.

"똑같이 야근했는데 왜 넌 그렇게 멀쩡해?"

"어디가 멀쩡해. 여기저기 안 쑤신 곳이 없고, 며칠 못 자서 머리도 멍하고 졸려 죽겠는데."

"그래. 충혈된 눈에 턱까지 내려온 다크서클, 푸석푸석한 피부와 흐트러진 옷차림. 영락없는 마감 전 모습인데…… 그런데……."

미선의 말에 서영은 얼굴을 만지며 옷매무새를 다듬었다.

"그렇게 엉망이야?"

바로 루카스에게 가려고 했는데 그런 꼴이라면 곤란했다. 그녀가 머리를 매만지고 옷을 살펴보자 미선이 음흉한 미소를 지으며 고개를 끄덕였다.

"으흠, 이것이 사랑의 힘인가?"

"뭐?"

"마감 때면 영혼 없는 좀비처럼 다니던 게 우리 둘인데, 아니, 난 지금도 좀비 같은데. 넌 반짝거리는 게 꼭 다른 별에 사는 사람 같잖아. 이유는 딱 하나지. 사. 랑."

"나 예쁜 거 티 나?"

"우웩!"

"애는 썼는데 감출 수가 없구나. 휴, 이 미모를 어떻게 한담."

"빨리 가 버려. 지금 완전 재수 없거든."

발그레한 얼굴로 웃으며 서영이 미선에게 손을 흔들었다.

"먼저 가요."

행복에 둘러싸인 그녀의 발걸음이 가벼웠다. 좀비 같은 몰골은 여전했지만 빛이 났다.

나 사랑받는 여자예요.

작업을 마치고 일찌감치 회사 근처로 온 루카스는 행복한 표정으로 그녀를 기다리고 있었다. 서영은 퇴근하고 연락하겠다며 집에서 기다리라고 했지만 그녀가 보고 싶어 가만히 있을 수가 없었다.

며칠 밤을 샌 탓에 약간 피곤했으나 곧 그녀를 볼 수 있다는 생각을 하자 설렘에 미소가 끊이지 않았다. 올 블랙으로 갖춰 입고 상기된 얼굴을 하고 있는 그에게서 카리스마와 함께 따뜻함이 느껴졌다.

완벽한 그의 모습에 지나가던 사람들의 눈길이 닿았다. 그러나 그런 시선에 아랑곳하지 않고 휴대폰에 집중하던 그는 미선에게서 막 도착한 문자를 보고 입가에 미소를 지었다.

〈지금 서영 씨 퇴근했어요.〉

고맙다는 답장을 보내고 고개를 들자 그를 힐끗힐끗 보고 있던 사람들이 시선을 돌렸다. 뺨이 붉어진 사람들은 하나같이 젊은 여자들이었는데, 그와 눈이 마주친 것만으로도 부끄러운 것처럼 보였다.

수많은 여자들의 시선을 한 몸에 받고 있었지만 그가 기다리는 여자는 오직 한 명이었다.

건물을 나서는 서영을 본 루카스의 미소가 더욱 짙어졌다. 서영이 다가올 때까지 기다리지 못하고 성큼 다가가 그녀를 안았다. 진한 포옹에 이어 또 다른 스킨십을 이어 가려 하자 서영이 기겁했다.

"보고 싶었어."

"잠깐만! 여기 길이거든!"

"맞다. 그럼 나머지는 집에 가서."

말 잘 듣는 아이처럼 고개를 끄덕이는 루카스의 모습에 서영이 웃음을 터뜨렸다. 그러다 문득 제 꼴이 생각났는지 미간을 찌푸리며 말했다.

"나 씻어야 하는데. 옷도 좀 갈아입고."

"우리 집에 가서 해. 우리 집에도 다 있어."

루카스는 말은 듣지도 않은 채 막무가내로 손을 잡아끌며 그녀를 차에 태웠다.

문득 그녀는 선망과 질시로 뒤섞인 여자들의 눈빛이 자신을 향해 있는 것을 느꼈다.

그래, 안다. 완전 잘난 남자 옆에 선 여자가 평범한 사람이라서 미안하다.

이제 면역이 되었는지 여자들의 질투 어린 시선 따위는 신경 쓰이지 않았다. 그녀가 신경 써야 할 사람은 오직 루카스뿐이니까.

서영은 운전을 하고 있는 그를 힐끔 훔쳐봤다.

샤워를 했는지 아직 젖어 있는 그의 머리카락에서 희미한 물감 냄새와 톡 쏘는 휘발성 냄새가 났다.

그 냄새들 사이에서 익숙한 체취도 맡을 수 있었다. 그 체취에 며칠간 야근으로 쌓인 피곤이 일시에 사라지는 것 같았다.

그가 그녀와 눈을 맞췄다.

"나 보고 싶었지."

서영이 고개를 끄덕이자 그의 입술이 앞으로 비죽 나왔다.

"말로 해 줘."

"보고 싶었어."

"얼마만큼?"

아이 같은 질문에 서영이 웃음을 쿡 터트렸다. 그리고 손으로 큰 동그라미를 만들었다.

"이만큼."

그의 해사한 웃음에 주변 공간이 느리게 움직이는 느낌이 들었다.

어둠이 깔린 밖에선 사락사락 눈이 내렸고 늦은 귀가를 하는 사람들은 종종거리며 거리를 걷고 있었지만, 차 안에 앉은 둘은 전혀 다른 공간에 있는 것 같았다.

둘에겐 오로지 서로의 모습만 보였다.

집에 들어서자마자 기다렸다는 듯 루카스가 입술부터 붙여 왔다. 너무도 달콤한 입술에 저 멀리 날아가려는 정신을 간신히 붙든 그녀가 그의 어깨를 밀어 냈다.

"잠깐, 나 씻어야 한다고."

"하고 씻으면 되지. 아니면 내가 고양이처럼 핥아 줄까?"

"어우, 싫어!"

"며칠 만에 겨우 보는 건데 또 헤어져야 해? 그것도 이런 사소한 일로?"

그가 불쌍한 표정을 지어 보이며 하소연하기 시작했다.

저 불쌍한 표정에 넘어가면 안 된다. 촉촉한 눈망울과, 도톰하게 내민 입술과, 제 허리를 지분거리는 긴 손가락이 아무리 유혹적이어도 안 되는 건 안 된다.

혀를 깨물며 밀어 내자 그의 목소리가 더욱 달콤해졌다.

"안 씻어도 예뻐. 코도 예쁘고."

쪽! 게다가 입맞춤까지……

"볼도 예쁘고."

쪽!

"입술도 이렇게 예쁜데."

달콤한 속삭임과 함께 입술이 다가오자 홀린 듯 바라보던 서영은 애써 정신을 차리며 대답했다.

"안 된다구!"

"서영아아아아아."

초인적인 인내로 루카스에게서 간신히 벗어난 그녀는 서둘러 욕실로 들어갔다. 조금 더 있다가는 꼬질꼬질한 몰골로 그와 침대에 뛰어들 것 같았다.

여전히 미련을 버리지 못했는지 문밖에서 루카스의 목소리가 들렸다.

"같이 씻자."

"됐어."

"나도 씻어야 해."

"그러니까 나중에 씻으라고."

"내가 등 밀어 줄게. 응?"

"나 때 없거든!"

루카스를 살살 약 올린 그녀가 뜨거운 물을 틀었다. 생각 같아선 따뜻한 물속에 푹 잠기고 싶었지만 루카스 못지않게 그녀도 몸이 달아 있었다.

예전에는 몰랐는데 섹스를 하고 나면 힘이 솟는 것 같았다. 관계를 하고 나면 힘이 솟는 물질이 생성되는 건가?

"인체는 참 신비해."

재빨리 샤워를 마친 그녀는 문을 살짝 열어 그가 익숙하게 앞에 놓아둔 옷을 들었다. 그리고 피식 웃음을 흘렸다.

"아우, 엉큼하긴……. 속옷이 없잖아."

눈을 흘긴 서영이 소리를 질렀다.

"이 호색한!"

그 말을 들었는지 루카스가 웃음을 터뜨렸다.

잠시 후 루카스의 하얀 셔츠만 입은 그녀가 사뿐사뿐 걸어 나오자 휘익 휘파람 소리가 났다.

"완전 잘 어울린다."

"내 옷 있다면서."

"그거. 그게 당신 옷이지."

빨아서 준 새 옷이었지만 그의 향기가 묻어 있는 것 같았다. 깨끗한 옷의 상쾌함 사이사이로 배어 나온 그의 향기가 몸을 꼭 안고 있는 느낌이었다. 어쩐지 부끄러운 생각이 들어 그녀는 셔츠를 아래로 당겼다.

엉덩이를 덮는 길이였지만 속옷도 없이 달랑 셔츠 한 장만 입은 상태라 움직일 때마다 유두가 쓸려 점점 단단해졌고 아래로 서늘한 공기가 들어왔다. 거기에 루카스의 뜨거운 눈길까지.

속옷이라도 다시 입을까 했지만 찝찝하기도 하고 이대로 그를 유혹하고 싶은 앙큼한 생각도 들었다. 유혹이라는 게 어떻게 하는 건지는 잘 모르겠지만 한 가지는 확실했다. 루카스는 그냥 있어도 유혹적이었다.

자연스럽게 늘어진 티셔츠와 해진 듯 낡아 보이는 면바지.

몇 년을 입어 구멍까지 난 오래된 옷인 줄 알았던 저 티셔츠가 몇 십만 원이나 하는 디자이너의 작품이라는 걸 알고 기겁을 했었다. 바지 역시 일부러 낡아 보이게 만든 명품이었다. 제가 입으면 정말 빈티 나 보일 것 같은 저 옷을 그는 섹시하게 소화했다.

고작 얼굴과 손발밖에 노출되지 않았는데도 섹시했다.

이유는 역시 저 표정인 것 같다. 말리지 않아 제멋대로 흐트러진 머리카락과 살짝 치켜 올라간 눈초리가 도도한 페르시아고양이처럼 섹시했다.

늘 미소를 짓고 있는 저 입술이 얼마나 달콤한지 알고 있는 그녀에게, 붉은 입술 사이로 슬쩍 보이는 그의 하얀 치아는 그 자체로도 유혹적이었다.

저런 남자를 내가 유혹한다고? 홀랑 잡아먹히지 않으면 다행이다.

그를 보고 있으니 몸이 점점 달아올랐다. 하지만 아닌 척 수건으로 젖은 머리를 꾹꾹 누르며 너스레를 떨었다.

"배고프지 않아? 난 무지하게 고픈데."

그녀의 말에 루카스가 옆에 놓인 탁자를 눈짓으로 가리켰다. 또렷한 까만 눈동자가 옆으로 움직였을 뿐인데 심장이 두근거렸다.

아으, 콩깍지.

침을 꿀꺽 삼키며 탁자를 보니 샌드위치가 놓여 있었다.

"오늘은 나가서 먹으려고 했는데. 작업하느라 힘들었잖아."

"힘들긴 한데 그 옷차림으로는 나갈 수가 없잖아."

서영이 눈을 흘겼다.

"그러니까 집에 가서 옷 갈아입고 온다니까."

"나도 배고프거든."

자리에서 일어난 그가 서영에게 다가와 입술을 겹쳤다. 부드럽게 겹친 입술과 달리 뜨겁게 달아오른 몸 때문에 그녀의 어깨를 잡은 그의 손에 힘이 들어갔다. 달콤한 숨결을 듬뿍 마신 그가 낮고 감미롭게 속삭였다.

"너 때문에."

흰색은 원래 없는 색이다. 투명과 동급이란 소리다. 서영은 하얀 셔츠를 입고 있었지만 루카스의 눈에는 나신과 다를 바가 없었다. 오히려 하얀 천 뒤에 은은하게 비친 살결이 그를 더욱 자극했다.

그녀가 부끄러워하며 셔츠를 이리저리 만지자 순간순간 몸에 달라붙는 셔츠 때문에 살보다 짙은 유두와 숲이 선명하게 보였다.

그런 행동이 얼마나 자극적인지 전혀 모르겠지? 두께가 좀 더 얇은 옷을 줄 걸 그랬나?

음흉한 마음도 잠시, 방금 샤워를 마친 서영에게서 그녀만의 살냄새가 풍겨 왔다. 입안 가득 침이 고이는 먹음직스러운 향이었다.

말간 얼굴과 젖은 긴 머리카락이 눈을 뗄 수 없게 아름답고, 만지지 않고는 못 배길 만큼 유혹적이었다.

그가 그녀에게 다가가 키스했다. 며칠간의 야근 때문에 피곤해 보이는 서영의 모습에 천천히 하자는 생각과 달리 성급한 입맞춤이었지만, 다행히 그녀도 같은 생각이었는지 거친 그의 키스에 호응했다.

그녀도 생각이 같으니 더 이상의 이성은 필요 없었다. 탐하고, 어루만지며 두 몸은 서로를 불태우기 시작했다.

침대까지 갈 시간도 아까운 듯 두 사람은 얇은 카펫 위에 누운 채 서로에게 충실했다.

누구의 것인지 모를 입술에서 뜨거운 신음이 터져 나왔다.

뜨거운 체온에 의지해 숨을 고른 둘은 마주 보고 싱긋 미소 지었다. 셔츠 단추를 채우며 서영이 한숨을 쉬었다.

"배고파."

"아직도?"

"아니, 그거 말고. 진짜 배고프다고."

그에게 눈을 흘긴 그녀가 탁자 위에 있던 샌드위치를 바닥으로 가져왔다.

생선을 좋아하는 그답게 참치 샌드위치였다. 햄버거 빵 사이에 끼워진 참치와 채소들을 한 번에 입에 넣은 그녀가 볼을 빵빵하게 부풀린 채 우물거렸다.

"다 흘리네."

배가 고파 좀 크다 싶은 빵을 한꺼번에 넣었더니 입 밖으로 채소들이 삐져나왔다. 입으로 손을 가져가려 하자 냉큼 다가온 루카스가 그녀의 입술을 훔치며 채소들을 걷어 가 아삭아삭 씹어 먹었다.

"으으음!"

입도 못 벌리고 항의한 그녀가 나머지 빵을 들어 루카스의 입에 넣어 주자 만족스런 미소를 지은 그가 샌드위치를 먹기 시작했다.

배부르게 식사를 마친 둘은 바닥에 나란히 앉아 그림들을 감상했다. 루카스는 소파에 등을 기대고 서영은 그의 가슴을 쿠션 삼아 팔을 포개고 머리까지 얹어 편안하게 그림들을 봤다.

다만 루카스의 벗은 몸이 적나라하게 보여 서영은 그의 셔츠로 얼른 아래를 덮어 위기를 모면했다. 그것마저 없었다면 내내 눈을 감고 있어야 했을 것이다.

그다운 그림이 서너 점은 이젤 위에, 나머지는 벽에 기대어 있었다. 그리고 그 끝에 서영이 밥 로스를 흉내 내며 그린 풍경화가 있었다.

루카스가 손을 봤는지 그림은 제법 괜찮아져 있었다. 어쩐지 뿌듯한 마음이 들었다.

"이렇게 보니 내 실력도 나쁘지 않은데."

"선생이 실력 있어서 그런 거지."

"나도 이참에 화가나 되어 볼까?"

루카스의 말에 맞장구를 치자 반색하던 그가 자리에서 일
어났다. 아래를 덮고 있던 셔츠가 떨어지자 동그란 엉덩이
가 고스란히 보였다. 그 귀여운 엉덩이에 얼굴이 빨개진 그
녀가 어깨를 으쓱하며 뿌듯한 미소를 지었다.

또 뭘 하려고 그러나, 기대와 불안이 반반 섞인 마음으로
바라보자 그가 물감과 붓을 한아름 들고 와 바닥에 우르르
쏟았다.

"재미있는 거 할까?"

"뭘까? 막 기대되는데."

"사실 목욕탕에서 해야 하는데 움직이기 귀찮으니까 여기
서 하자. 나 어렸을 때 혼자 자주 하던 놀이야."

호기심 어린 시선으로 보자 물감을 붓에 듬뿍 묻힌 그가
그녀의 한쪽 무릎을 세웠다. 서늘한 기운이 단박에 아래로
느껴져 서영은 기겁했지만 그는 아랑곳하지 않고 그녀의 다
리에 붓을 갖다 댔다.

"루카스!"

"기대해."

파란색 물감을 담뿍 담은 붓이 지나가자 그녀의 몸에 그림이 그려지기 시작했다. 간지럽고 소름 돋는 느낌이었다.

"이건 뱀."

그녀의 무릎에서 출발한 파란 물결이 허벅지 안쪽에서 멈췄다. 차가운 붓이 멈출 때까지 그녀는 엉덩이에 바짝 힘을 주고 소름이 돋는 것을 참았다.

그는 물결 끝에 세모꼴의 머리를 그리더니 빨간색 물감으로 갈라진 뱀의 혀를 그려 넣었다.

차가운 붓의 느낌에 그녀의 엉덩이가 움찔거리자 갈라진 붉은 혀가 꿈틀거리는 것처럼 보였다. 만족한 듯 루카스가 음흉하게 웃었다.

"동굴로 들어가려는 뱀."

"못 말려."

"뱀이 살기에 딱 좋아. 좁고, 촉촉하고, 부드럽고, 달콤하지."

말을 하는 것뿐인데 아래가 축축이 젖어 들고 있었다. 화가가 아니라 마술사인가. 그의 목소리, 손짓 하나에 몸이 자동적으로 반응했다. 다리를 오므리며 그녀가 눈을 흘겼다. 그러자 그가 그녀의 다리를 잡아 벌렸다.

"아직 안 끝났어. 뱀이 있으면 나무도 있어야지. 이렇게 붓을 잡고 뱀 사이에 색을 채워 주면 돼."

그는 물결처럼 구불거리는 뱀의 몸뚱이 주위를 요리조리 칠해 그녀의 허벅지 일부를 굵은 나무로 만들었다.

"옆에 작은 가지들이 있고 예쁜 나뭇잎도 있어. 나뭇잎은 이렇게 손가락으로 그릴 건데⋯⋯. 이런, 나뭇잎 하나가 동굴 입구로 떨어졌다."

그가 다리에 길고 짧은 가지들을 그리더니 손가락을 섬세하게 움직여 나뭇잎들을 그려 넣었다. 그러다 짓궂은 미소를 짓더니 촉촉해지려는 동굴 아주 가까운 곳에 작은 나뭇잎을 그리기 시작했다.

안 그래도 미세한 붓놀림 때문에 온몸에 소름이 돋고 있는데 나뭇잎을 그린다며 손가락을 대자 그녀는 입술을 깨물어야 했다. 여린 허벅지 안쪽, 그녀의 여성 가까운 곳을 손끝으로 꾹 누르며 살며시 문질렀기 때문이다.

"못됐어."

그의 손을 찰싹 때린 그녀가 붓을 빼앗아 그의 한쪽 가슴에 빨간색 물감으로 동그라미를 그려 넣었다. 그의 유두를 칠하고 옆에 까만 점을 그려 넣고는 재미있다는 듯 웃었다.

"사과 반쪽."

"사과?"

"내 다리에 있는 게 뱀이라며, 이브를 유혹한 나쁜 뱀. 그러니까 당신 가슴에 있는 사과는 선악과가 되는 거지. 나머지

반쪽은 이브가 와삭와삭 먹어 버려서 없어졌어."

"아! 천지창조. 그럼 그 사과를 먹은 아담과 이브는 부끄러우니까 나뭇잎으로 몸을 가려야겠네."

그는 초록색과 연두색 물감을 섞고 그녀의 셔츠 단추를 풀었다. 방금 서로 몸을 섞고 만졌음에도 불구하고 서영의 얼굴이 발그레하게 달아오르기 시작했다. 여전히 그에게 알몸을 보이는 건 부끄러웠다.

그런 서영의 마음을 아는지 단추를 풀며 그가 나직한 목소리로 중얼거렸다.

"얼굴 빨개졌다."

"선악과를 먹어서 그래."

서영의 목소리는 거의 들리지 않을 만큼 작고 허스키했다. 몽롱해진 그의 눈동자에 갈증이 비쳤다.

"나뭇잎을 그리려면 먼저 뱀을 없애야겠다."

그의 커다란 손이 마르지 않은 파란 뱀의 몸뚱이를 덮쳤다. 유연한 물결무늬가 없어지더니 세모 모양의 머리와 빨간 혓바닥도 사라졌다. 대신 그녀의 허벅지는 파란색 물감으로 범벅이 되어 버렸다.

"아담이 뱀을 없앴네."

"용감한 아담이거든. 이번엔 솜씨 좋은 아담이 옷을 만들어 주지."

그는 젖은 수건에 손을 닦고 초록색과 연두색을 섞어 놓은 물감에 손바닥을 찍었다. 그리고 그녀의 셔츠를 살며시 열었다.

동그란 두 개의 가슴이 활짝 드러나자 서영은 숨도 크게 쉬지 못했다. 숨을 쉴 때마다 가슴의 움직임이 너무나 적나라해서 눈을 어디에 둬야 할지 모를 정도로 부끄러웠다.

위아래로 움직이는 가슴을 보던 그가 한쪽 가슴을 손으로 잡았다.

"으음."

기분 좋은 그녀의 콧소리에 그의 입이 길게 벌어졌다. 언제 만져도 좋은 감촉에 그도 콧소리를 내며 물었다.

"옷이 잘 맞나요?"

"으응, 좀 죄이는 거 같네요."

"그럼 다른 쪽을 넉넉하게 해요."

그가 웃으며 다른 쪽 가슴에 손을 댔다. 봉긋한 가슴을 빙글빙글 문지르다 지그시 누른 그가 다시 물었다.

"어때요? 좋아요?"

"아하! 좋네요. 최고의 디자이너야."

"그럼 이것도 사이즈가 맞을까?"

"허억!"

말이 끝나자마자 그가 그녀의 몸 위로 올라타 발기한 남성을 몸속으로 쑥 들이밀었다. 이미 촉촉한 물이 흐르고 있던 동굴은 그의 것을 한 번에 쑤욱 받아들였다. 처음부터 한 쌍이었던 것처럼 두 사람의 몸이 꼭 달라붙었다.

부드럽게 미소 지은 그가 그녀를 품은 채 입술을 포갰다. 도톰한 입술이 부풀고, 말캉한 혀가 얽히며 뜨거워진 호흡이 섞였다. 그가 달아오른 볼을 지나 야들야들한 귓불을 혀로 할짝거리자 그녀의 몸이 바르르 떨렸다.

손톱이 박히도록 그의 등을 잡고 있던 그녀가 다리를 들어 허리를 감았다. 덕분에 그의 것이 더욱 깊이 그녀의 속으로 들어왔다.

"흐윽!"

천국에 오른 느낌이었다. 완벽하게 그의 것을 머금고 있는 여성이 살아 있는 것처럼 꿈틀거렸다. 그가 저도 모르게 허리를 움직이자 짧은 신음과 함께 서영의 등이 뒤로 휘었다.

자극적인 몸짓에 서영의 엉덩이를 움켜쥔 그가 허리를 더욱 빨리 움직이자 그녀의 몸속에서 달콤한 꿀이 흘러넘쳤다.

맞닿은 두 사람의 몸 사이에서 파란 물이 뚝뚝 떨어지고 있었다.

잠시 후 온몸이 온통 물감으로 얼룩진 루카스가 그녀에게 키스를 하며 말했다.

"이래서 목욕탕에서 해야 하는데."

그의 맑은 눈동자에 행복하게 웃고 있는 서영의 얼굴이
온전히 담겼다.

chapter 7

과거의
유령

시간은 당연하게 흘러 어느덧 겨울이 가고 봄이 왔다. 3월이라는 단어는 날씨와 상관없이 모두의 마음을 들뜨게 했다. 그것을 증명이라도 하듯 다소 쌀쌀한 날씨였지만 어느새 거리는 화사한 옷차림의 사람들로 가득 차 꽃이 피어난 듯했다.

마감을 하고 한숨 돌리는 시기인지라 사무실 사람들의 얼굴에도 다소 생기가 돌았다. 그중에서 유독 환한 빛을 뿜는 사람이 있었으니, 미선은 만개한 꽃처럼 예뻐진 서영을 부러움과 흐뭇함이 뒤섞인 눈빛으로 바라보았다.

점심시간이 막 지나고, 이른 퇴근 준비를 하는 서영에게

사무실 막내인 인정과 은혜가 쪼르르 달려와 사진을 들이밀
었다.

"뭐야? 다음 호 인터뷰 후보자들이야?"

서영은 사진을 보지도 않고 손을 바쁘게 놀리며 물었다.
그러자 인정이 다소 흥분된 어조로 말했다.

"차 팀장님이 보시기엔 누가 더 잘생겼어요?"

"당연히 김수현이지."

"무슨 소리야? 이민호가 최고지."

서영은 관심도 보이지 않고 있는데 인정과 은혜는 서로를
보며 으르렁거렸다. 투덕거리는 사이 퇴근 준비를 마친 서
영은 그들을 밀어 내며 손을 들었다.

"김수현이든 이민호든, 너희 다 가지세요. 난 간다. 먼저 갑
니다!"

뒤도 돌아보지 않고 사무실을 나가 버리는 서영을 보며 인
정과 은혜는 황당한 표정을 지었다.

얼마 전까지만 해도 연예인 사진을 보며 누가 멋지네, 누
가 잘생겼네, 함께 얘기를 나누었는데 일말의 관심도 보이지
않는 그녀가 이상하게 느껴졌다.

그런 두 사람의 어깨에 양손을 얹으며 미선이 조용히 말
했다.

"만질 수도 없는 만인의 남자가 무슨 소용이 있겠니. 그

저 옆에 있는 남자가 최고지."

"무슨 말이에요?"

은혜가 고개를 갸웃거리자 인정이 눈을 크게 뜨며 미선의
손을 덥석 잡았다.

"차 팀장님 연애해요?"

"진짜? 정말로?"

"티 나지."

미선의 음흉한 말에 두 여자가 꺅꺅거리기 시작했다.

"어쩐지 요즘 자꾸 예뻐지신다 했어요. 마감 때도 모습은
좀비 같았는데 눈빛은 반짝거리더라고요. 전 팀장님이 드디
어 맛이 갔다고 생각했는데 연애를 하는 중이셨구나."

"완전 부러워요. 날밤 새우기 일쑤인데 언제 남자를 만나
셨대요."

"저도 다리 좀 놔 달라고 해야겠어요. 우리 회사에는 인물
이 없잖아요."

은혜의 투정에 미선이 책상에 코를 박고 일하고 있는 재
석을 가리켰다.

"저기 있잖아. 은혜 씨한테 관심 있어 보이던데, 아니야?"

"에엑! 싫어요. 키가 너무 작잖아요. 제 이상형은 185cm라
구요."

"그래, 뭐 꿈꾸는 데 돈 드는 건 아니니까."

"팀장님!"

은혜와 미선이 티격태격하고 있을 때 인정은 고개를 갸웃 거렸다.

"잠깐만요. 차 팀장님 원래 애인 있지 않았어요? 오래 사 귄 남자 친구 있다고 들은 거 같은데······."

"오래됐지. 그래서 화석이 된 남자가 있긴 해. 화석 발굴 은 학자들에게 맡기고 우린 남은 거나 정리하자. 인정 씨, 내 가 부탁한 거 해 놨어?"

"아, 그게······. 금방 돼요."

미선의 질문에 인정이 후다닥 자리로 가자 은혜도 배시시 웃음을 짓더니 자리로 돌아갔다. 그런 둘을 귀엽게 보던 미 선은 서영이 나간 문을 바라보았다.

"그래, 화석은 저 땅 속 깊이 묻어 버리고 예쁘게 다시 사 랑해."

미선의 바람대로 얼굴 가득 예쁜 미소를 담은 서영은 옷 차림을 점검하고 인사동으로 향했다. 여전히 옛 정취를 담 고 있는 거리를 걸으니 아련한 기분에 젖었다. 불량 식품을 잔뜩 진열해 놓고 파는 가게를 끼고 골목으로 들어서자 전 시회장이 보였다.

서영은 독특하고 예쁜 건물 앞에 서서 루카스의 사진이

있는 입간판을 바라보았다. 그녀의 입에 슬며시 미소가 감돌았다.

"실물보다 못 나왔다."

저 잘난 남자가 내 남자라니. 뿌듯한 심정으로 전시회장에 들어선 서영은 이내 감탄했다.

작은 전시회라고 해서 예전에 미선과 함께 갔던 작은 미술관을 생각했었다. 별로 유명하지 않은 화가였는데 30분이면 휘둘러볼 수 있는 규모의 장소였다. 갑자기 잡힌 소규모 전시회라 조촐하게 한다고 해서 그런 수준인가 보다 했는데 아니었다.

안으로 들어가니 1층에는 손님들을 위한 다과 코너가 준비되어 있었고 커다란 그림이 몇 점 걸려 있었다. 루카스다운 밝고 힘찬 기운을 주는 야릇한 그림을 보며 서영은 숨을 들이마셨다. 아직 오픈한 지 얼마 안 된 시간임에도 불구하고 관람객들이 꽤 있었다.

천천히 2층으로 올라간 그녀는 1층보다 더 넓은 공간에 다시 감탄했다.

"작은 전시회라더니. 순 뻥쟁이."

넋을 놓고 그림들을 보고 있는데 지잉 하며 문자가 왔다.

〈어디야? 다 왔어?〉

루카스였다. 점심시간에 맞춰 온다고 했더니 그새를 못 참고 문자를 보낸 모양이었다. 킥킥거리던 그녀는 시치미를 떼며 답장을 보냈다.

〈가는 중인데 차가 너무 막혀.〉
〈그래? 천천히 와. 보고 싶어도 꾹 참을 거야^^♥〉

이모티콘 끝에 붙은 하트를 보고 절로 웃음이 나오자 서영은 아랫입술을 깨물었다. 다 늙어서 하는 연애가 어쩜 이렇게 설레고 달달한지 모르겠다.

"중독되는 것 같아."

달콤한 건 한 번 중독되면 헤어 나오기 어렵다던데…….

그때 3층으로 이어진 계단에 서 있는 루카스의 모습이 보였다. 서영은 얼굴에 환한 웃음을 담고 그를 바라보았다. 민중과의 대화에 열중하고 있느라 루카스는 그녀를 발견하지 못했다.

독특한 색채 감각을 가진 그답게 오늘은 초록색을 주색으로 한 옷을 입고 있었다. 연둣빛 칠부바지에 하얀 셔츠를 입고 초록 계열의 꽃이 프린트된 스카프를 하고 있는 그는 봄을 온몸에 휘감고 있는 것 같았다.

대화에 열중하던 그가 그녀의 시선을 느꼈는지 고개를 돌렸다. 눈이 마주치자 봄보다 더 따뜻한 눈빛이 그녀를 반겼다. 반가운 표정으로 성큼 다가온 루카스가 그녀의 어깨를 가볍게 안았다.

"늦는다며."

"너무 보고 싶어서 날아왔어. 이렇게 보니까 더 반갑지."

"잘했어. 뭘 해도 이렇게 예뻐."

그녀의 머리를 쓰다듬는 루카스가 당장이라도 격하게 포옹할 태세라 황급히 따라온 민중이 헛기침을 했다.

"어이, 여기 공공장소거든. 안 그래도 네 그림 때문에 홧홧한 열기가 가득한데 몸소 행동으로 보여 줄 필요는 없다."

"안녕하세요."

민중의 말에 서영이 얼굴을 붉히며 인사를 했다.

"안녕 못 해요."

"네?"

"서영 씨가 이놈 좀 달래 주세요. 해 달라는 대로 다 해 줬는데도 조명이 별로다, 그림 위치를 바꿔라, 동선이 마음에 안 든다, 하다못해 왜 저 음료수를 갖다 났냐고 계속 불평만 늘어놔서 제가 미칠 지경이에요."

"정말이요?"

루카스가 불평을 늘어놓다니, 한 번도 본 적 없는 모습이라 그런지 상상조차 되지 않았다. 서영이 놀란 표정으로 바라보니 그는 잘못이 없다는 순진한 미소를 짓고 있었다. 민중이 제 가슴을 치며 한탄을 늘어놓았다.

"저 봐. 저 표정. 저거에 속지 마요. 겉으론 착한 척, 순진한 척하면서 속에는 능구렁이가 열두 마리도 더 들어 있다니까요."

"루카스가 되게 속 썩였나 봐요."

"저번에 봤을 때보다 더 늙지 않았어요? 에효."

"이런, 전시회 취소하지 그랬어요. 저렇게 까다롭게 구는데."

"그러고 싶은 마음은 굴뚝같죠. 그런데 기획 단계에서 벌써 그림이 팔렸어요. 그것도 아주 비싸게. 저기 저 그림 보이시죠? 번쩍거리는 금별 붙은 거요. 그러니 전시회를 진행할 수밖에요. 자식, 실력은 좋아서……."

푸념을 늘어놓고 있었지만 민중의 눈빛에서 친구를 자랑스러워하는 것이 느껴졌다.

"그리고 전시회 열자마자 또 한 점이 팔렸어요. 돈 많이 벌었으니까 저놈한테 비싼 거 사 달라고 하세요."

"야! 떨어져!"

민중이 서영에게 가까이 다가가 조그맣게 속삭이자 루카스가 냉큼 밀어 내며 그녀를 끌어안았다.

누가 훔쳐 가는 것도 아닌데 제 품에 꼭꼭 숨기는 것을 보니 귀엽기도 하고, 서영을 아주 많이 좋아하는 것 같아 안심도 되었다.

루카스의 닫혔던 마음이 열리고 나서 이젠 여자만 있으면 되겠다고 생각했는데 아주 제대로 만난 것 같다.

툴툴거리던 민중이 불퉁하게 말을 했다.

"그래, 난 간다. 서영 씨, 구경 잘 하세요."

"네, 수고하세요."

"빨리 사라져."

루카스의 발길질에 민중은 웃음을 터트리고는 아래층으로 내려갔다. 그러자 서영이 그의 팔을 때리는 시늉을 했다.

"민중 씨한테 자꾸 왜 그래. 전시회까지 기획해 줬는데."

"자꾸 너한테 작업 걸려고 하잖아."

"작업? 어디서 이상한 말은 배워 와 가지고. 저건 작업이 아니라 친구의 여자 친구에게 친절하게 대하는 거야. 뜻도 잘 모르는 말은 자제하죠. 루카스 씨."

"암튼 민중이랑 너무 친하게 지내지 마. 질투난다고."

그가 대놓고 질투를 하자 서영은 눈을 크게 떴다. 기분이 나쁘지 않았다. 아니, 정확히 말하면 우쭐한 마음에 가슴이 콩닥거렸다. 잘난 남자가 자기 때문에 질투하는 것도 기분 좋은 일인데 저렇게 대놓고 소유욕을 드러내니 안 우쭐할 수가 없었다.

"어린애 같아."

루카스의 가슴을 툭 친 서영은 수줍게 웃으며 걸음을 옮겼다. 흐뭇함에 절로 올라가는 입술을 손으로 누르던 그녀는 갑자기 걸음을 멈추고 표정을 급속도로 굳혔다.

태현이었다. 12월에 헤어졌으니 거의 석 달 만에 만나는 거였다.

아무렇지도 않았는데. 루카스의 고백을 받고 연애를 시작할 때도 태현의 존재는 아무것도 아니었는데. 하지만 뜻밖의 장소에서 마주치자 몸이 반사적으로 굳었다.

당황스러움으로 머릿속이 복잡해지려 할 때 뒤에 서 있던 루카스가 곁으로 다가오며 물었다.

"왜 그래? 무슨 문제 있어?"

"아니, 아무것도 아니야. 나 그림 설명해 줄래?"

일부러 경쾌하게 말하며 그의 팔을 잡아끌었지만 이미 루카스의 시선은 태현을 향해 있었다. 의아해하던 그의 눈빛이 점차 살기를 띠기 시작한 것으로 보아 태현이 누군지 눈치챈 것 같았다.

루카스는 찰나였지만 그녀의 몸이 경직되는 것을 느낄 수 있었다. 갑자기 왜 그러지? 자연스레 그녀의 시선을 따라가자 한눈에 들어오는 사람이 있었다. 처음 보는 남자였지만 직

감적으로 알 수 있었다.

서영과 사귀었던 남자구나. 자신감을 넘어 오만하고 고압적인 태현의 눈빛이 이내 곁에 선 서영에게로 옮겨 갔다.

단지 그녀를 본 것뿐인데 살의가 일었다. 루카스는 소유권이라도 주장하듯 서영을 당겨 안았다. 그러자 태현의 눈빛이 그를 향했다.

서영은 여태껏 한 번도 보지 못한, 서늘하고 냉정한 눈빛으로 루카스는 태현에게 경고하고 있었다. 더 이상 다가오지 말라고, 여긴 내 영역이라고.

＊　　　＊　　　＊

태현은 수아를 따라 전시회에 온 것을 후회하는 중이었다. 데뷔를 앞두고 심한 스트레스를 받고 있는 수아가 히스테리를 부리는 바람에 억지로 따라온 것인데 오는 내내 나눈 대화라고는 루카스 한이라는 남자 얘기뿐이었다.

"오빠, 입구의 사진 봤지? 대박 멋지지 않아? 완전 내 스타일이야. 그림은 더 대단해. 인터넷으로 봤는데 아랫배가 막 꼴리고⋯⋯."

"너 말투 좀 고쳐. 데뷔해서 인터뷰할 때도 그딴 식으로 입 놀릴래?"

"씨발, 곡 좀 쓴다고 잔소리는……."

수아는 입을 비죽 내밀더니 태현에게만 들리도록 욕을 중얼거렸다. 스무 살이나 먹었는데 말투는 딱 초딩 수준이었다. 오냐오냐하며 자라서 버릇이 없는 것은 물론이고 제 멋대로 안 되면 위아래 할 것 없이 상소리도 해 댔다.

그런 그녀의 모습에 태현도 속으로 욕을 지껄였다. 매니저도 아닌데 제가 왜 수아를 챙겨야 하는지 짜증이 솟구쳤다. 그냥 두고 가 버릴까 욱하고 감정이 치밀어 올랐지만 한숨을 쉬며 겨우 잠재웠다.

사실 수아에게 줄 곡은 이미 두 달 전에 완성됐어야 했다. 무난하게 곡 작업을 끝낼 거라고 예상했는데 자꾸만 틀어졌다. 어디서부터 뭐가 잘못됐는지 보이지 않았고, 어찌해서 겨우 완성한 곡도 마음에 들지 않아 모조리 엎어 버렸다.

슬럼프가 온 건가, 의심을 했지만 불과 석 달 전만 해도 아무 문제가 없었다. 통장 잔고는 여전히 넉넉했고, 클럽에 가면 저에게 잘 보이려고 안달 난 여자들이 넘쳐 났다. 슬럼프에 빠질 이유가 없었다.

그럼에도 불구하고 자꾸만 잡생각이 들어 곡을 망치자 혹시 서영과의 이별에 영향을 받은 게 아닌가 하는 생각까지 들었다.

누가 봐도 둘은 이미 연인 사이가 아니었다. 습관적으로 만나서 밥을 먹고 섹스를 한 것뿐이었다. 그녀와의 섹스가 나쁜 건 아니었지만 자신과 자고 싶어 하는 여자들은 넘쳐 났다.

그러니 곡이 안 써지는 이유가 서영 때문은 아니었다. 원인을 모르니 그저 짜증만 날 뿐이었다.

매니저의 협박에 못 이겨 찾아온 전시회장이니 그림이 눈에 들어올 턱이 없었다. 게다가 색만 가득한 그림에서 느껴지는 야릇함 때문에 안 그래도 열이 오르는 뒤통수가 더 당겼다.

담배를 꺼내 물던 그는 수아가 그것을 낚아채 가자 사납게 노려보았다.

"무슨 짓이야?"

"여기 금연이거든. 에티켓도 없어?"

젠장, 열한 살이나 어린 게 절대 존댓말을 안 쓴다. 담배라도 한 대 피우면 짜증이 좀 가라앉을 것 같았는데…….

대놓고 욕을 뱉은 태현은 수아를 놔두고 2층으로 성큼성큼 올라갔다. 신경질적인 발걸음이 낯익은 얼굴을 발견하고 자리에 멈췄다.

서영과 지난겨울에 헤어졌으니 한 석 달 되었나? 별로 긴 시간은 아니라고 생각했는데 굉장히 오랜만에 보는 것 같았다.

눈이 마주치자 서영의 얼굴이 굳어지는 것이 보였다. 태현의 미간에 못마땅한 주름이 생겼다. 꼭 저렇게 반응해야 해?

태현은 그 반응을 무시한 채 인사라도 나눌 겸 그녀에게 다가가려 했다. 그런데 순간 서영의 얼굴이 환하게 바뀌더니 어떤 남자의 팔을 잡는 것이 보였다.

순간 짜증이 확 치밀어 올랐다. 남자? 남자가 있었어? 게다가 마주친 남자의 눈빛 또한 마음에 들지 않았다. 마치 제 것을 탐내는 불한당이라도 보는 듯한 눈빛이었다.

남자만이 알 수 있는 경계 어린 눈빛에 태현이 턱을 들자 그는 아예 서영을 품에 안아 버렸다.

자존심이 상한 태현은 남자의 눈을 똑바로 바라보며 성큼 성큼 다가갔다. 이윽고 서영과 남자의 앞에 선 그는 희미한 미소를 지으며 인사를 건넸다.

"오랜만이네, 차서영?"

남자의 품에 안겨 있던 그녀가 어깨를 약간 움찔하더니 천천히 몸을 돌렸다.

서영은 눈이 마주쳤을 때 왜 몸이 굳어졌나 싶을 정도로 담담하게 태현을 바라볼 수 있었다. 모르는 타인을 대하는 것처럼 아무렇지 않았다. 곁에 루카스가 있으니 천군만마가 있는 것처럼 든든했다.

석 달 전이나 지금이나 태현은 변한 게 없었다. 옷차림도, 거만해 보이는 표정도, 일이라는 이유로 옆에 어린 여자가 있는 것마저도 똑같았다.

서영은 미소를 지으며 인사했다. 그 미소가 태현에게 썩 매력적으로 어필됐다는 것도 모른 채.

"응, 오랜만이네. 잘 지냈지?"

"나야 늘 그렇지. 그런데 넌…… 좀 달라졌다."

곁에 선 루카스에게 잠깐 시선을 준 태현이 약간 놀랍다는 말투로 인사를 받았다.

서영은 고지식한 여자였다. 그가 막 복학했을 무렵 졸업반인 서영을 처음 만났다. 처음엔 그 고지식함이 좋았고 제게만 보이는 순정이 마음에 들었다.

요즘 보기 드문 여자라며 친구들이 놀리기도 했지만 태현은 그들이 부러워서 그런 것을 잘 알고 있었다. 그래서 순종적인 여자 친구를 가진 남자의 우쭐함을 맘껏 즐겼다.

처음 관계를 하고 그녀가 처녀인 것에도 놀랐다. 그래서 그때는 이 여자를 끝까지 책임져야겠다는 마음도 먹었다. 지금 생각하면 참 순진한 시절이었다.

하지만 6년이라는 시간이 흐르면서 많은 것이 달라졌다. 졸업을 하기도 전에 태현은 알아주는 신인 작곡가가 되었고, 그보다 2년 먼저 취직한 서영은 여전히 잡지사에서 햇병

아리 취급을 받고 있었다.

화려한 연예계 관련 일을 하니 여러 가지 유혹이 늘 주변에 도사렸다. 결국 그 유혹에 넘어간 태현은 같이 작업하던 여자 선배와 잠을 잤다. 그때부터였을 거다. 그녀 몰래 다른 여자들을 만나고 다녔던 것이.

서영과 헤어져도 아쉬울 것 없었고 이번 작업만 끝나면 신나게 놀 예정이었다. 그런데 자꾸만 일이 틀어졌다. 아직도 그 원인이 뭔지 모르겠지만…….

자신은 일이 잘 안 풀려 수아 같은 싸가지를 데리고 허접한 전시회나 다니는데, 서영은 어쩐지 전보다 더 예뻐지고 행복해 보였다. 게다가 마치 자신과 헤어지길 기다렸다는 듯 옆에 남자도 있었다. 말이 곱게 나가지 않았다.

"신수가 훤하네. 나랑 있을 때보다."

비꼬는 태현의 말투에 서영은 오히려 더 환한 미소를 지어 보였다.

"그렇게 보여? 그럼 그런가 보지. 일행이 있어서 이만 실례할게."

"소개 안 시켜 줘? 그래도 우리, 6년을 사귄 사이인데."

천연덕스러운 태현의 말에 서영은 어금니를 물었다.

나쁜 자식, 이제 와 그 6년이 무슨 상관이라고. 일부러 루카스를 자극하려는 게 뻔히 보여 더 화가 났다.

발끈하려던 서영의 손을 루카스가 살며시 잡았다.

"아! 예전에 서영이 힘들게 했다던…… 이구나? 별로 반갑진 않네요."

얼버무린 그의 말 속에 얼핏 '놈'이라는 단어가 스쳤지만 뚜렷하게 들린 건 아니었기 때문에 태현은 그저 쓰게 웃으며 손을 내밀었다. 그러자 루카스가 서영의 손을 잡고 있는 손을 들어 보이며 동시에 주머니 속에 넣은 다른 쪽 손을 흔들었다.

"악수할 손이 없어서 쏘리. 그럼 구경 잘 하고 가세요."

루카스가 얄밉게 웃으며 서영을 데리고 가자 뒤에서 들으라는 듯 태현이 큰 목소리로 말했다.

"오랜만인데 밥이라도 먹지 않을래? 네가 차려 준 밥이 먹고 싶긴 하지만 여건상 그건 안 되겠고, 근처에 맛있는 집 아는데 같이 가자."

태현의 뻔뻔함에 서영은 분노의 한숨이 나왔다. 두 번 생각할 것도 없었다. 휙 하고 바람 소리가 나도록 몸을 돌려 거절을 하려고 했다. 그런데 그때 태현을 향해 다가오던 여자가 갑자기 박수를 치며 소리를 질렀다.

"루카스 한? 우와! 루카스 한 맞죠? 전시회 첫날이라 나온 거구나. 나 완전 팬이에요. 그림도 살 거거든요. 여기 사인 하나만 해 주실래요? 완전 대박! 친구들한테 자랑해야지."

수선을 피우며 브로슈어를 루카스에게 내민 수아는 동의 도 구하지 않고 핸드폰을 꺼내 사진을 찍었다.

루카스가 손을 들어 얼굴을 가렸지만 이미 사진은 찍힌 후였고 수아는 쉴 새 없이 떠들면서 핸드폰을 만졌다.

"밥 먹으러 간다고? 나도 같이 가요. 내가 살게요. 오빠, 밥 집이 어디야? 저번처럼 후진 식당은 아니겠지? 저 밑에 이탈 리아 레스토랑 있는데 거기 맛 죽여줘요. 거기 가요. 와! 루카 스 한이랑 밥 먹는다. 대박! 대박! 완전 대박!"

"가만있어."

"왜? 내가 산다니까. 루카스 한, 괜찮죠? 괜찮다는데 오 빠가 왜 이래라저래라야?"

태현이 수아의 팔을 잡아 뒤로 당겼지만 그녀는 막무가내 로 루카스에게 얼굴을 들이밀며 한껏 눈웃음쳤다.

루카스는 가볍게 한숨을 쉬었다. 서영의 옛 남자가 나타 나 안 그래도 부글거리던 머릿속이 갑자기 튀어나온 이상한 여자 때문에 더 엉켜 버렸다.

그가 대놓고 싫다는 표정을 짓는데도 수아는 제멋대로 팔 을 잡아끌었다. 그리고 핸드폰을 들여다보며 입이 찢어져라 웃었다.

"빨리 가요. 계집애들, 벌써 '좋아요' 도배해 놓은 것 좀 봐. 부러워 죽겠지. 나 지금 루카스 한이랑 밥 먹으러 간다."

수아는 재빨리 SNS에 루카스와 밥 먹으러 간다는 글을 올리고 의기양양하게 웃었다. 마치 함께 식당에 가는 것이 기정사실화가 된 양 메뉴에 대해서 떠들기 시작했다.

"거기 까르보나라가 예술이에요. 토마토 모차렐라 치즈 파니니도 대박 맛있고, 라코타 그린 샐러드랑 아! 와인도 진짜 맛있어요. 루카스 씨 와인 좋아할 것 같은데, 사 드릴게요. 부담 갖지 않아도 돼요."

아무도 듣고 있지 않는데 수아는 연방 떠들며 루카스를 뚫어져라 바라보았다. 루카스는 손톱만큼의 관심도 보이지 않았지만 그럼에도 불구하고 반쯤 넋이 나간 수아의 눈빛은 당장이라도 홀랑 벗고 그와 침대로 뛰어들 것만 같았다.

서영은 루카스의 팔을 잡아끄는 수아를 노려보았다. 태현의 뻔뻔한 미소도 마음에 들지 않았지만 저 어린 여자애의 넋 나간 모습도 마음에 들지 않았다. 어린 데다가 얼굴도 예쁘고 가슴까지 빵빵했다. 돈이 있어 보이니 어디를 손봐도 봤겠지.

괜한 자격지심에 속으로 험담을 늘어놓던 서영은 불편한 듯 자세를 고쳤다. 그러자 커다란 손이 그녀의 손을 꽉 잡았다.

고개를 돌리니 루카스가 싱긋 미소 짓고 있었다.

그래, 나에겐 이 남자가 있었지.

불편했던 마음이 한결 편해졌다. 미소를 되돌려 준 서영은 그의 손을 힘 있게 잡았다.

이제 태현은 신경 쓸 필요도 없고, 아무 상관도 없었다. 지금 이 대화 자체도 의미가 없었다. 그녀가 신경 써야 할 사람은 태현이 아니라 루카스였으니까.

태현은 맞잡은 두 사람의 손을 보고 인상을 찌푸렸다.

그가 인상을 찡그리는 것을 보자 서영은 왠지 고소했다. 연애를 할 때 태현은 수시로 다른 여자들과 스킨십을 했었다. 어깨를 만지작거리고 볼을 쓰다듬는 건 애교에 불과했다.

술에 취해 비틀거리는 여자들을 부축한다며 허리를 붙들고, 그런 여자들이 의도적으로 가슴을 팔에 비비거나 휘청거리면서 키스를 하려 해도 웃으며 받아 줬다. 친절이 아니라 사심에서 나오는 행동이라는 것은 누구라도 알 수 있었다.

옛날 생각을 하니 복수하고픈 유치한 생각이 들었다. 그래서 서영은 고개를 살짝 기울여 루카스의 어깨에 기댔다. 그리고 아주 자연스러운 태도로 태현에게 물었다.

"하던 일 다 끝났나 봐. 한가롭게 전시회도 다니고……."

"아직 안 끝났어요. 전 수아예요. 곧 가수로 데뷔할 예정이구요. 오빠가 데뷔 곡을 줘야 하는데 마무리를 못 해서 제가 스트레스를 좀 받았어요. 그런데 제가 루카스의 완전 팬이거든요. 그래서 전시회 보러 가자고 해서 온 거예요. 아직 데뷔 전이니까 이렇게 같이 얘기하는 거지, 앞으론 TV에서나 절 볼 수 있을 거예요."

태현이 대답하기도 전에 턱을 치켜들며 수아가 끼어들었다. 그녀는 서영이 루카스의 손을 잡은 것을 보고는 마치 제 남자 친구를 빼앗기기라도 한 듯 사나운 표정을 지었다.

서영은 가끔 태현과 동석한 자리에서 여자들이 자신을 보던 눈빛을 떠올렸다. 저 눈빛을 여기서 또 볼 줄이야.

트라우마가 살아나는 것 같아 저도 모르게 손에 힘을 주었다. 그런데 잡아먹을 듯 노려보던 수아가 톡 하니 말을 뱉었다.

"근데 아줌마는 누구예요?"

"아, 줌마?"

아오! 뒷골이 당긴다. 비록 눈가에 가는 주름이 생기긴 했어도 아줌마라니……

서영은 입술 안쪽을 물고는 간신히 미소 지었다. 그러나 수아가 던진 연타에 휘청거릴 수밖에 없었다.

"마사지 안 해요? 얼굴 봐. 잡티 대박 쩔어. 화장으로 좀 가리지. 양심도 없어."

"이봐요."

"그리고 왜 그렇게 손을 잡아요? 다른 사람들이 아줌마를 루카스 한의 여친이라고 착각하면 어쩌려고. 그거 완전 민폐거든요? 루카스 한 이미지에 통칠하는 거예요!"

민폐는 네가 지금 하는 행동이고. 서영은 어이가 없어 대꾸도 나오지 않았다. 그때 루카스가 서영의 손을 깍지 끼고 당겨 그녀의 손등에 입을 맞추었다. 그러자 수아의 표정이 다시 일그러졌다.

"여자 친구는 아니지."

그의 다음 말이 무엇일지 짐작이 간 서영은 웃음을 참으려 살짝 입술을 깨물었고, 의미를 모르는 수아의 표정은 확 밝아졌다.

"그렇죠? 여자 친구 아니죠? 거 봐요, 괜히 아줌마 혼자 삽질하지 말고……."

"여자 친구 아니고 애인이지. 어딜 봐서 여자 친구 같아?"

"에엑?"

수아가 외마디 비명을 지르자 태현의 미간에 주름이 잡혔다. 서영의 어깨를 끌어안고 손을 잡는 품이 무척 친근하다고 느꼈지만 벌써 애인 소리가 나올 정도로 가까운 사이인 줄은 몰랐다. 기껏해야 한두 번 잔 정도? 하긴 그 정도면 고지식한 서영이 대단한 결심을 한 걸 테지만.

헤어진 지 고작 석 달이었다. 그사이 서영에게 애인이 생겼다는 게 믿겨지지 않았다. 그녀처럼 보수적이고, 감정이 무딘 여자가 석 달 만에 마음을 줄 수 있는 남자가 생겼다고? 태현은 헛웃음을 지었다.

자기 보라고 쇼하는구나. 아직 제게 미련이 남은 것 같은 서영의 행동에 태현은 피식피식 웃음을 지었다.

서영은 기분이 나빴다. 루카스가 애인이라고 말했는데도 태현은 자꾸만 웃음을 흘렸다. 말도 안 된다는 표정을 지으며 야릇한 눈빛으로 말이다. 그 눈빛과 마주하자 소름이 돋았다. 마치 성추행을 당한 것처럼 불쾌했다.

태현의 말에 대꾸를 한 게 잘못이었다. 이런 대화 자체가 애초에 말도 안 되는 거였다.

서영이 루카스의 손을 잡아끌었다.

"가."

"피곤하구나. 우리 서영이."

루카스가 서영의 머리를 쓰다듬자 가만히 지켜보던 태현이 고개를 흔들며 웃었다. 그리고 서영을 향해 입을 열었다.

"좀 유치하다. 차서영."

"유치?"

"사귀다 보면 다투기도 하고 헤어질 수도 있는 거지. 굳이 이런 쇼까지 해야 해?"

"뭐?"

"우리가 한두 해 사귀었냐? 내가 널 몰라? 거짓말도 좀 그럴싸한 걸로 해라. 너 나랑 사귄 지 석 달 만에 겨우 손잡았거든? 6개월이 지나서야 키스했고 잠잔 건 1년이 넘어서였다. 그런 네가 고작 세 달 만에 애인이 생겼다고? 그걸 내가 믿을 거라고 생각했어? 그렇게 해서라도 나한테 뭐, 복수라도 하고 싶었어?"

서영은 아무 대꾸도 하지 않고 태현을 바라봤다. 끝까지 사람을 실망시키는구나. 그렇게 끝나 버렸지만, 그래도 아름다운 추억이라고 생각하고 싶었는데.

"그 근자감은 언제 봐도 대단하네. 할 말이 없다."

"왜, 내가 너무 콕 집어서 할 말이 없나?"

"상대할 가치도 없어. 가."

서영을 도발할 생각으로 이죽거리던 태현은 그녀가 별 반응 없이 돌아서려고 하자 조바심이 들었다. 게다가 곁에 서 있는 루카스를 보니 더욱 심술이 났다.

인정하고 싶지 않지만 남자의 눈으로 본 루카스는 확실히 잘난 놈이었다. 섬세한 외모에서 풍기는 남자다운 인상과, 허접한 전시회라고 폄하했지만 태현도 루카스가 어느 정도 유명한 화가라는 것은 알고 있었다.

게다가 수아가 작업 내내 곁에서 떠들어 대던 남자였다. 그때도 신경이 쓰였는데 서영과 함께 있다니, 놀랄 노 자였다.

속마음을 숨기지 못하고 태현이 이죽거렸다.

"애인이라고? 정말 애인 맞아?"

서영은 화를 삼키며 루카스를 잡아끌었다.

"그럼 알겠네. 서영이 성감대가 어디인지."

거대한 낙석을 머리에 맞은 것 같았다. 태현이 비겁한 줄은 알았지만 이 정도로 쓰레기일 줄은 몰랐다.

서영이 걸음을 멈추자 태현은 내심 만족하며 비열한 미소를 지었다. 좀 치사하다는 생각이 들었으나 저 남자와 그녀가 함께 있는 게 싫었다.

"뜸하긴 했어도 나랑 아주 뜨거웠잖아. 기억나? 넌 골반이 특히…… 아악!"

서영이 하이힐로 태현의 발등을 잘근잘근 밟았다. 힐이라는 게 아쉬웠다. 송곳이었다면 훨씬 더 속이 시원했을 텐데.

있는 힘껏 발등을 밟은 서영은 이를 악물며 말했다.

"내 인생에서 꺼져 줄래? 이 개자식아."

계속 있다간 더 심한 욕이 튀어나올 것 같아 몸을 돌렸다. 그러다 이내 다시 돌아섰다.

태현은 차마 비명도 지르지 못한 채 발을 부여잡고 자리에 주저앉아 있는 상태였다. 서영은 맞은편에 서 있는 수아의 표정이 굳어지는 것을 보고도 개의치 않고 나지막이 말했다.

"그리고 내 성감대 골반 아니거든. 네가 좋아서 허덕거린 거지. 멍청한 네 여자 친구들 중 하나랑 착각한 거 아냐?"

마지막 말에 태현의 눈이 휘둥그레졌다. 서영은 루카스 앞에서 더 이상 추태를 부리기 싫어 서둘러 전시실을 나섰다.

1층으로 빠르게 내려가다 루카스가 따라오는 것이 느껴져 걸음을 멈추었다. 그녀는 뒤도 돌아보지 않은 채 떨리는 목소리로 말했다.

"혼자 있고 싶어."

"서영아."

루카스는 조용히 서영의 이름을 불렀다. 그녀가 울고 있을 거란 생각이 들었지만 차마 손을 뻗을 수 없었다. 그때 멀리서 민중이 그를 불렀다.

"Mr. 한, 이쪽으로 오겠어요?"

민중의 옆엔 그의 작품을 사겠다고 한 사업가가 서 있었다. 루카스가 서영을 따라 밖으로 나가려고 하자 민중이 서둘러 그의 곁으로 다가왔다.

"빨리 와. 아까부터 기다리고 있었단 말이야. 저 남자는 뭐지? 왜 바닥에 앉아 있어?"

루카스를 재촉하던 민중은 바닥에 널브러져 있는 태현을 보며 이맛살을 찌푸렸다.

"경비들은 뭐하는 거야?"

루카스는 태현에게 다가갔다. 서영의 앞이라 참았던 분노가 한꺼번에 튀어나올 것 같아 일단 숨을 골랐다. 그리고 서릿발이 선 것처럼 차가운 목소리로 말했다.

"서영이가 간 걸 불행하게 여겨."

무슨 말인지 깨닫기도 전에 루카스가 발등을 만지고 있는 태현의 손을 밟았다.

"아악! 무슨 짓이야?"

태현이 소리를 지르자 그가 발에 더욱 힘을 주었다.

"이 미친놈! 저리 안 가?"

루카스는 손을 빼내려고 안간힘을 쓰는 태현을 향해 몸을 숙여 멱살을 움켜쥐었다. 그리고 캑캑거리며 몸을 비트는 그의 귓가에 나직하게 속삭였다.

"작곡가라고 했나? 작곡가가 가장 죽고 싶을 것 같은 일이 뭔지 생각해 봤어. 딱 하나더라고. 손을 못 쓰는 일."

"뭐?"

"작곡 계속해야지. 사람 보는 눈도 없는데 음악까지 못하게 되면 어떻게 하나. 안 그래? 너 같은 쓰레기에게 서영이는 과분하지. 너 같은 게 감히 그녀를 마음에 담았다는 것이 죽이고 싶을 만큼 싫지만 제 분수를 지킨다면 한 번은 봐줄 생각이니까 다행으로 여기라고."

"이 새끼가!"

굴욕적인 루카스의 말에 바르르 떨던 태현이 욕설과 함께 난동을 부리기 시작했다. 더러운 것을 피하는 듯 루카스가 발을 들자 그 반동에 태현은 뒤로 벌렁 나자빠졌다.

어느새 모여든 사람들은 그 모습에 눈살을 찌푸리기도 하고, 손가락질을 하기도 했다. 태현은 벌게진 얼굴로 벌떡 일어나 루카스에게 달려들며 멱살을 잡았다.

그러자 기다렸다는 듯 루카스의 입가에 희미한 미소가 스쳤다.

"네가 시작한 거야."

"헉!"

태현에게만 들리게 소곤거린 루카스가 그의 얼굴에 주먹을 꽂았다. 그 기세에 태현이 바닥으로 나동그라졌다.

"이 새끼, 너 죽었어!"

그가 비틀거리며 일어서 다시 루카스의 멱살을 잡으려 했다. 그러나 루카스가 가볍게 피해 버리는 바람에 다시 바닥으로 나동그라졌다. 태현의 눈에서 불같은 살의가 뿜어져 나왔다.

사태가 험악해지자 부랴부랴 경비들을 호출한 민중이 태현의 앞을 가로막았다.

"넌 뭐야?"

"당신이야말로 뭐하는 짓입니까? 이런 난동을 부리고도

무사할 것 같습니까?"

화가 난 민중이 눈짓하자 건장한 덩치의 경비들이 양쪽에서 태현의 팔을 결박했다.

"너희는 뭐야? 이거 안 놔?"

당황한 태현은 소리를 지르며 루카스를 노려보았지만 그는 혐오스러운 것을 보는 듯 눈살을 찌푸렸다. 약이 오른 태현은 고래고래 고함을 질렀다.

"이 새끼들 다 죽여 버릴 거야! 내가 누군 줄 알아? 가만 안 둬!"

"조용히 해요! 진짜 경찰 부르기 전에."

"너 이 새끼 두고 보자! 내가 가만있을 줄 알아?"

경비에게 질질 끌려 나가면서도 태현은 입을 다물지 않았다.

사람들이 웅성거리기 시작하자 민중은 미소를 지으며 얼른 상황을 수습했다.

"잠시 소란이 있었던 점 죄송합니다. 정리가 되었으니 다시 작품들을 감상하시길 바랍니다."

민중이 허리까지 굽혀 인사를 하자 모여들었던 사람들이 흩어졌다. 잠깐의 소동이 지나간 전시회장은 언제 그랬냐는 듯 평온을 찾았다.

"너 이리 와."

"……."

민중이 루카스의 손을 덥석 잡아 구석으로 끌고 갔다. 흥분한 민중과 달리 루카스는 찬바람이 불 정도로 냉정을 유지하고 있었다. 화를 내려던 민중은 한숨을 쉬며 감정을 억눌렀다.

"그래, 네 마음 아는데. 그렇다고 여기서 이러면 안 되지."

"진짜 죽여 버릴 생각이었어."

민중은 나직하게 흘러나온 루카스의 말에 기겁했다. 서영과 관련된 일이라면 앞뒤 안 가리는 놈이니 정말 그럴 수도 있었다.

"야! 너 정말…… 저놈을 죽이면 서영 씨랑 해피할 수가 없잖아. 서영 씨가 살인자를 좋아하겠냐?"

"아! 그렇겠구나. 쏘리. 그러고 보니 서영이는 괜찮을까?"

달랑 미안하다는 말 한마디를 남기고 전시장을 후다닥 빠져나가는 루카스를 보며 민중은 주먹을 불끈 쥐었다.

"전시회 끝나면 넌 내 손에 죽었어."

❋   ❋   ❋

루카스는 전시회장에서 간신히 빠져나와 서영에게 전화를 걸었다. 그러나 그녀는 묵묵부답이었다. 몇 번의 신호음이 울리고 전화를 받을 수 없다는 멘트가 흘러나왔다.

"후우."

한숨을 길게 내쉰 그는 미선에게 전화를 걸었다.

―루카스?

"혹서 서영이 어디 있는지 알아요?"

―아뇨. 아까 전시회 간다고 했는데 못 만났어요?

전화기 너머로 의아한 미선의 목소리가 들리자 루카스가
입술을 깨물었다.

"알았어요."

이렇다 할 설명도 없이 다급하게 전화를 끊은 그는 서영의
집으로 향했다. 1층에 도착해 엘리베이터 버튼을 마구 누르
다 초조한 얼굴로 비상구 계단을 오르기 시작했다.

집 앞에 도착한 루카스는 숨을 고를 새도 없이 초인종을
눌렀다. 제발 서영이 집에 있길 바라면서…….

딩동딩동.

초인종 소리가 울렸지만 아무런 기척도 없었다. 귀를 기
울이던 루카스는 문을 두드렸다.

"서영아! 차서영, 안에 있지? 문 열어 봐, 서영아!"

쾅쾅쾅!

애절한 부름에도 불구하고 돌아오는 답은 없었다. 그는 다
시 미선에게 전화를 걸었다.

"혹시 서영이가 갈 만한 곳 알아요?"

―제가 지금 몇 군데 전화해서 확인했는데 온 적이 없다네요. 무슨 일 있었어요?

"전시회에서 일이 좀 있었어요."

―집에 없어요?

"초인종을 눌러도 대답이 없어요."

―아마 안에 있을 거예요. 서영이 맘 상하면 집에 틀어박혀 있거든요.

"고마워요."

루카스는 힘없이 대답하며 전화를 끊었다. 그리고 문 앞에 다가갔다.

작은 그녀의 어깨를 감싸 주지도 못하고 못된 자식에게 당하는 걸 고스란히 보고만 있던 자신이 한심했다.

서영의 과거이니 존중해야 된다는 신사도로 그녀를 더 힘들게 한 것 같아 자책감이 들었다. 배려고 뭐고 서영이 보는 앞에서 녀석의 손을 박살 내 버렸어야 했는데……

문틈에 바짝 붙은 그가 미안함이 고스란히 묻어나는 목소리로 말했다.

"나 참 바보 같다. 그 자식에게 진작 주먹 날릴걸. 그 쓰레기 같은 말을 다 듣게 하고 있었어. 정말 내 자신이 한심해. 혼자 힘들게 해서 미안해. 내가 아직 한국 문화에 익숙하지 않아서 그런 거라 이해해 줄래? 아니다, 이해하지 마. 나도 똑같이 나쁜 자식이니까. 애인이면서 아무것도 한 게 없으니 나도 나쁜 놈이야."

주절주절 이야기를 늘어놓았는데도 여전히 아무런 기척이 없었다. 자신의 이야기에 그녀가 귀를 기울이고 있는 거라고 애써 생각했다. 다른 곳에서 헤매지 않고 집 안에 있을 거라고 믿고 싶었다.

"당신 과거를 내가 알아서 창피한 거면 그럴 필요 없어. 과거 없는 사람이 어디 있어. 안 그래? 내 얘기, 들어 볼래?"

루카스는 한숨을 내쉬며 담담히 입을 열었다.

"내 이름에 관한 좀 어두운, 아니, 지나치게 밝은 과거라고 해야 하나? 말해 줄게. '루카스'는 그리스어로 빛이란 뜻이야. 화가 활동을 시작하면서 내가 지은 예명이야. 루카스 한, 길게 풀이하면 빛을 내는 한 남자라는 의미가 돼. 원래 한국 이름은⋯⋯ 촌닭? 촌닭 맞나? 아무튼 좀 그래."

루카스는 조금 뜸을 들였다. 화가로 활동을 시작하면서 누구에게도 말하지 않았던 한국 이름이었다. 크게 어깨를 들썩인 그가 비장한 목소리로 말을 이었다.

"뭐냐면⋯⋯ 빛을 내는 남자. 한자로 쓰면 한광남. 빛 광에 사내 남, 광남이래."

그가 문에 바짝 귀를 기울었다.

"광남? 큭큭큭."

예상대로 서영의 웃음소리가 들렸지만 문 안쪽에서 흘러나오는 소리가 아니었다. 재빨리 몸을 일으켜 뒤를 돌아보니 서영이 입을 가리고 웃고 있었다.

그녀는 밝은 표정을 하고 서 있었다. 다행이다 싶어 한걸음에 다가가 꽉 안자 서영이 몸을 비틀었다.

"숨 막혀, 큭큭. 이름 대박인데."

"뭔들 대박이 아니겠어. 얼굴도 대박, 이름도 대박, 그림도 대박이지."

"동감, 대박이지."

루카스는 서영을 끌어안은 채 그윽한 눈으로 그녀를 바라보았다. 속상해서 울었으면 어쩌나 했는데 눈도 붓지 않았고 눈빛도 맑았다. 그것이 너무 고마워 싱긋 미소 짓자 그의 마음을 짐작했다는 듯 서영이 쪽 하고 입을 맞추었다.

"그냥 나와서 미안해. 사실 좀 창피했거든. 그 자식 더 밟아 주지 못한 게 화도 났고."

"미안해하지 마. 당신 마음 아니까. 화도 내지 마. 당신 대신 내가 밟아 줬어."

"밟아 줬다고?"

"응, 이렇게 발로 꾹꾹."

"정말? 발로?"

"그리고 얼굴도 한 대 쳤어. 턱이 휙 돌아갈 정도로 세게."

"진짜? 아우, 아깝다. 그 장면을 내가 봤어야 했는데……."

"CCTV에 찍혔을 거야. 나중에 같이 볼까?"

서영은 단어 하나하나에 힘을 주어 말하는 루카스가 너무 귀여웠다. 자신을 조금이라도 달래려고 손짓 발짓까지 하는 걸 보니 태현 때문에 화가 났던 마음이 풀어져 버렸다.

루카스를 꼭 껴안으며 서영은 행복한 미소를 지었다.

"당신이 내 남자라서 너무 좋다."

"Me too."

그에게 좋은 모습만 보여 주고 싶었는데 그러지 못해 창피했다. 그리고 태현을 혼내 준 그가 고마웠다. 단지 두 눈으로 그 장면을 보지 못한 게 조금 아쉬울 뿐.

"나중에 CCTV 같이 보기로 약속."

"Ok. 약속."

둘은 마주 보며 새끼손가락을 걸고 고개를 끄덕였다.

chapter 8

우리 사귀고
있어요!

루카스의 체온을 느끼며 단잠에 빠져 있던 서영은 서늘한 기운에 몸을 뒤척였다.

"쏘리, 더 자."

"으음, 몇 시야? 왜 이렇게 일찍 일어났어?"

"민중이랑 약속 있어. 전시회 마무리 때문에 의논할 게 있대."

"그렇구나."

루카스가 머리를 쓰다듬어 주고 욕실로 들어가자 그녀도 기지개를 켜며 일어났다. 아직 잠에서 완벽히 깨진 않았지만 절로 배시시 웃음이 나왔다.

"좋다."

잽싸게 일어난 그녀는 머리를 묶으며 부엌으로 향했다. 그를 빈속으로 보낼 수는 없었다.

젖은 머리를 수건으로 탈탈 털며 욕실을 나온 루카스가 맛있는 냄새에 고개를 갸웃거렸다. 그리곤 부엌에 있는 서영을 발견하고 미소 지었다.

"뭐해?"

"일하러 가는데 든든히 먹어야지. 어서 와."

"더 자도 되는데."

"아냐, 마침 편집장이 급한 일 생겼다고 잠깐 나오라네. 어서 앉아."

식탁을 본 그가 감탄사를 내뱉자 서영이 멋쩍게 웃었다.

"그 정도는 아니거든."

"아니야. 식빵에 잼, 버터, 계란, 과일, 주스, 커피. 다 있잖아."

"밥이 아니라 미안."

"나 빵도 좋아해. 내가 피부는 미국 국적이잖아."

오랜만에 들은 그의 농담에 서영은 웃음을 참지 못하고 킥킥거렸다. 그러다 이어진 말에 그만 얼굴이 새빨갛게 달아올랐다.

"Dessert는? 만화 보면 식탁 한가운데에 여자 주인공이 누워 있던데. 옷 대신 음식을 몸에 올려놓고⋯⋯."

"변태!"

소리를 빽 지른 서영이 루카스를 향해 식빵을 집어 던졌다. 뭐가 좋은지 루카스는 여전히 싱글벙글 웃고 있었다.

✳　　　✳　　　✳

사무실에 들어선 루카스는 자못 심각한 표정의 민중을 흉내 내며 인상을 썼다.

"뭐야? 너 너무 심각해."

"음⋯⋯."

"웃어. Smile."

"이거 보면 웃음이 쏙 들어갈걸."

루카스는 민중이 내민 노트북 화면을 보았다. 자극적인 제목을 단 인터넷 신문 기사가 눈에 띄었다.

기사를 훑던 루카스의 얼굴이 점점 굳어졌다.

그와 서영의 기사였다.

이름이 이니셜로 표기됐고 얼굴은 모자이크 처리되었지만 기사 속의 인물이 루카스와 서영이라는 걸 누구나 알 수 있는 수준이었다.

불륜이라도 저지른 것처럼 음침한 모텔을 배경으로 찍힌

둘의 사진도 함께 있었다. 하지만 저런 곳엔 간 적이 없으니 분명 합성이었다.

기사 내용은 더 가관이었다.

인지도가 있는 루카스는 섹시 화풍으로 유명한 화가라 설명되어 있었고 서영은 그런 그에게 의도적으로 접근한 꽃뱀처럼 쓰여 있었다.

루카스가 미간을 찌푸리자 민중이 고개를 끄덕였다.

"이 기사 내가 제대로 이해한 거야? 꽃뱀, 나쁜 거지?"

"응, 맞아."

"Ridiculous. Shit!"

"그래, 어이없지. 어이없어."

"How……."

흥분한 루카스가 두 손을 휘젓자 민중이 자리에서 일어섰다.

"누구 짓인지 알아냈어."

"누군데?"

"서영 씨 전 남자 친구."

민중이 약간 망설이며 말하자 루카스의 입에서 연달아 욕이 터져 나왔다. 그가 영어와 한국어가 뒤섞인 욕설을 내뱉기 시작하자 민중은 조용히 두 귀를 막았다.

잠시 후 흥분이 조금 가라앉았다고 생각해 손을 떼자 루카스가 민중을 향해 검지를 뻗었다.

"고소할 거야! 그…… 명, 명, 명예퇴직으로!"

"명예훼손."

"그래! 그걸로 고소할 거야!"

"누구를? 서영 씨 전 남친? 아니면, 기자?"

"둘 다!"

역시 명줄을 끊었어야 했다며 루카스가 길길이 날뛰자 민중은 한숨을 내쉬며 이마를 짚었다.

한 번 화나면 뒷일은 생각도 안 하고 날뛰는 녀석 때문에 피를 본 게 한두 번이 아니었다. 이번에도 그럴 것만 같아 벌써부터 두통이 밀려 왔다.

"화나는 건 알겠는데 잠깐만 앉아 봐."

"안 앉아. 화가 많이 난다고!"

루카스가 사무실을 서성이며 다시 욕을 내뱉자 민중은 신기한 동물이라도 구경하는 듯 그의 행동을 지켜보았다.

저렇게 감정에 휘둘릴 녀석이 아닌데.

얼음처럼 냉철한 이성의 소유자는 아니지만, 제법 날카로운 판단력으로 쉽게 감정을 내보이지 않는 편이었다. 그런데 지금은 지나치게 흥분하고 있었다. 아마 서영과 관련된 일이어서 그런 것 같았다.

"고자 자식!"

그 말을 끝으로 루카스가 욕을 멈추었다. 그러자 민중이 놀랍다는 듯 눈을 크게 떴다.

"그런 욕도 알아?"

"Lawyer 알아보고, 네가 할 수 있는 거 다해! 당장!"

"앉아 봐."

"안 앉아!"

"한광남 씨."

본명을 부르자 루카스의 몸이 움찔거렸다. 민중은 이제야 그의 이성이 돌아온 것 같아 의자를 내밀었다.

"앉아서 얘기해."

"휴우."

자리에 앉은 루카스의 입에서 긴 한숨이 나왔다. 두 손으로 머리를 감싼 채 고개를 숙이고 있던 그가 눈에 걱정을 가득 담아 슬며시 민중을 올려다보았다.

"서영이도 알까?"

"아마도……."

"그럼 안 되는데. 서영이 마음 되게 약한데……."

"출판사에서 일하잖아. 벌써 알고 있을걸. 그러니까 우리도 차분하게 대책을 세워 보자고. 이번 스캔들은 우리 회사 고문 변호사가 나설 거야. 물론 서영 씨가 원하면 같이 진행할 거고."

"일단 서영이부터 만나야겠다. 다녀올게."

"루카스!"

민중이 불렀지만 그는 돌아보지 않았다.

지금 그에게 가장 중요한 사람은 서영이었다. 당장 그녀를 만나야 했다.

출판업계에서 일하니 분명 그녀도 이 기사를 봤을 거다. 그러고 보니 오늘 아침, 편집장이 할 말이 있다고 사무실로 오라고 했다던데 그쪽에서도 벌써 안 것일까?

출판사로 가는 내내 마음이 좋지 않았다. 급한 마음에 서영에게 전화를 걸었지만 받질 않았다. 그것이 그의 마음을 더욱 불안하게 만들었다.

회사 건물에 도착해 엘리베이터를 기다릴 새도 없이 계단을 두세 개씩 올라간 그는 마침 사무실에서 나오던 서영과 마주쳤다

"서영아."

"아! 루카스."

갑자기 나타난 그를 보고도 그녀는 놀라지 않았다. 역시 기사를 본 듯했다.

그는 숨을 정리하고 서영에게 다가갔다.

"괜찮아?"

"당연하지. 날 뭘로 보고."

그가 미안해하며 머리를 쓰다듬자 오히려 서영이 걱정스런 말투로 사과를 했다.

"미안."

"뭐가?"

"나 때문에 괜한 구설수에 오르게 됐어."

"원래 스타는 사람들 입에 오르락내리락하는 거야."

루카스가 우쭐거리며 말하자 서영이 조용히 그의 허리를 껴안았다. 자신을 안심시키려고 하는 말인 것을 알기 때문에 미안하고 고마웠다.

루카스도 그녀의 등에 팔을 둘렀다. 고개를 숙여 그녀의 정수리에 입을 맞춘 그가 부드럽게 속삭였다.

"진짜 괜찮아. 나한테 그 정도 일은 가끔 일어나. 힘들지 않아."

"그럼 다행이구."

"근데 넌 아니잖아. 신문에 이름 오른 적 없잖아."

"그러게. 머리털 나고 처음 신문에 나오는 건데 기분이 그다지 좋진 않네."

그는 덤덤한 목소리로 말하는 그녀가 더욱 안쓰러웠다.

아직도 한국 사회는 폐쇄적이고 보수적인 면이 많았다. 그런 지저분한 기사로 이름이 오르내리면 손해를 보는 것은 여자 쪽이었다. 고의적이고 악질적인 기사에 결국 상처 받는 것은 서영일 것이다.

태현에 대한 분노에 주먹이 부들부들 떨렸다. 세상에서 가장 귀하고 소중한 자신의 여자에게 이런 구정물을 뒤집어쓰게 하다니, 가만둘 수 없었다.

"내가 알아서 할게."

"우리 편집장이 벌써 항의문을 보냈던데? 만날 들들 볶기만 하더니 나에 대한 애정이 생겼나 봐. 길길이 날뛰면서 기자들한테 메일 보내고 전화도 했어. 아마 곧 기사 내려질 거야."

"화가 나."

서영이 웃으면서 말을 했지만 그것으로는 성에 차지 않았다. 여전히 화가 난 루카스를 보던 서영은 까치발을 들어 그에게 입 맞췄다.

"우리 동갑이야. 잊었어? 사회 경험은 내가 자기보다 더 많을걸? 그냥 잠깐 쪽팔리고 마는 거야. 시간이 지나면 모두 금세 잊어버리는 일이라고. 응?"

"휴우."

"상대하면 같은 놈이 되는 거야. 똥을 무서워서 피해? 더러워서 피하지. 상대하지 마."

서영은 분노의 대상이 태현인 것을 알아채고 그를 다독였다.

정말 미안한 것은 자신이었다. 하필 태현 같은 찌질이를 만나 이런 일을 겪게 하다니.

더구나 그는 팬클럽도 서너 개나 있는 인지도 높은 화가였다. 이 일로 타격을 입을 수도 있을 것 같아 마음이 무거웠다. 태현을 도저히 용서할 수가 없었다.

그런 마음을 읽었는지 루카스가 그녀를 보며 싱긋 미소 지었다.

"당신도 신경 쓰지 마."

"응, 신경 안 써."

그래, 더러운 똥은 피해 버리면 그만이다. 시간이 지나면 해결되겠지.

편집장의 항의에 이어 민중의 회사에서도 변호사가 나서 인터넷 신문사에 정식으로 정정 기사와 사과를 요구했다. 사건은 일단락 지어진 것처럼 보였다.

다소 잡음이 있었지만 전시회도 무사히 마쳤다. 워낙 이슈가 된 전시회라 기자들의 요청에 따라 간단한 인터뷰도 하게 되었다.

루카스는 수많은 기자들 사이에서 질문 세례를 받으면서도 침착했다. 특유의 낙천적인 성격과 4차원적인 대답 덕분에 인터뷰를 하는 내내 웃음이 끊이질 않았다.

서영 역시 잡지에 실을 기사를 쓰느라 바쁜 와중에도 그의 밝은 모습을 보며 내내 미소 지었다.

이곳저곳을 두리번거리던 루카스가 서영을 발견하곤 찡긋 윙크를 보내 왔다. 공식적인 자리에서 보낸 은밀한 윙크에 서영의 얼굴이 뜨거워졌다. 그녀가 살짝 손을 흔들어 답례를 했다.

인터뷰가 거의 마무리될 때쯤 한 기자가 질문을 던졌다.

"한 가지 물어볼 게 있습니다."

"그럼 마지막 질문으로 받겠습니다. 말씀하세요."

손을 든 기자에게 마이크가 주어졌다.

"얼마 전 스캔들이 터졌는데 기사가 난 지 거의 반나절만에 모두 내려졌습니다."

기자의 말에 사람들이 웅성거리기 시작했다. 방글거리던 루카스도 입꼬리를 올린 채 싸늘하게 표정을 굳혔다. 그 반응이 만족스러웠는지 기자가 좀 더 과격한 말투로 질문을 이어 갔다.

"다른 분들의 이해를 돕기 위해 제가 그 기사의 일부를 읽어 드리겠습니다. 인터뷰를 하지 않기로 유명한 루카스 한과 독점적으로 인터뷰를 한 잡지가 있어 화제다. 그 잡지사 소속 여기자는 애인이 있는데도 불구하고 기사를 위해 그에게 계획적으로 접근했다. 정확한 소식통에 따르면 성상납까지 하며 그의 집을 드나들고 있다는데……. 더 읽을까요?"

"정확한 내용 맞습니까?"

루카스가 진지하게 물었다. 그러자 기자는 고개까지 끄덕이며 대답했다.

"기사가 내려지기 전에 제가 프린트해 둔 것입니다."

"정확한 소식통이 누군지 궁금하네요. 반은 틀렸거든요."

루카스가 태연하게 대답하자 기자들이 웅성거리기 시작했다.

"그렇다면 인터뷰를 목적으로 접근한 여자가 있긴 있었다는 말이네요?"

"기사가 사실이란 겁니까?"

"스캔들이 확실한 거잖아."

"그걸 강제로 내리게 했다는 거야?"

"루카스 한 독점 기사 실었던 잡지가 어디지?"

특종이란 생각에 기자들이 손을 빠르게 움직였다. 그가 6개월 동안 독점으로 칼럼을 올렸던 잡지가 어딘지는 금방 밝혀졌다.

자신의 회사 이름이 기자들 사이에서 거론되자 서영의 얼굴이 창백해졌다.

태연한 루카스와 반대로 그녀는 가시방석에 앉아 있는 듯했다. 겨우 가라앉았다고 생각했는데 이런 곳에서 다시 이야기가 나올 줄은 몰랐다.

서영은 처음 질문을 던진 기자를 자세히 보았다. 얼굴이 낯익다 했더니 태현과 친분이 있는 기자였다.

연예계 쪽 일을 하면 가끔 아니 땐 굴뚝의 연기 같은 소문이 필요할 때가 있다. 그래서 태현도 친하게 지내는 기자가 한두 명 정도 있었다.

그녀는 입술을 꽉 물었다. 이미 끝난 관계인데 태현이 지저분하게 구는 까닭을 모르겠다.

그러나 태현에 대한 분노는 나중 문제였다. 눈앞에 있는 루카스가 곤란한 지경에 처한 것이 너무 미안하고 속상했다.

그가 그녀를 바라보며 싱긋 미소 지었지만 미안한 마음에 서영은 웃지 못했다.

"그 기사를 내린 것은 아까 말한 대로 진실이 없기 때문입니다. 인터뷰를 따내려 접근한 여자가 있다고 했는데, 그것부터 틀렸습니다."

"무슨 말인지 자세히 설명해 주시겠습니까?"

"독점 칼럼을 제안한 건 잡지사가 먼저일지 모르겠지만 그걸 이용한 건 저니까요. 아! 이거 혹시 영상도 촬영하나요?"

뜬금없는 루카스의 말에 기자들이 핸드폰을 꺼내 동영상 촬영을 시작했다. 그것을 본 루카스는 만족한 얼굴로 말을 이었다.

"전 한곳에 3개월 이상 머무르지 않습니다. 가는 곳도 정하지 않고 자유롭게 여행을 다닙니다. 그런데 이번엔 장기 체류를 하게 됐습니다. 그 이유는……"

모두의 이목이 루카스에게 향했다.

"사랑스러운 한 여자에게 빠졌기 때문입니다."

여기저기에서 놀란 듯 수군거리는 소리가 들리기 시작했다.

"그 기사에 언급된 여자를 사랑하게 됐습니다. 그녀가 저에게 접근한 것이 아니라 제가 다가간 겁니다. 그녀를 처음 본 순간 사랑에 빠졌고, 몇 달 동안 제 존재를 어필하려고 곁을 맴돌았습니다. 그런데 그녀가 그런 저를 눈치채지 못해 많은 계획을 세웠습니다. 제가 머리가 좋거든요. 칼럼은 그 계획들 중 하나입니다. 원래 물고기를 잡으려면 준비를 잘해야 하잖아요."

그의 말에 가벼운 웃음소리가 들렸다.

"나 좀 봐 달라고 그렇게 신호를 보냈는데도 모르더라구요. 같이 있고 싶다고 대놓고 얘기했는데도 그녀는 눈만 끔뻑거렸습니다."

멍하니 루카스의 고백을 듣던 서영은 화들짝 놀라 몸을 움츠렸다.

클럽에서 만난 게 처음이 아니었다는 소리다. 저런 멋진 남자가 주변을 맴돌았는데도 눈치채지 못한 자신을 탓하며 그녀가 제 머리를 콩 때렸다.

"여자가 상당히 둔치네요."

누군가의 추임새에 루카스가 격하게 고개를 끄덕였다.

"대놓고 대시하는 저 때문에 그녀가 많이 당황했어요. 그녀에게 계속 장난치고 싶었거든요. 남자들은 그렇잖아요. 좋아하는 여자를 보면 괜히 만지고 싶고, 삐친 표정이 귀여워서 일부러 놀리기도 하고. 그렇죠?"

루카스의 말에 남자 기자 몇몇이 미소를 지었다. 스캔들에 가시를 세우고 있던 기자들은 자연스럽게 그의 편이 되었다.

잠시 말을 끊은 그가 다시 한 번 기자들을 쭉 둘러보았다. 그리고 조금 가라앉은 목소리로 말했다.

"그렇게 몇 달 동안 노력한 끝에 그녀가 겨우 마음을 열었습니다. 겨우 열린 마음이 다시 닫힐까 봐 조금 무섭기도 하지만 저는 그녀를 믿습니다. 그래서 요즘 많이 행복합니다."

가슴에 두 손을 얹고 입가를 길게 늘인 그는 행복에 폭 싸인 모습이었다. 그 모습에 여기자들의 눈에서 하트가 발사되었다.

"그 여자분이 누굽니까?"

"알려 주세요."

"여기 와 있나요?"

지저분한 스캔들일 거라는 예상과 달리 그의 입에서 달콤한 고백이 나오자 기자들의 초점은 루카스 한의 여자에게로 향했다.

루카스는 코를 찡긋거리며 살짝 고개를 끄덕였다.

"여기 있습니다."

루카스가 서영을 바라보자, 자석에 이끌리듯 모든 기자들의 시선이 그녀에게로 향했다.

구석에 앉아 기사를 작성하던 서영은 호기심 어린 기자들의 눈빛에 얼굴이 새빨개질 정도로 당황했다.

"서영 씨, 이걸 어쩌지? 사람들이 다 눈치챈 것 같은데."

미선의 말에 서영의 얼굴이 더욱 달아올랐다.

✱　　　✱　　　✱

자고 일어났더니 유명해졌다는 바이런의 말처럼 서영도 자고 일어났더니 유명 인사가 되어 있었다. 루카스와 서영의 스캔들 기사는 인터넷 신문뿐만 아니라 일간지와 스포츠 신문에도 기재되었다.

편집장은 다른 잡지사에서 서영에게 인터뷰 요청을 해 오자 단칼에 반대했다.

"차 팀장, 다른 잡지사와 인터뷰를 하는 배은망덕한 행동은 하진 않겠지?"

"어머. 편집장님, 무슨 말씀이세요. 전 이곳에 뼈를 묻을 건데……."

"그래? 그럼 최 팀장이 맡아서 잘 진행해 봐요."

편집장의 말에 미선이 눈을 동그랗게 떴다.

"뭘 진행해요?"

"루카스 한 인터뷰 말이야. 다음 달 첫 기사로 내보낼 거니까, 사진도 찍어. 차 팀장."

"네?"

"마사지 좀 받고 그래. 루카스 한이랑 동갑이라고 하지 않았어? 누나 같아."

헉! 누나라니…….

편집장의 말에 서영은 어금니를 살며시 사리물었다. 비록 눈가에 잔주름이 잡히긴 했어도 웃어서 생긴 것이니 애교로 봐야 했다.

루카스가 동안이긴 했지만 누나 같다는 소리를 들으니 억울했다. 미선이 옹호해 주길 바랐는데 큭큭거리며 웃느라 그녀는 정신이 없었다.

"와, 진짜 말대로 됐다. 루카스 한, 미모의 여기자와 사귀다. 짜잔!"

"그런 촌스러운 카피 내보내기만 해 봐. 가만 안 둬."

"킥킥, 알았어. 제대로 잘 뽑아 줄게."

"그런데 내가 누나처럼 보인다는 건 좀 오버 아니야? 어
딜 봐서 내가 누나 같아?"

서영이 정색을 하고 미선에게 질문했지만 돌아오는 대답
은 없었다. 딴청을 부리는 미선을 향해 서영은 소리를 빽 질
렀다.

"언니!"

그녀의 고함에도 미선은 웃으며 사무실을 빠져나갔다.

✳   ✳   ✳

루카스는 서영을 힐끔 훔쳐보았다.

식당에서 저녁을 먹을 때도, 집으로 돌아오는 차 안에서
도, 집에 와 향기 좋은 허브차를 마시면서도 그녀는 내내 침
묵으로 일관했다.

굳은 그녀의 표정에 루카스 역시 덩달아 긴장을 했다.

"나……."

"응, 말해."

"이만 집에 갈게."

"벌써? 아직 9시도 안 됐어."

"좀 피곤하네. 자기도 쉬어."

그녀가 애써 어색하게 웃어 보이자 그도 따라 미소 지었다.

"왜 그러지. 무슨 문제라도 있나?"

서영을 배웅한 루카스는 재빨리 집 안으로 들어가 창문에 이마를 박았다.

잠시 후 길을 건너 집으로 들어가는 서영의 뒷모습이 보였다.

그녀가 뒤를 돌아보진 않을까.

살짝 부풀던 기대감이 피식하며 바람 빠지듯 사라졌다. 그가 다시 창문에 이마를 콩콩 박았다.

"왜."

콩.

"얼굴이."

콩.

"울상이야."

콩.

"말해 주지."

그녀의 표정이 너무 심각해 무엇 때문에 그러는지 물어볼 엄두도 나지 않았다. 대체 이유가 무엇인지 밤새 뒤척이며 고민하던 그는 결국 뜬눈으로 새벽을 맞이했다.

＊　　　＊　　　＊

　서영은 잠시 망설이다가 인터뷰 연습을 하고 있는 미선에게 다가갔다.

　"많이 바빠?"

　"아니, 왜?"

　입술을 살짝 깨물며 서영이 조심스럽게 말했다.

　"이 인터뷰, 할 거야?"

　"그게 무슨 말이야? 무슨 문제 있어?"

　미선은 심상치 않은 서영의 표정을 보고는 그녀를 향해 몸을 돌렸다. 서영의 미간에 주름이 잡힌 것을 보니 확실히 무슨 일이 있는 게 분명했다.

　"왜 그래?"

　"인터뷰 안 했으면 좋겠다."

　"그러니까 왜 그러냐고."

　"루카스는 공인이잖아. 나처럼 평범한 사람이 아니라고."

　"그게 뭐? 유명인이니까 인터뷰하는 거지. 지금 한 말, 이상하다는 건 알고 있지?"

　미선의 의아함이 더욱 커졌다.

"그게 문제라고. 인터뷰 내용이 공개되면 분명 악플이 달릴 거란 말이야. 안 먹어도 되는 욕을 왜 사서 먹어? 가만히 있으면 잠잠해질 스캔들인데 굳이 인터뷰까지 해서 구설수에 오를 필요는 없잖아."

그제야 서영이 무엇을 걱정하는지 짐작한 미선은 울상이 된 그녀의 손을 잡아 주었다.

"미스터 한이 걱정돼서 그래?"

"당연히 걱정되지."

"별걸 다 걱정한다. 미스터 한이 애야? 어련히 알아서 할까."

"어쩔 땐 다섯 살짜리 꼬마 같다니까. 목줄을 콱 채워 놔야 안심이 될 때가 있다고."

개 목걸이 말이야, 개 목걸이.

서영의 말에 미선은 반박하지 못했다. 그녀도 그런 걸 가끔 느꼈으니까……. 하지만 내색하지 않고 서영을 달랬다.

"우리도 걱정 안 한 건 아니야."

"언제부터 잡지사가 다른 사람 걱정을 했대."

날카로운 서영의 말투에 미선이 부드럽게 웃음 지었다.

"맞아, 그런 적 없지. 판매 부수만 올릴 수 있다면 불법적인 걸 제외하고는 뭐든지 하니까. 하지만 이번엔 다르잖아."

"뭐가 달라?"

"네가 엮여 있는 일이잖아. 아무리 악독한 편집장이라도 제 식구가 끼어 있어서 그런지 함부로 하지 않던데? 사실 나도 놀랐거든."

"편집장이?"

"응. 인터뷰 대본, 편집장이 직접 썼어. 검토를 몇 번이나 한 줄 알아? 재미는 살리되 최대한 진실하게 기사 작성하라고 얼마나 신신당부를 했는데."

편집장이 그런 말을 했다는 게 서영은 놀랍기만 했다. '모든 것은 판매 부수로 말해라!' 가 신조인 편집장이 배려를 했다는 게 믿어지지 않았다.

"그러니까 너무 걱정하지 마. 어차피 우리가 제대로 다루지 않으면 추측성 기사는 난무하게 되어 있어. 다른 매체에서도 섭외가 들어왔다고 하더라. 뭐, 워낙 미술계 쪽으로 이슈인 사람이니 인터뷰 요청이 많기도 하겠지만 속셈은 너와의 관계를 캐물으려는 거 아니겠어? 원래 미스터 한, 인터뷰 잘 안 하잖아. 그런데 이번엔 다 오케이했대. 그러니까 나도 제대로 인터뷰할 거라고."

"별일 없겠지?"

"이 바닥 몰라? 어차피 시간이 지나면 사람들은 잊게 되어 있어. 내일이라도 김수현 열애설이 터지면 너희 얘기는 쏙 들어가 버릴걸? 연예계는 지뢰밭이잖아, 빵빵."

미선의 말에 서영이 희미한 미소를 지었다.

루카스가 피해를 입지 않을 거라고 좋게 생각하려 했지만 이 바닥의 생리를 워낙 잘 알았기에 걱정을 아주 떨칠 수는 없었다.

화창한 봄날, 카페 문을 열고 들어온 루카스가 긴장한 서영에게 손을 흔들었다.

걱정하지 말라고, 모든 것이 잘 풀릴 거라고 말하는 듯한 그의 환한 미소에 서영도 웃으며 주먹을 쥐고 파이팅을 해 보였다.

미선이 진행하는 루카스 한의 인터뷰가 시작되었다.

"그럼 당분간 한국에 머무르시겠네요?"

"그럴 예정이었어요. 그런데 잠깐 미국에 들어갈 일이 생겼네요."

루카스의 말에 미선이 애매한 미소를 지었다. 원래 정해진 대본에는 당분간 한국에 머물 거라고 쓰여 있었기 때문이었다.

그러나 의아함을 접은 채 인터뷰를 계속 진행했다.

"정말 궁금한 질문을 해 볼까 하는데요."

"으, 떨려."

"떨리세요?"

루카스는 두 손을 가슴에 대고 과장되게 고개를 끄덕거렸다.

멀리 떨어져서 지켜보던 서영도 떨리긴 마찬가지였다. 만인 앞에서 그들의 사랑을 정식으로 공표하는 순간이 오자 가슴이 두근거렸다.

서영은 이 고백이 그에게 피해를 입히지 않기를 바랐다.

"늘 자신만만해 보이는 루카스 한이 긴장하니까 안 어울리는데요? 어쨌든 피할 순 없으니까 단도직입적으로 묻겠습니다. 일전에 났던 스캔들 기사는 사실인가요?"

"반은 사실이고 반은 거짓입니다."

"어떤 게 사실이고 거짓인지 알려 주시겠어요?"

"그녀를 사랑하는 건 사실입니다. 그녀도 절 사랑하구요. 그 외의 것은 대부분 꾸며진 이야기더군요."

"둘이 사랑하는 사실 외에는 모두 날조된 거짓이라는 말씀이시네요."

"아! 제가 화가인 것은 맞구요. 그녀가 출판사에서 일하고 있는 것도 사실입니다."

농담으로 붙인 그의 사족에 가벼운 웃음이 떠돌았다.

밝게 이야기를 이끌어 간 루카스 덕분에 인터뷰는 순조롭게 끝났다.

"사진 몇 컷 더 찍겠습니다."

몇 시간 동안 웃어서 입가가 굳어질 법도 할 텐데 사진 기사의 말에 루카스는 불평 없이 미소를 지었다. 한술 더 떠 그를 보기 위해 카페 창문에 다닥다닥 붙어 있는 팬들을 향해 손도 흔들었다.

"까악! 루카스 한!"

"사랑해요!"

"예쁘게 사랑하세요!"

"연애하지 마요!"

루카스가 손을 흔들자 자지러지는 비명 소리와 함께 그의 연애에 대한 엇갈린 의견들이 쏟아졌다. 격렬한 반응에 서영은 절로 한숨을 내쉬다 얼른 얼굴빛을 바로 했다.

앞으로 이런 일들이 많이 일어날 텐데 그때마다 한숨을 쉴 순 없는 노릇이었다. 자신이 반듯하게 중심을 잡아야 루카스도 흔들리지 않을 거라고 생각했다.

서영은 야무지게 주먹을 말아 쥐고 결의를 다졌다. 그리곤 그를 향해 다가갔다.

멀리서 다가오는 서영을 발견한 미선이 루카스에게 작은 목소리로 말을 걸었다.

"사적인 질문 하나 더 해도 될까요?"

"사적인 질문이요? 안 되는데……. 나한테는 서영이가 있는데……."

미선의 눈빛이 사뭇 진지하자 루카스도 곧 장난기를 거두었다.

"서영이와 어디까지 갈 생각이에요? 연애만 할 생각이면 일찌감치 그만두시죠."

"남녀가 만나다 보면 헤어질 수도 있고, 결혼할 수도 있겠죠. 난 후자를 택할 거예요. 서영이를 처음 봤을 때부터 그러기로 마음먹었으니까."

그의 대답을 조마조마하게 기다리던 미선이 활짝 웃었다. 그리곤 팔꿈치로 그의 팔을 툭 건드렸다.

"지금 그 말 잊으면 안 돼요."

"사나이는 자기가 한 말에 책임을 집니다. 핫!"

주먹을 쥐며 이상한 기합을 넣은 그가 미선에게 눈짓했다. 어느새 다가온 서영은 그런 둘을 이상하다는 듯 번갈아 보았다.

"뭐야? 둘이 무슨 얘기했어?"

"아주 중요한 얘기."

"뭔데, 언니?"

"별것 아니야. 그냥 네가 피곤하면 코를 곤다든가, 아주 가끔 이도 갈고, 자면서 방귀도……."

"언니!"

서영은 급하게 미선의 입을 틀어막으며 새빨개진 얼굴로

루카스를 보았다. 그러자 눈을 동그랗게 뜬 루카스가 입을 쩍 벌리고 그녀를 바라보았다.

"진짜야?"

"아니야!"

"어, 맞는데……. 나랑 6년을 살았는데 그걸 몰, 읍!"

"조용히 해!"

미선의 입을 막느라 쩔쩔매는 그녀를 귀여운 듯 바라보며 그가 흐뭇한 미소를 지었다.

"인터뷰하느라 고생했어요. 서영이 너도. 둘이 좋은 시간 보내."

서영은 뜨거워진 얼굴에 손부채질을 하며, 카페를 나서는 미선을 흘겨보았다. 그런 그녀에게 루카스가 바짝 다가와 말했다.

"당황하셨어요?"

"뭐야, 그 말투는?"

"저번에 본 개그 프로에서 이렇게 말하던데? 당황하셨어요?"

"안 웃겨!"

"웃으라고 한 건데. 웃어야 보람이 있는데……."

서영의 허리를 끌어안은 루카스가 시선을 피하는 그녀와 눈을 맞추려 고개를 움직였다. 그 모습에 카페 창문으로 그들을 지켜보던 팬들이 또다시 비명을 질렀다.

이렇게 더 있다간 팬들에게 몰매를 맞을 것 같았다. 빨리 이곳을 벗어나는 게 시급했다.

"으응? 으으응?"

루카스가 귀여운 콧소리와 함께 애교를 부리자 서영은 못 이기는 척하며 그를 바라보았다. 그리고 그를 카페 안쪽으로 끌고 가며 미소 지었다.

"다 풀렸어."

"잘됐다."

"점심때인데 뭐 먹으러 갈까? 인터뷰하느라 배 많이 고프지."

"서영이 얼굴 보면 배 안 고프지."

"쿡, 알아. 근데 난 배고파. 그러니까 밥 먹으러 가자."

"쳇, 사랑이 식었어."

"사랑은 아직도 뜨거워. 근데 그런 뜨거움은 나중에 둘이 있을 때 확인하는 거야. 그러니까 밥부터 먹자."

"배 많이 고파?"

"응, 많이 고파."

배도 고팠지만 창밖의 시선으로부터도 벗어나고 싶었다.

"가자, 맛있는 거 먹으러."

루카스가 서영의 어깨를 든든하게 감싸 안았다. 그 단단하고 포근한 느낌에 마음이 안정되었다. 창밖의 따가운 눈빛뿐만 아니라 세상의 어떤 시련도 그가 다 막아 줄 것 같은 든든함이 느껴졌다.

　사랑하는 사람과 맛있는 음식을 먹으며 여유로운 시간을 보내는 것만큼 행복한 일이 또 있을까.

　서영은 허름한 백반집에서 맛있게 식사를 하는 루카스를 흐뭇하게 바라보았다.

　"이모! 이거 더 주세요."

　"달래 무침이야."

　"아, 달래 무침이요."

　쌉싸래한 맛이 나는데도 향이 좋다면서 그는 벌써 달래 무침을 두 접시나 비웠다. 그 모습에 안 먹어도 배가 불렀다. 그렇게 그를 바라보던 서영의 표정이 문득 어두워졌다.

　"무슨 고민 있어?"

　"어? 아니, 고민은 아니고……."

　어느새 서영의 표정을 읽어 낸 루카스가 말해 보라는 듯 눈짓했다.

　"미국 가?"

　서영이 머뭇거리며 묻자 루카스가 들고 있던 젓가락을 내려놓았다.

"응, 다음 달에."

"다음 달…… 얼마 안 남았네?"

"응."

언제 돌아오냐고, 금방 다시 오는 거냐고 묻고 싶은데 어쩐지 입이 떨어지지 않았다.

워낙 여행을 좋아하고 오랜만에 미국으로 들어가는 것이니 금방 돌아오진 않을 거라는 생각이 들었다.

생각이 꼬리를 물며 안 좋은 쪽으로 흘렀다. 그러자 그것을 눈치챈 듯 그가 따뜻한 손으로 서영의 손등을 감쌌다.

"가서 꼭 해야 할 일이 있어."

"그럼 가야지. 난 신경 쓰지 마."

"신경 쓸 건데."

"응?"

"다녀와서 너랑 꼭 해야 되는 일도 있고."

"나랑?"

루카스가 사랑을 담뿍 담은 눈으로 서영을 보며 웃었다.

"집을 구하려고."

"집? 어디, 미국에?"

"아니, 한국에. 크기는 중요하지 않지만 아담한 마당이 있고 2층 건물이어야 해. 그래야 볕 잘 드는 방 하나는 내 작업실로 꾸미고, 그 옆방은 당신 서재로 쓸 수 있을 테니까."

"루카스……."

"1층은 우리 방이랑 애들 방으로 사용하자. 어때? 한 명? 두 명? 나 돈 잘 버니까 세 명까지 낳을 수 있는데……."

서영이 눈물을 글썽거리자 그가 농담을 던졌다.

"아니다. 당신도 버니까 네 명?"

"네 명은 너무 많아."

"오케이, 그럼 세 명. 그 이하는 나도 양보 못 해."

"참, 엉뚱하다."

서영이 훌쩍거리며 곱게 눈을 흘기자 루카스가 그녀의 눈물을 닦아 주었다.

"미국에서 정리하고 빨리 올게. 하아, 벌써 보고 싶어질 것 같아. 가지 말까?"

루카스의 말에 서영이 미소 지었다.

"다녀와. 대신 선물 사 와. 비싸고 예쁜 걸로."

"오케이."

"아! 맞다. 나도 선물 사야지."

"무슨 선물?"

"자기 부모님 선물. 오버하는 건가?"

서영이 조심스레 눈치를 살피자 그가 고개를 저었다.

"오버 아니야, 해도 돼. 비싸고 예쁜 걸로."

"그래, 어머님은 뭘 좋아하실까? 아버님 취향은 알아? 한국의 전통적인 물건을 선물해야 하나? 아니다, 일어나."

"왜?"

"선물 사러 가게."

"밥 아직 남았어."

"그럼 빨리 먹어."

일어나려던 서영이 다시 자리에 앉으며 그를 재촉했다. 선물을 살 생각에 마음이 급해졌다. 눈살을 찌푸리며 어떤 선물을 사야 할지 고민에 빠지자 그가 식탁을 두드렸다.

"너도 먹어."

"식욕이 없어."

"그럼 선물 사지 마."

"뭐? 왜?"

"선물은 주는 사람이 즐거워야 하는 거야. 밥도 안 먹으면서 사는 선물은 즐겁지 않다고. 그러니까 사지 마."

"알았어. 이렇게 먹으면 되는 거지?"

소담스럽게 밥을 퍼서 입에 넣자 루카스가 싱긋 웃었다.

"다 먹고 가는 거야."

"알았어. 빨리……."

"천천히 맛있게."

"응, 천천히 맛있게."

"꼭꼭 씹어서."

"풋, 알았어. 조바심 안 낼게."

"옳지, 그래야 예쁜 우리 서영이지."

루카스가 만족한 얼굴로 다시 밥을 먹기 시작하자 서영은
웃음을 터트렸다.

chapter 9

내 세상의
중심은 너

서영은 기계적으로 핸드폰을 쳐다보며 작게 한숨을 내쉬었다. 서류를 뒤적거리나 싶다가 얼마 지나지 않아 다시 눈길을 핸드폰 쪽으로 돌렸다.

　"어떻게 된 거야. 오기로 한 날이 훨씬 지났는데…… 연락도 안 되고……"

　서영은 입술을 잘근잘근 씹으며 루카스와 주고받은 문자 메시지와 통화 목록을 확인했다. 마지막 연락은 보름 전이었다.

　답답해 미칠 지경이었지만 사람들에게 하소연할 수도 없었다. 그들에 대한 관심이 완전히 사라진 것은 아니었기에 간간이 사람들 입에 오르내리곤 했기 때문이다.

게다가 안면이 있는 사람들이 국수는 언제 먹게 해 줄 거냐고 물어 올 때면 정말 곤란했다. 루카스에게 프러포즈를 받긴 했지만 언제 결혼하자고 정확하게 약속을 한 것도 아니고, 반지를 받은 것도 아니었다.

"곧 하겠죠."

대충 얼버무리는 서영의 대답을 듣고 사람들은 돌아서서 수군거렸다.

"그럴 줄 알았어. 루카스 한이 보통 남자는 아니잖아."

"맞아. 루카스 한에 비하면 서영 씨는 너무 평범하지."

"보통 여자지, 보통 여자. 그래도 잠깐 사귀는 거면 이해할 수 있지 않아?"

"잠깐이면 뭐……. 이해해야지."

참 나, 기가 막힌다.

지들이 루카스 누나야, 엄마야. 왜 지들이 이해하고 말고를 정하는데! 그리고 평범한 보통 여자라고? 대한민국에서 이만큼 평범하기가 쉬운 줄 알아? 보통으로 사는 게 얼마나 어려운 줄 아냐고!

그러나 사람들이 수군거리는 말에 일일이 화를 낼 수는 없었다.

루카스가 돌아오기로 한 날짜에서 보름이 지났다. 미국에 도착하자마자 연락을 하던 그는 점차 소식이 뜸해지더니 결국 보름 전 전화 통화가 마지막이 되었다. 최근에는 아예 휴대폰 배터리를 빼 놓은 것 같았다.

미국 매니지먼트에서 전화를 막은 것 같다는 민중의 말을 듣고 서영의 불안함은 더욱 커졌다.

"부재중 전화도 없어. 보름 전 통화가 마지막이고. 민중 씨도 모르고, 물어볼 사람도 없는데……. 왜 전화가 안 오는 거지. 답답해 미치겠다."

"답답한 건 나도 마찬가지인데. 차 팀장."

"헉, 편집장님!"

갑자기 나타난 편집장을 보고 자리에서 벌떡 일어선 서영은 핸드폰을 등 뒤로 감추고 어설프게 미소 지었다. 웃는 얼굴에는 침 못 뱉는다고 하니까.

그런데 침 대신 폭탄이 떨어졌다.

"마감이 코앞인데 일 다했나 봐요?"

"좀 남긴 했지만……. 거의 다했다고 봐야죠. 마무리만 좀 보면 될 것 같아요."

"거의 다했어요? 그럼 점심 전에 볼 수 있을까요. 음, 내가 1시에 약속이 있으니까 적어도 12시 전까지. 아니다, 12시 10분까지 내 메일로 보내 줘요. 그럼 수고."

사악한 기운을 감춘 채 상냥한 말투로 말을 마친 편집장은 대단한 관용이라도 베푸는 듯 그녀의 어깨를 툭 건드리고 자리로 돌아갔다.

찌그러진 미소를 짓고 있던 서영은 편집장이 사라지자마자 단번에 울상이 되었다. 핸드폰을 책상 구석에 던지고 노트북을 끌어당기며 투덜거렸다.

"거의 다하긴. 이제 겨우 시작했구만. 내가 미쳐. 이걸 두 시간 안에 할 수 있을까? 아니지. 절대 못 하지."

연방 불평을 토해 내며 손가락이 보이지 않을 정도로 빠르게 노트북 키보드를 두드렸다. 가뜩이나 루카스와 연락이 닿지 않아 걱정되어 심장이 졸아들 지경인데 일에 파묻혀 있어야 하다니…….

투덜거리면서도 기사를 수정하고 있자 외근을 나갔던 미선이 돌아왔다.

"하이, 나 왔어."

"생각보다 빨리 왔네."

"상대방이 펑크 냈다. 돌아 버리겠어. 근데 왜 이렇게 열심이야?"

"편집장이 12시 10분까지 원고 달래."

10분을 강조하며 서영은 모니터를 뚫어지게 쳐다봤다.

"두 시간 안에? 으흠, 열심히 해라."

미선이 가방을 내려놓고 자리에 앉다 생각났다는 듯 서영을 향해 물었다.

"참, 미스터 한 연락됐어?"

"……아니."

"미스터 한 다음 달에 일본에서 전시회 연다던데?"

무심코 던진 말에 신들린 듯 움직이던 서영의 손가락이 멈추었다. 그 반응에 당황한 건 미선이었다.

"뭐, 확실한 건 아니고 그런 얘기가 있더라고."

미선이 별일 아닌 듯 얼버무렸지만 이미 서영의 눈빛은 번쩍이고 있었다.

한국에 돌아온다고 한 날짜에서 보름이나 지났는데, 아무런 연락도 없이 다음 달에 일본에서 전시회를 한다고? 이게 무슨 귀신 씻나락 까먹는 소리래?

서영의 목소리가 날카로워졌다.

"어디서 들은 얘기야?"

"조금 전에 일본 잡지사에서 일하는 내 친구한테 들었는데……"

"……."

"아닐 수도 있어. 확실한 건 아니고 그런 전시회가 있다더라 하는 정도야. 카더라 통신이니까 신뢰도는 떨어져. 괜한 얘기했다. 신경 쓰지 마."

뒤늦게 수습하려 했지만 창백해진 서영의 얼굴을 보니 그다지 효과는 없는 것 같았다. 서영은 입술을 꽉 깨물며 자리에서 일어났다.

"이 기사 좀 부탁할게."

"응? 그래."

미선은 애써 태연한 척하며 자리에서 일어나 밖을 나가는 서영의 뒷모습을 짠한 눈빛으로 바라보았다. 그리고 긴 한숨을 내쉬었다.

"휴우, 애인이 유명인이면 정말 골치 아픈 거구나."

옥상으로 올라간 서영은 하늘을 올려다보았다. 황사와 더불어 미세 먼지까지 심해 대번 재채기가 나오고 눈가가 간질거렸다.

코를 훌쩍이던 그녀는 두 눈을 손으로 꼭 눌렀다. 아이섀도가 번지고 마스카라가 뭉개졌지만 아랑곳하지 않았다.

"아! 봄도 다 갔는데 웬 황사야……. 싫어."

너무 쉽게 루카스와 사랑에 빠졌다. 그래서 또 마음이 아픈가 보다. 하지만…… 좋은 걸 어떻게 해.

두 눈을 꼭 누른 서영의 손가락 사이로 까만 물이 조르륵 흘러내렸다.

✳   ✳   ✳

푹신한 소파에 편안하게 몸을 기댄 루카스는 계속되는 고함 소리에 귀를 후벼 팠다.

100kg이 넘는 거구가 30분째 자신의 앞을 왔다 갔다 하니 정신이 사나웠다.

「갑자기 그게 무슨 소리냐고! 한국에서 정착하고 살겠다니! 지금 전시회 일정이 언제까지 잡혀 있는지 알아? 자그마치 3년이야, 3년! 그런데 아예 한국에서 살겠다니. 그게 말이 돼?」

매니저 찰스의 말에 루카스가 어깨를 으쓱해 보였다.

「말이 안 될 건 또 뭐 있어. 어차피 내가 미국에 있는 날이라고 해 봤자 1년에 겨우 한 달이 될까 말까인데. 한국에 살면서 한 달 정도 미국에 들어오는 거랑 여기저기 떠돌다 미국 들어오는 거랑 뭐가 달라?」

「다르지. 완전 다르다고! 네가 계약한 매니지먼트는 우리잖아. 다른 나라에서 머물 때는 우리가 널 따라가거나 대행할 곳을 찾으면 그만이야. 하지만 한국에서 아예 사는 건 다르다고. 주객이 전도됐다는 생각은 안 들어?」

「그런 건 내가 상관할 바가 아니지. 그런 거 나 대신 하라고 찰스, 너랑 일하는 거잖아.」

「미치겠네. 그래, 네가 한국에 각별한 건 알아. 그래도 이건 아니지. 그냥 1년에 몇 달만 다녀오면 안 돼? 지금까지 그렇게 잘했잖아.」

머리를 쥐어뜯던 찰스가 소파에 털썩 주저앉았다. 머리가 빠개질 지경이었다.

안 그래도 석 달 예정이었던 루카스의 한국행이 거의 1년 가까이 늘어나 일정 조정 때문에 몇 날 며칠을 야근하면서 밤을 새웠다. 그런데 겨우 돌아와서 하는 말이 뜬금없이 한국에서 살 거라니.

저놈은 뭐든 쉬웠다. 한국이 옆 동네인 샌프란시스코나 라스베이거스쯤 되는 줄 아는 것 같다.

지끈거리는 머리를 만지작거리던 찰스에게 또 다른 폭탄이 날아왔다.

「그럼 결혼할 건데 신부는 한국에, 나는 미국에서 살아야겠어? 한국에 이산가족이 많다는 건 알지? 난 그런 이산가족하고 싶지 않아.」

「뭘 해? 결혼? 결혼을 한다고?」

「응, 할 거야.」

「산 넘어 산이군. 갑자기 어디서 여자를 만난 거야? 너 여자 안 좋아하잖아.」

「나 여자 좋아해. 그동안 좋아하는 여자를 못 만나서 그런 거지.」

찰스는 혀를 내둘렀다. 이름만 대면 알 만한 유명 배우나 모델들이 대시해도 꿈쩍 안 하던 놈이 갑자기 결혼이라니…….

찰스는 화도 나고 호기심도 생겨 그에게 질문을 퍼부었다.

「대체 어떤 여자기에 만난 지 얼마 안 되어 결혼을 하겠다는 거야? 한국 사람이야?」

「예쁘고 좋은 여자. 허벅지가 끝내주게 맛있는 여자.」

「루카스!」

「일단 너랑 일 정리하면 바로 한국에 들어가서 정식으로 청혼할 거야. 날은 빨리 잡아야겠지? 늦어도 두세 달 후에 할 거 같은데?」

「오 마이 갓! 너 죽고 싶어!」

「누가 죽는대? 결혼한다니까…….」

「지금 한창 주가가 올라서 밥 먹을 틈도 없이 바쁜데 결혼이라니! 그 소린 나더러 죽으라는 말이잖아!」

「밥 먹어. 바쁘면 햄버거를 먹든가. 아니다, 넌 살 좀 빼야 된다. 그러다 네 덩치에 낸시가 깔려 죽는 수가 있어.」

「남의 와이프 걱정할 필요 없고 네 걱정이나 해. 결혼은 그렇다고 쳐도 남은 3년 동안의 스케줄은 어떻게 할 거야?」

「하면 되지. 무슨 걱정이야.」

「갓 결혼한 신랑이 3년 동안 이 나라, 저 나라 떠돌아다니는데 신부가 퍽도 좋아하겠다. 그 원망은 고스란히 내 몫이겠지.」

「다 방법이 있어.」

「방법?」

체념을 했는지 찰스의 목소리에 힘이 빠지자 루카스가 그런 그의 어깨를 툭툭 쳤다.

「어떤 방법? 너! 계약 파기는 꿈도 꾸지 마!」

「왜 계약을 파기해. 내 돈 안 들이고 하는 그 좋은 여행을…….」

알쏭달쏭한 루카스의 말에 찰스는 다시 머리를 부여잡았다.

지난 5년 동안 이놈 뒷바라지하느라 살은 더 쪘고, 풍성했던 머리카락은 술술 빠져 반 대머리가 될 지경이었다.

회사 대부분의 수익을 올려 주는 놈이라 그동안 뭐라고 하지도 못했는데 뜬금없이 결혼이라니…….

「얘기 끝났으면 간다. 청첩장 보낼게. 한국으로 와. 거기

진짜 좋은 곳이야.」

「너 정말 결혼해?」

「한다니까. 낸시랑 둘이 꼭 와. 그리고.」

루카스가 찰스의 책상 서랍에 있던 핸드폰을 꺼냈다.

「내 거니까 이제 가져간다. 너 악질적인 거 알아? 핸드폰 압수에 24시간 밀착 감시라니……. 네가 테러범이야?」

「여기서 테러범이 왜 나와? 네가 자꾸 다른 곳으로 새니까 그런 거야. 아예 발을 묶어 놔야 딴생각을 안 하지.」

「아무튼 얘기 끝났으니까 난 간다.」

루카스가 손을 흔들고 나가 버리자 찰스는 한숨을 내쉬었다.

「엉뚱하긴 해도 헛말은 안 하는 놈이니까 믿을 수 있겠지. 갑자기 결혼이라니, 정말 루카스답다. 아! 전시회 일정 안 알려 줬네. 당장 다음 달에 일본으로 가야 하는데…….」

찰스는 서둘러 핸드폰을 꺼내 통화 버튼을 눌렀다. 안 받으면 어쩌나 걱정했는데 다행히 금세 통화가 되었다.

「루카스?」

─그새 또 보고 싶어?

「그래, 보고 싶다. 너 다음 달에 일본에서 전시회 있는 거 알지?」

─알지.

「다행이다. 그거 얘기해야지.」

─지난번에 다 얘기했잖아.

「그림이 모자라잖아. 적어도 다섯 점은 더 걸어야 한다고.」

─그 정도 여유는 있지. 나중에 보내 줄게.

「그래?」

어쩐 일로 순순히 하는 대답에 가슴을 쓸어내린 찰스는 그제야 부드러운 말투로 이야기했다.

「좋아. 근데 지금 어디야?」

─차 안.

「집으로 가는 거야? 그럼 저녁 식사 같이하면서 전시회 얘기 좀 할까? 몇 가지 변경된 사항도 있고, 다시 수정해야 하는 것도 있고 해서.」

─음, 곤란한데…….

「뭐가 곤란해?」

찰스는 문득 불안감을 느꼈다.

─지금 공항 가는 길이야. 잠시 후면 미국을 떠나거든. 비행기 예약했어.

「뭐, 공항? 너 어디 가는데? 아직 얘기 다 안 끝났다고!」

─한국에 가야지. 그리고 난 다 끝났어. 나머지는 유능한 찰스가 하는 걸로 하지. 결혼식에서 보자. 아! 다음 달에 일본에서 먼저 보겠구나. 그때 내 피앙세 소개시켜 줄게.

「루카스 한!」

루카스는 분노를 가득 담은 찰스의 외마디 고함을 뒤로하고 공항으로 향했다.

푸른 하늘을 보는 그의 마음엔 행복이 가득했다. 서영에게 줄 선물도 이미 준비해 놓았다.

찰스가 핸드폰을 빼앗고 내내 쫓아다니며 괴롭힌 덕에 서영과 통화도 제대로 못 했다. 들어가기로 한 날보다 며칠 늦어지긴 했지만 이해해 줄 것이다. 갑자기 나타나면 서프라이즈한 등장이 되겠지.

루카스의 설렘을 가득 실은 비행기가 한국을 향해 이륙을 시작했다.

＊   ＊   ＊

택시가 멈추자 잔돈도 마다하고 서둘러 내린 서영은 사람들 사이를 요리조리 피하며 공항으로 향했다.

—하이, 서영. 나 한국에 도착했어. 곧 게이트로 나갈 거야. 보고 싶다.

보름 동안 연락 두절인 것에 대해서는 한마디도 없이 그

327

저 보고 싶다는 루카스의 말에 서영은 안심이 되면서도 한편으론 화가 났다.

'그전에 연락을 해 줄 순 없었던 거야? 기다리는 사람 생각도 해야지!' 라고 소리를 지르고 싶었지만 공항이라니 일단 물러났다. 대신 당장 택시를 잡아탔다. 이런 얘기는 직접 얼굴을 보고 하는 게 맞으니까.

택시 기사를 들들 볶아 겨우 공항에 도착한 그녀는 입국 게이트 앞에 도착해 숨을 몰아쉬었다.

"헉헉, 아직 안 나왔지? 헉헉, 내 손에 잡히면 죽었어."

멀쩡한 목소리로 전화할 거면서 왜 그동안 애를 태운 건지. 그가 정말 미웠다.

허리에 손을 대고 가쁜 숨을 고르자 게이트에서 사람들이 쏟아져 나오기 시작했다. 그녀는 얼른 허리를 펴고 사람들 사이에서 루카스를 찾았다. 그리고 얼마 지나지 않아 그를 발견했다.

입가가 저절로 벌어졌다. 만나면 그동안 왜 연락을 안 했는지에 대해 따지며 화를 내려고 했는데 절로 나오는 미소 때문에 다 망쳤다.

아니나 다를까, 단번에 서영을 알아본 루카스가 캐리어를 내팽개치고 한달음에 달려왔다.

"서영아!"

"헉!"

몸을 확 끌어안는 루카스의 힘에 서영은 짧은 비명을 질렀다. 하지만 이내 그녀도 등에 팔을 두른 채 그를 꼭 끌어안았다.

든든하고 따뜻한 이 느낌이 정말 그리웠다. 깊게 숨을 들이켜 그의 체취를 맡았다. 그러자 안도감과 함께 행복한 기분을 느낄 수 있었다.

"보고 싶었어. 너도 나 보고 싶었지?"

"응, 많이 보고 싶었어."

"어디 얼굴 좀 보자. 너무 오랫동안 못 봐서 잊어버리겠어. 눈, 코, 입 다 있고 볼에 있는 작은 점도 안녕하고. 어! 입술이 텄네? 입술 보호제라도 바르지. 물어뜯지 마. 피 난다고. 자, 내 침이라도 바르자."

쉴 새 없이 떠들던 루카스가 엄지에 침을 묻혀 서영의 입술에 슥슥 문질렀다. 서영은 그 행동에 웃음이 나왔지만 일부러 화가 난 척하며 표정을 굳혔다.

"왜, 더러워? 그럼 다른 거라도……."

"왜 그동안 연락 안 했어?"

"아, 그거?"

"얼마나 걱정했는지 알아? 갑자기 연락이 끊기고, 온다는 날짜에도 안 오고. 자기 소식 아는 사람들은 아무도 없고, 심지어 민중 씨도 아는 게 없다고 하는데 얼마나 걱정이 됐겠어."

"많이 쏘리."

"내가 한심하더라. 전화번호 말고는 자기에 대해 아는 게 없으니까. 정말 애인이 맞는지, 혹시 자기가 여기저기 만들어 놓은 일회용 애인은 아닌 건지. 정말 별생각을 다 했다고."

"이런…… 나 나쁜 놈이네."

"그래, 나쁜 놈이야. 정말 나쁜 놈이라고."

속에 쌓인 말을 다다다 늘어놓던 서영의 눈에 기어이 눈물이 고였다. 걱정과 서러움이 한꺼번에 터지자 울먹거리며 두 손으로 얼굴을 가렸다.

정말 걱정을 많이 했다. 처음엔 루카스에 대한 걱정이었지만 나중엔 그와 이대로 끝날지도 모른다는 생각이 자꾸 들어 불안했다. 그런데 보자마자 해맑게 웃으며 보고 싶었다니……. 나쁜 놈.

당황한 루카스는 미안함에 어쩔 줄 몰라 했다. 한국에서의 일정이 너무 길어진 탓에 미국 일정이 꼬여 버렸다.

찰스가 어찌어찌해서 처리하긴 했지만 당사자가 없는 상황에선 한계가 있었다. 그 일들을 바로잡느라 눈코 뜰 새 없이 바빴고 나중엔 찰스에게 핸드폰을 빼앗겨 연락을 하지 못했다.

하지만 이런 건 다 변명에 불과했다. 연락하려면 언제든지 할 수 있었다. 서영이 그런 생각으로 불안해할 거라는 걸 전혀 예상하지 못했다.

그는 다시 서영을 꼭 안아 주었다. 이제 좀 진정이 됐는지 어깨의 떨림이 멈췄다. 그가 나직하게 그녀의 귓가에 속삭였다.

"미안. 정말 미안해."

"훌쩍."

"네가 그런 생각을 할지 정말 몰랐어. 난 항상 네 생각만 하면 행복하거든. 네가 곁에 있든 없든 항상 행복해. 그래서 너도 그런 줄 알았어. 네 불안은 생각하지 못해서 미안해."

"아니야."

서영은 눈물을 닦으며 루카스를 바라보았다.

"내가 자격지심이 좀 있잖아. 그래서 그런 거지, 자기 탓이 아니야."

"자격지심?"

"그냥…… 내가 좀 못나서 그렇다고."

"어디가 못나? 이렇게 예쁜데?"

정색하는 루카스를 보니 웃음이 터져 나왔다.

"그래, 나 예쁘지. 무지무지 많이 예쁘지."

"그래. 그러니까 이제 그런 생각 절대 안 하기. 약속."

"약속."

루카스가 새끼손가락을 내밀자 서영이 손가락을 걸었다.

"응?"

"어때?"

"와, 진짜 예쁜 반지네."

루카스의 새끼손가락에 반지가 끼워져 있었다.

평소에 그가 하고 다니던 단순한 디자인의 반지가 아니었다.

새빨간 루비를 작은 다이아몬드로 감싼 독특하면서도 예쁜 반지였다.

루카스가 그녀의 손을 잡고 한쪽 무릎을 바닥에 꿇었다.

"루카스……."

"당신이 어디에 있든 그 곁엔 항상 내가 있을 거야. 이 반지 중심에 당신의 탄생석이 박혀 있듯 내 세상의 중심도 오로지 당신이니까. 나랑 결혼해 주겠어?"

"루카스……."

서영이 또다시 눈물을 글썽거리자 루카스가 답을 재촉했다.

"Yes? No?"

"Yes."

아름다운 반지가 서영의 네 번째 손가락에 끼워졌다. 자리에서 일어선 루카스가 그녀를 감싸 안았다.

"사랑해."

"나도 사랑해."

두 사람의 입술이 맞닿았다. 첫 키스처럼 부드럽게 달콤하고 두근거리는 키스였다.

이 느낌은 죽어도 잊지 못할 거다. 서로를 향한 완전한 사랑이 영원토록 지속될 테니까.

I
에필
로그
1+1=4

시간의 흐름은 나이를 먹을수록 다르게 느낀다고 한다. 10대 때는 시속 10km, 20대 때는 시속 20km, 30대 때는 시속 30km로 달리는 것처럼 시간이 지나간다는 말이 있다. 지금 그들은 시속 40km로 빠르게 달리고 있었다.

유나와 은호를 유치원에 보낸 서영은 향기 좋은 커피와 갓 구운 스콘을 들고 작업실로 향했다. 얼마 후면 전시회가 있어 작입실에서 살다시피 하는 그를 위해 준비한 것이었다.

작업실 문을 열자 익숙한 물감 냄새가 그녀를 반겼다. 서영은 입가에 미소를 띠우며 작업이 한창인 루카스 곁으로 다가갔다.

"배 안 고파?"

"고파."

"커피 어때?"

"잠시만……."

상냥한 대답과 달리 루카스는 캔버스에서 시선을 떼지 않고 있었다. 서영은 어쩔 수 없다는 걸 알고 있었지만 괜히 심술이 난 척 그의 등 뒤로 가 머리카락을 만지작거렸다.

루카스의 입가에 미소가 고이자 서영은 그의 귀를 살살 문질렀다. 그 손길에 그의 넓은 어깨가 움찔거렸다.

"아침부터 유혹이야?"

"그냥……. 자기 귀 되게 부드러운 거 알아? 유나 귀처럼……."

"유나가 나를 많이 닮긴 했지."

루카스의 목소리에 뿌듯함이 묻어났다.

유나는 결혼 4년 만에 어렵게 생긴 첫 아이였다.

딸인 유나는 루카스를 쏙 빼다 박았고, 아들인 은호는 서영을 많이 닮았다. 하지만 다정한 루카스와 달리 유나는 시크, 도도, 냉정 그 자체였다.

일곱 살인 주제에 벌써 루카스의 뽀뽀를 거부했다. 자신의 입술은 나중에 남편이 될 사람에게만 줄 거라나.

루카스가 섭섭해하며 같이하던 그림 놀이를 안 하겠다고 으름장을 놓았는데도 꿈쩍하지 않았다. 동생 은호와 하면 된다는 유나의 말에 그는 또 한 번 좌절해야 했다.

"딸은 아빠를 좋아한다던데 왜 우리 유나는 날 거부하는 거야!"

울부짖는 루카스를 보며 유나가 도도하게 한마디 했다.

"아빤 엄마가 있잖아. 나까지 가지려고 하지 마, 욕심쟁이. 흥! 가자, 은호야."

그리곤 은호의 손을 잡고 유치원으로 휙 가 버렸다.

다행히 둘째 은호는 유나와 성격이 달랐다. 두 살 터울로 태어난 은호는 서영을 닮았지만 성격은 루카스를 빼다 박았다. 다정하고, 말 많고, 스킨십을 좋아하는 것까지.

서영은 하루의 시작을 언제나 아침잠 없는 은호의 뽀뽀 쓰나미로 시작했다. 아기 때부터 잠이 없던 은호는 유치원에 다니면서부터 아침 6시면 일어나 어린이 프로그램을 틀어 율동을 따라했다. 그리고 안방에 들어가 자고 있는 서영의 얼굴에 뽀뽀를 퍼부었다.

얼굴뿐만 아니라 손가락 하나하나까지 정성을 다해 뽀뽀를 퍼붓는 은호 덕분에 서영의 아침은 언제나 행복했다.

"자기보다 우리 은호가 날 더 사랑하는 거 같아."

은호의 정성 어린 뽀뽀에 서영이 장난스럽게 루카스를 자극했다. 그러자 단순한 그가 발끈하며 말했다.

"오늘 그 사랑을 증명해 주지."

그리곤 그 어느 때보다 확실한 애무로 서영을 행복하게 해 주었다.

"끝! 우리 서영이 심심했어요?"

흐뭇한 회상에 빠져 있던 서영은 루카스의 말에 눈을 돌렸다. 캔버스가 어느새 따뜻한 색채로 가득 물들어 있었다.

결혼 후 그는 화풍이 달라졌다. 예전엔 오금을 저리게 할 만큼 야했던 그림이 이제는 보고 있으면 마음이 따뜻해지고 행복해졌다. 추상화이기 때문에 정확한 형태는 알 수 없었지만 그의 마음을 가득 채우고 있는 것이 무엇인지는 느낄 수 있었다.

서영은 루카스를 뒤에서 끌어안으며 그림을 보았다.

"멋지다."

"그래?"

"이건 은호를 그린 거네?"

"이제 전문가가 다 됐네. 그게 보인단 말이지?"

"그럼, 누구 마누라인데……."

서영이 으스대며 말하자 루카스가 빙그레 미소 지으며 그녀를 앞으로 당겨 무릎에 앉혔다. 그리고 사랑스러운 손길로 그녀의 머리를 쓰다듬어 주었다.

"전시회 때문에 많이 못 놀아 줘서 미안."

"괜찮아."

"집안일도 못 도와줘서 미안."

"내가 마감할 때 당신이 하면 되니까 그것도 괜찮아."

"그래? 밤에 많이 못 놀았는데 그것도 괜찮아?"

엉큼한 그의 말에 서영이 배시시 웃음 지었다. 섹스는 여전히 좋았지만 아이들을 낳고 관계가 뜸해진 건 사실이었다.

마흔 살의 루카스는 여전히 소년처럼 맑았다. 눈가에 주름이 약간 생겼지만 그것마저도 멋졌다. 자신은 두 아이를 낳은 후 아랫배가 나왔고 눈가의 주름은 그보다 더 자글자글하게 잡혔다.

서영이 웃으며 루카스의 앞머리를 만지작거렸다.

"나 아직도 예뻐?"

"당연히."

"배 나오고 주름도 많은데?"

"그래도 내 여자인데 당연히 예쁘지."

"치, 괜히 하는 소리 같아."

"어! 아닌데, 증명해 줘?"

"어떻게 증명할 건데?"

"이걸로……."

그가 서영의 손을 잡아 다리 사이로 우뚝 솟은 분신 위에 올려놓았다.

꼿꼿하게 서 버린 그의 분신에 서영이 웃음을 터트렸다.

루카스가 이마를 찡그리며 귀여운 투정을 부렸다.

"당신을 보자마자 이놈이 서서 내가 얼마나 힘들었는지 알아?"

"내 잘못인가, 뭐?"

"그래, 이놈 잘못이지. 당신만 보면 발딱 서 버리니까."

"아우, 무슨 야설에 나오는 대사 같아."

"이참에 야설 한번 제대로 써 볼까?"

서영의 얼굴을 감싸며 그가 입술을 겹쳐 왔다. 부드럽게 닿은 입술을 자연스럽게 벌려 그녀의 향기를 머금기 시작했다.

기다렸다는 듯 그녀의 혀가 마중을 나왔다. 10년 동안 수

천 번도 더 해 본 키스였지만 언제나 가슴이 떨렸다. 마치 첫 키스처럼……

두 개의 살덩이가 서로를 애무하자 호흡이 점차 거칠어지기 시작했다. 루카스의 커다란 손이 쑤욱 얇은 니트 안으로 들어와 그녀의 가슴을 살살 돌렸다. 그리고 이내 작은 돌기를 찾아내 손가락으로 비비기 시작했다.

"으흠……."

기분 좋은 신음이 서영의 입에서 흘러나오자 그가 좀 더 세게 유두를 비볐다. 그 손놀림에 꽃봉오리가 봉긋해지듯 작은 돌기가 순식간에 부풀어 올랐다. 그녀가 몸을 뒤로 빼자 커다란 손에 넘치는 유방을 그가 꽉 움켜쥐었다.

가슴을 애무하던 루카스가 흠뻑 젖은 눈으로 그녀를 사랑스럽게 바라보았다.

"가슴이 커졌어."

"모유의 힘이지."

그의 손에 딱 들어오던 작은 가슴은 두 아이를 키우면서 크기가 커졌다. 만지는 것만으로 만족하지 못한 그가 니트를 올리려고 하자 서영이 난처한 듯 옷을 잡았다.

"왜?"

"너무 환한데……."

서영이 무엇을 걱정하는지 알고 있었다. 모유 덕분에 가슴이 커졌지만 그만큼 아랫배도 볼록 나와 버렸다.

모유를 먹일 때는 잘 먹어야 한다며 엄마가 이것저것 보낸 각종 보양식과 시어머님이 챙겨 준 보약이 톡톡히 제 역할을 했다.

마흔이라는 나이도 한몫했다. 나잇살이라는 게 있다더니, 처녀일 때는 납작하던 배가 이젠 손으로 잡힐 만큼 도톰하게 살이 올랐다.

서영이 어떻게든 옷을 내리려고 몸을 비틀자 그가 그런 그녀의 코를 콕 집으며 부드럽게 말했다.

"10년 전에도 예뻤는데 지금은 더 예뻐."

"말도 안 돼."

"그러게. 왜 더 예뻐 보이는 거지? 아무래도 마법에 빠졌나 봐."

"후후, 선수 같은 말투 또 나왔네."

"난 선수니까 어떤 상태든 잘할 수 있지."

의기양양하게 웃으며 루카스가 눈을 감았다.

"이제 안 보이니까 괜찮지?"

"못 말려."

그가 서영의 니트와 브래지어를 벗기고 탐스러운 가슴에 입술을 댔다. 꽉 깨물면 달콤한 즙이 뚝뚝 떨어질 것 같은 단맛에 그가 만족스럽게 웃었다.

가슴을 빨던 그가 어린아이처럼 유두를 혀로 희롱하기 시작했다. 도톰하게 부풀어 오른 유두를 이로 잘근거리며 자극을 주자 서영이 허리를 비틀며 신음을 토해 냈다.

서영은 그의 머리를 연방 쓰다듬으며 바짝 껴안았다. 가슴을 애무하는 입술과 척추를 타고 오르는 그의 손길 때문에 불길이 서서히 일고 있었다.

루카스의 손이 허리를 스치자 자지러질 것처럼 그녀가 몸을 떨었다. 그가 치마 속으로 손을 넣어 치골을 섬세하게 만지작거리자 조금씩 고이던 물이 중심을 적셨다.

숨이 가빠지고 아래쪽이 저릿저릿해지는 느낌에 서영이 몸을 일으켰다. 그리고 루카스의 다리 위에 앉아 그의 셔츠를 급하게 벗겼다.

살찐 자신과 달리 약 오르게 루카스의 몸은 10년 전보다 근육이 더 붙어 다부져졌다.

서영은 '감상하는 건 나니까 좋은 거지'라고 생각하며 몽롱한 눈으로 그의 멋진 몸을 바라봤다.

탄탄한 가슴을 슥 훑어 내리자 루카스가 눈을 살짝 찌푸렸다. 서영이 그의 얼굴을 잡고 깊은 입맞춤을 했다. 입속을 샅샅이 훑으며 자신만이 알 수 있는 그의 성감대를 건드렸다.

서영을 꽉 끌어안은 루카스가 신음과 숨결을 삼켰다. 서로의 입술을 탐하는 소리가 작업실을 울렸다. 잠시 동안 서로를 탐하던 둘은 입술이 발갛게 부풀고 나서야 떨어졌다.

흐트러진 긴 머리와 상기된 그녀의 얼굴은 너무나 섹시했다.

"우리 자기 완전 섹시해."

"후후. 내가 한 섹시하지."

그녀가 요염한 미소를 지으며 바지 지퍼를 내리자 그의 중심이 불룩 솟아올랐다. 팬티 위로 솟아 오른 루카스의 심벌을 주무르기도 하고 살살 쓰다듬어 주기도 하자 그의 입에서 밭은 숨이 쉴 새 없이 흘러나왔다.

"좋아?"

"당연히……. 하아."

"어떻게 해 줄까?"

"이렇게!"

자리에서 벌떡 일어선 그가 벽 쪽으로 그녀를 밀어 붙이고 치마와 팬티를 동시에 내렸다. 그리고 양쪽 허벅지를 잡고 그녀의 중심으로 돌진했다. 촉촉하게 젖은 그녀의 중심이 커다랗게 부푼 그의 것을 쑤욱 빨아 당겼다.

"학!"

"흐읍!"

루카스가 앞뒤로 움직이자 그의 허리에 다리를 감은 서영이 목을 끌어안았다. 기분 좋은 아픔 뒤로 황홀한 느낌이 파도치듯 철썩 그녀의 몸을 때렸다.

"하악하악!"

두 사람의 신음이 얽히고설키며 완전한 하나의 화음을 이루었다.

쾅쾅쾅! 몸이 벽에 부딪힐 때마다 밀려오는 쾌락에 서영은 몸부림쳤다. 루카스의 등을 움켜쥔 그녀는 그에게서 떨어지지 않으려 안간힘을 썼다. 그 또한 서영의 엉덩이와 허리를 안고 조금 더 깊이 들어가기 위해 더욱 거세게 밀어붙였다.

온몸이 땀으로 촉촉이 젖고 뜨거운 기운이 작업실을 가득 채울 때쯤 그녀 안에서 폭발한 남성이 짙은 신음과 함께 정액을 쏟아냈다. 황홀함에 몸부림치던 그녀의 내부에서도 폭포처럼 맑은 물줄기가 쏟아져 나왔다.

뜨거운 기운과 야릇한 공기 속에서 가쁜 숨을 고르던 둘은 다정하게 눈을 맞추었다. 그리고 서로를 향해 따뜻한 미소를 지으며 천천히 입술을 포갰다.

사랑해.

외전

그 남자의
짝사랑

공항 한쪽에 사람들이 웅성거리고 있었다. 훤칠한 키에 섬세한 이목구비, 범상치 않은 옷차림을 한 남자가 게이트를 통과했기 때문이었다.

"연예인 입국해?"

"그러게. 그런데 얼굴은 처음 본다. 모델인가?"

"스타일 끝내준다."

지나가던 여자들이 힐끔거리자 선글라스를 낀 남자가 그녀들을 보며 활짝 미소 지었다. 그러자 환호성이 더욱 커졌다.

"와! 오빠, 멋져요!"

"모델이세요?"

선글라스를 콧등까지 내린 남자가 고개를 흔들었다.

"아니, Artist. Artist 루카스 한."

찡긋 윙크를 날린 그가 여유롭게 공항을 빠져나갔다.

오랜만에 바라보는 고국의 하늘은 맑고 화창했다. 그는 숨을 크게 들이쉬었다.

"한국, 오랜만이네."

가는 봄을 아쉬워하듯 화사한 꽃들이 만개했고 햇살은 눈부셨다.

어쩐지 좋은 일이 생길 것 같은 예감이 들었다.

❄   ❄   ❄

루카스는 계속되는 불면과 더딘 작업 속도로 신경이 예민해져 있었다. 민중이 기획하던 전시회가 일정에 차질을 빚게 되자 짜증이 더해졌다. 거기다 매니저 찰스까지 당장 미국으로 들어오라며 성화를 부리는 통에 위염까지 생길 지경이었다.

또다시 뜬눈으로 밤을 샌 그가 머리를 마구 쥐어뜯으며 붓을 내려놓았다.

"Goddam!"

캔버스 앞에 더 앉아 있다가는 미쳐 버릴 것 같았다.

욕설을 내뱉은 그는 바람이라도 좀 쐴까 싶어 그대로 집을 나섰다.

밖도 답답하기는 마찬가지였다. 8월의 공기는 장마철이라 습기를 잔뜩 머금어 눅눅했고, 더위와 끈적거림 때문에 기분은 더욱 가라앉았다.

게다가 헝클어진 머리와 여기저기 물감이 묻어 얼룩덜룩한 옷차림인 그의 모습은 딱 노숙자 같았다.

이른 새벽, 지나가는 행인들이 자신을 힐끔거리며 피하자 두통이 더 심해지는 것 같아 집으로 발길을 돌렸다.

"Damn it! 한국 사람들은 남한테 관심이 많아."

집 앞에 도착했을 때였다. 이글거리는 무채색의 도시 사이로 시원한 파란빛이 눈에 들어왔다. 그는 걸음을 멈추고 눈길을 돌렸다.

그곳엔 푸른색의 시원한 민소매 원피스를 입은 여자가 있었다. 동그랗게 머리를 말아 올린 그녀는 더운지 목에 달라붙은 머리카락을 쓸어 올려 댔다. 하얗고 긴 목이 참 우아해 보였다.

이른 새벽인데 약속이라도 있는지 손목시계를 연신 들여다보던 그녀는 주변을 두리번거리다가 이내 미간을 찌푸렸다. 그 모습마저도 예뻐 보였다.

다시 도로를 살피던 그녀와 눈이 마주쳤다. 아니, 마주쳤다고 생각한 순간 흠칫 몸을 떤 그녀가 서둘러 고개를 돌렸다.

"택시!"

택시가 나타나자 반가운 미소를 지은 그녀는 그렇게 택시를 타고 떠나 버렸다.

루카스는 한동안 택시가 사라진 쪽을 바라보며 멍하니 입을 벌리고 있었다.

방금 본 게 실제일까? 두통 때문에 신기루를 본 건 아닐까?

수많은 의문들이 머릿속에 떠올랐다. 두통은 온데간데없이 사라졌고 심장이 두근거렸다.

꿈일지도 모른다는 생각에 그는 눈을 감고 숫자를 셌다.

천천히 열까지 센 뒤 살그머니 눈을 떴다. 도시는 여전히 이글거리는 무채색이었지만 그녀가 머물던 곳에 시원한 파란빛의 잔상이 남아 있었다.

꿈이 아니었다.

"와우!"

환하게 웃으며 그가 주먹을 불끈 쥐고 높이 뛰어올랐다.

"Oh, my god! This is reality! 꿈이 아니야! 어떻게 이런 일이……. 말도 안 돼, 말도 안 돼. 와우!"

정신 나간 사람처럼 환호성을 지르며 중얼거리기를 반복

하던 그가 쏜살같이 집으로 뛰어 들어갔다.

그때부터 기다림은 시작되었다. 꼼짝하지 않고 창가에 자리를 잡은 그는 길 건너편 아파트 입구를 뚫어져라 바라보며 그녀가 나타나기를 기다렸다. 하지만 기다림은 지루하지 않았다. 그 시간마저 즐겁게 느껴졌다.

장장 열여덟 시간의 기다림 끝에 그녀가 돌아왔다. 아침에 보았던 푸른색 원피스는 여전했지만 피곤해 보이는 모습에 마음이 짠해졌다.

"힘들었나 보네."

다가가서 그녀를 토닥거려 주고 싶었다.

며칠이 지났다. 요즘 그의 일상은 5시만 되면 창밖으로 출근하는 그녀를 바라보는 것으로 시작되었다.

어디에서 일하는지 궁금해져 이른 새벽, 가벼운 운동복 차림으로 그녀를 기다렸다.

그런데 5시면 밖으로 나오던 그녀가 보이지 않았다. 시간이 흐르자 흥분을 주체하지 못하고 들썩거리던 그의 어깨가 축 늘어져 버렸다.

"벌써 갔나? 오늘은 출근 안 하나?"

초조해진 그가 입술을 잘근거리며 아파트 입구를 서성일 때였다.

"이봐요, 총각!"

자신을 부르는 굵직한 목소리에도 그는 여전히 그녀를 찾는 데만 집중했다.

"이봐요!"

"Me? 나요?"

"그래, 당신! 여기 총각밖에 더 있어?"

파란 정복을 입은 경비원이 눈살을 찌푸리며 그에게 다가왔다.

"무슨 문제 있어요?"

"문제 있지. 있고 말고……."

못마땅한 경비 아저씨의 말에 루카스의 눈이 동그래졌다. 경비원이 험상궂게 눈을 떠 그를 아래위로 훑어보았다.

"뭐하는 양반인가?"

"양반?"

"뭐하는 사람이냐고."

"아! Artist, 화가인데요."

"화가? 화가가 아침부터 남의 아파트 입구에서 왜 서성거리시나?"

"음, 누굴 기다려요."

"누구?"

"그게……."

설명하기가 난감했다. 그녀에 대해서 아는 거라곤 긴 머리에 반짝이는 눈을 가진 사랑스런 여자라는 사실뿐이었으니까. 그녀를 생각하니 입가에 슬며시 미소가 떠올랐다.

가뜩이나 형광빛이 번쩍거리는 요상한 운동복 차림이 수상해 경계를 하던 경비원에게 루카스의 미소는 정신 나간 놈의 음흉한 미소로밖에 보이지 않았다.

의심스러운 눈초리로 그를 바라보던 경비원이 언성을 높여 외쳤다.

"누굴 기다리냐고!"

"그게, 여자인데……."

"여자?"

"머리가 이렇게 길고 눈은 반짝거리면서 굉장히 사랑스러운 여자인데……."

"뭐? 머리가 길고 눈이 반짝거려? 이거 미친놈 아니야?"

"미친놈?"

"수상한 놈이 말도 못 알아듣네. 어여 썩 꺼져!"

"나 주장한 사람 아니에요. 착한 사람이에요."

"주장한 사람? 그건 또 무슨 말이야? 한국말이나 다시 배워 와! 어서 가!"

"아저씨!"

"뭐!"

루카스가 경비원과 실랑이를 하는 사이 늦잠을 잔 서영은 부리나케 버스 정류장으로 뛰어가고 있었다.

✳   ✳   ✳

민중은 한숨을 쉬다가 이내 정신 나간 사람처럼 실실 웃고 있는 루카스를 보며 눈살을 찌푸렸다.

"무슨 콘셉트냐? 귀신이야?"

"아냐, 왜?"

"전시회 일정 다시 나왔고……."

"일정 틀어진 거 사과부터 해."

"미안하다고 했잖아."

"정식으로 하라고. 회사 차원에서 제대로."

루카스가 정색하며 말하자 민중도 말투를 바꾸었다.

"네, 루카스 한. 안 그래도 메일로 정중하게 사과문을 보냈습니다. 그런데 며칠째 메일을 안 열어 보셨더군요. 문자도 여러 번 보냈는데 역시 답이 없으셨구요. 오늘도 간신히 연락돼서 오신 건 아시나요?"

"바빴어."

"바빠? 영감 안 떠오른다고 징징거렸잖아. 그림도 안 그리는데 뭐가 바빠?"

"다른 일로……."

"다른 일로? 근데 옷차림은 왜 그래? 산에 가려고?"

"응, 정신을 좀 맑게 해야 해서."

"그래, 제발 정신 잘 씻어서 진도 좀 나가자."

푸념 어린 민중의 말에 루카스는 고개를 끄덕거리며 딴생각을 했다.

그 여자와 진도가 잘 나가야 할 텐데…….

"이번엔 얼마나 쏘다닐 거야?"

"몰라."

민중은 은근히 걱정이 되었다. 불룩한 루카스의 배낭을 보니 이번에는 얼마나 산을 쏘다닐까 싶어 한숨이 나왔다.

등산화 끈을 단단히 매는 그를 보며 민중이 당부했다.

"서울에서 다니는 거니까 산 한 번 타면 집에 가서 씻고 좀 그래라."

"응."

"대답만 하지 말고!"

"Ok! No problem."

해맑은 웃음을 짓는 그를 보며 민중이 주먹을 불끈 쥐었다. 저러다 또 노숙자로 오해받고 신고나 들어오지 않았으면 하는 바람은 입속으로 삼키며 말이다.

발걸음이 가벼웠다. 루카스는 세계 어느 나라를 가든 꼭 등산을 했기 때문에 서울에서 가장 높은 북한산도 문제없었다.

우연치 않게 며칠 전 같이 사는 여자가 그녀를 부르는 소리를 들은 루카스는 '서영'이라는 이름을 되뇌며 산을 내려오고 있었다.

"차서영, 차서영. 예쁘다."

며칠째 산행으로 꼬질꼬질한 행색의 루카스는 계속해서 서영의 이름을 중얼거렸다. 그런 모습에 등산객들이 이상한 눈빛을 보냈지만 그는 개의치 않았다.

산에서 내려온 그는 무작정 보이는 버스를 탔다. 잠시 후 사람들이 많이 내리는 정류장에 따라 내린 그가 만족한 미소를 머금으며 고개를 오른쪽으로 돌렸다. 그리고 다시 왼쪽으로 돌렸다. 몇 번이나 고개를 까딱거리던 그가 해맑게 웃었다.

"집이 어디에 있지? 이쪽인가? 아님, 저쪽?"

너무 오랜만에 집에 가는 거라 그런지 오피스텔로 가는 길이 어디인지 생각나지 않았다. 핸드폰을 꺼낸 그는 지도를 검색했다.

"황제오피스텔."

삐 하는 소리와 함께 충전기를 연결해 달라는 안내 문구가 떴다.

"Oh, god. 충전을 잊었다."

핸드폰 배터리를 충전한다는 걸 깜박했다. 아무리 터치를 해도 바닥이 난 배터리 탓에 휴대폰은 켜지지 않고 묵묵부답이었다.

어깨를 으쓱한 그는 휴대폰을 주머니에 넣고 주변을 둘러보았다. 어두워지기 시작한 거리에는 사람들이 많이 지나다니고 있었다.

누구에게 길을 물어봐야 되나.

고민하던 루카스의 입이 귀까지 찢어졌다. 버스에서 막 내리는 서영을 발견했기 때문이었다.

"Jackpot!"

휘익!

휘파람까지 분 루카스는 조용히 그녀의 뒤를 따라가기 시작했다.

지도보다 길 건너 사는 그녀가 더 정확했다. 게다가 그녀의 뒷모습과 향기를 실컷 맡을 수 있으니 일석이조였다.

그녀는 뒤를 따라가는 것도 모르고 어깨를 늘어뜨린 채 집을 향해 걸어가고 있었다. 지난번에도 그러더니 오늘도 힘이 드는 모양이다.

"안아 주고 싶다."

중얼거리던 그때 얼핏 뒤를 힐끔거리는 그녀와 눈이 마주쳤다. 그리고 그때부터 갑자기 그녀의 걸음이 빨라지기 시작했다.

루카스도 그에 맞춰 보폭을 넓게 했다. 가방을 움켜쥔 그녀는 휴대폰을 꺼내더니 누군가와 통화를 시작하며 연신 작은 입술을 조잘거렸다.

"언니, 집에 있지? 거의 다 왔는데 엘리베이터로 마중 나오면 안 될까? 왜긴, 보고 싶으니까 그렇지. 그러지 말고 나와라. 내가 맥주 살게. 춥긴 뭐가 추워! 이제 겨우 10월이구만! 빨리 나와, 아파트 입구에서 만나. 알았지?"

우격다짐으로 약속을 정한 그녀는 뒤를 힐끔 보더니 걸음을 더욱 빨리했다.

루카스는 고개를 갸우뚱거렸다. 마치 도망가는 것 같은 그녀의 모습이 이상했다. 그는 그녀를 따라서 뒤를 돌아보았다.

혹시 이상한 뭔가가 쫓아오고 있는 게 아닐까.

그러나 오가는 사람들 서너 명 정도만 있을 뿐이었다.

다시 그녀의 뒷모습을 본 루카스가 말했다.

"God!"

그의 목소리를 들은 서영이 몸을 움찔하며 더욱 빠르게 걸어갔다.

설마 지금 나 때문에 뛰는 건 아니겠지?

하지만 설마는 언제나 사람을 잡았다. 두려워하는 그녀의 뒷모습에서 자신을 피해 도망간다는 사실을 알아차린 그는 마음이 급해졌다.

그게 아닌데.

그냥 그녀의 뒤에서 걷는 게 좋았던 것뿐인데 이런 오해를 받으면 곤란했다.

"이봐요."

루카스가 용기를 내어 불렀지만 정신없이 걸어가는 그녀에겐 들리지 않았다.

"헤이!"

이번엔 자신의 목소리를 들은 것 같은데 오히려 걸음이 빨라졌다.

확실하다. 치한으로 오해하는 것이 분명했다.

땀이 삐질 흘렀다. 오해가 더 깊어지기 전에 풀어야 할 것 같아 그녀의 어깨에 손을 뻗었다. 그러자 그녀가 비명을 질러 댔다.

"아악! 저리 가! 언니! 언니!"

마침 아파트 입구에 도착한 그녀는 못마땅한 표정으로 서 있는 미선을 향해 냅다 뛰기 시작했고, 그녀의 비명을 들은 아파트 경비원이 밖으로 후다닥 나왔다.

지난번 경비원과 실랑이를 벌였던 루카스는 걸음을 멈추

었다.

"무슨 일이에요?"

"저기 이상한 사람이 쫓아와요. 며칠 전 새벽에는 회사 근처까지 따라왔어요."

"어디? 오라, 저 변태 같은 놈이 또 나타났네!"

경비 아저씨의 말에 놀란 미선이 반문했다.

"변태요? 여기 자주 나타나요?"

"저번에는 새벽에 여길 서성이면서 머리가 길고, 눈이 반짝거리는 여자를 찾는다고 하더라고요."

"어머, 진짜 변태인가 봐. 서영아, 괜찮아?"

"응, 괜찮아."

"아우, 무섭다. 앞으로 나랑 퇴근 같이하자."

"응."

미선이 서영을 달래는 동안 팔을 걷어붙인 경비원은 루카스를 향해 주먹을 휘둘렀다.

"이놈의 변태 자식! 내 손에 걸리기만 해 봐라!"

오해를 풀려고 했던 것뿐인데 일이 커진 것 같아 루카스는 뒤로 주춤주춤 물러났다. 그러다 경비원이 점점 다가오자 냅다 집으로 뛰어갔다.

오랜만에 깨끗하게 씻은 루카스는 머리를 말리며 노트북

을 켰다.

"변, 태. 본래의 형태가 변하여 달라짐. 이건 아닌 거 같아. 그럼…… 정상이 아닌 상태로 달라짐. 무슨 말이지?"

국어사전에서 '변태'로 검색을 하고 고개를 갸웃거리던 그가 밑에 있는 예문을 읽어 보았다.

"변태 같은 놈, 정상이 아닌 이상한 상태?"

그가 얼굴을 붉히며 소리를 질렀다.

"정상이 아니야? 난 지극히 정상이라고!"

✻　　　✻　　　✻

어느덧 크리스마스이브가 되었다. 눈이 내려 아름다운 거리에는 연말을 즐기려는 많은 사람들로 북적거렸다.

거의 5개월 동안 그녀를 지켜보기만 했던 루카스는 결심했다.

올해가 넘어가기 전에 고백하자.

애인이 있는 것 같았지만 사이가 그다지 좋아 보이지는 않았다.

데이트도 거의 안 하는 것 같고, 무엇보다 사랑하는 사람이 있는 것치고 그녀는 행복해 보이지 않았다. 그래서 고백을 할 참이었다.

어떤 방법으로 고백을 할까 고민하며 루카스는 창밖을 내다 보았다. 그러다 얼마 후 퇴근한 서영이 같이 사는 여자와 택시를 잡아타는 것을 발견하곤 부랴부랴 밖으로 따라 나왔다.

"클럽?"

그녀가 들어간 곳을 본 루카스의 눈살이 살짝 찌푸려졌다. 어쩐지 그녀와는 어울리지 않는 곳이었다.

"클럽 오랜만이네. 근데 어디 있는 거야?"

사람들 사이에서 서영을 찾은 루카스는 끙 하고 신음을 흘렸다.

진한 화장에 찢어진 청바지, 처음 보는 옷차림은 그녀답지 않았다. 게다가 음악에 맞춰 춤을 추는 것이 아니라 뭔가를 잊으려고 몸부림치는 것 같은 모습에 마음이 더욱 안 좋았다.

'정상이 아닌'이라는 변태의 뜻이 내내 걸렸던 루카스는 오늘 평범한 체크무늬 셔츠에 청바지를 입고 있었다. 그럼에도 불구하고 이곳에 있는 어떤 남자보다도 주목을 받았다.

기둥에 등을 기댄 그는 맥주병을 들고 다른 한 손은 주머니에 걸쳤다. 춤을 추지도, 그렇다고 음흉한 눈으로 여자들을 훑어보지도 않았다.

날카로운 눈빛은 차가운 듯 뜨거웠고, 굳게 다문 입술은 섹시했다.

생각에 잠긴 듯 한곳을 응시하던 그가 무심결에 긴 손가락으로 입술을 문지르자 주변에서 수군거리던 여자들의 탄성이 터져 나왔다.

"같이 춤출래요?"

한 여자가 다가와 말을 걸었지만 그는 요지부동이었다. 여자가 좀 더 큰 목소리로 말했다.

"나 파트너 없는데 같이 술이나 할래요?"

효과가 있었는지 그의 고개가 돌아갔다.

화려한 옷차림의 여자였다. 몸매에 자신 있는지 가슴이 반이나 보이는 딱 달라붙는 짧은 원피스를 입고 있었다.

그러나 그는 나무토막을 보듯 고개를 돌려 무시하고 서영에게로 눈을 고정했다.

눈웃음을 치던 여자의 안색이 변했다.

커다란 가슴을 모아 내밀며 한 발자국 다가간 여자가 또다시 대시를 했다.

"어디 조용한 곳…… 어머!"

하지만 말이 끝나기도 전에 몸을 일으킨 그가 여자에게 맥주병을 맡기고는 성큼성큼 자리를 떴다.

얼굴이 새빨개진 여자의 주변에서 킥킥거리는 웃음소리가 들렸다.

여자를 밀치고 나온 루카스는 미선과 함께 룸으로 들어가는 서영을 보며 이를 깨물었다. 열린 문틈으로 언뜻 보니 룸 안에 남자들이 서넛 있었다.

"Shit!"

서영이 룸으로 들어가자 루카스는 초조한 마음으로 그 앞을 서성거렸다. 당장이라도 안으로 들어가고 싶은 마음에 몇 번이고 문손잡이를 잡았지만 두 주먹을 꽉 쥐며 간신히 참았다.

얼마 지나지 않아 갑자기 문이 벌컥 열리더니 서영이 밖으로 나왔다.

"하, 하이……."

"읍! 읍!"

깜짝 놀란 그가 말을 더듬었다. 그러나 입을 틀어막은 서영은 그를 보지 못하고 부리나케 화장실 쪽으로 뛰어갔다. 그리고 잠시 후 입가를 물로 적신 채 나왔다.

"괜찮아요?"

"네, 뭐 좀. 읍! 우엑!"

대답이 끝나기도 전에 입을 틀어막은 서영은 도로 화장실로 들어갔다. 그녀를 보는 루카스의 입가에 미소가 떠올랐다.

"귀여워."

서영이 다시 비틀거리며 나오자 그가 얼른 팔을 잡아 부축했다. 처음 하는 스킨십에 짜릿함이 느껴졌다.

"이제 괜찮아요?"

"안 괜찮아요. 어디, 좀 앉을 데 없나?"

주변을 두리번거리던 루카스는 빈방을 찾아 들어갔다. 의자에 축 늘어진 서영은 힘겹게 숨을 쉬었다.

무슨 일이 있었기에 술을 이렇게 많이 마셨을까.

흐트러진 그녀의 머리카락을 정리해 주고 싶었지만 차가운 생수를 건네는 것으로 대신했다.

"물 마셔요."

실눈을 뜬 그녀가 물병을 건네받았다. 하지만 물병이 무거운지 손을 다시 축 늘어뜨렸다.

그 모습을 본 루카스는 가슴이 미어지는 것 같았다. 거기다 한술 더 떠 다시 감긴 그녀의 한쪽 눈에서 눈물이 흘러내렸다.

"정말 안 괜찮나 봐요."

휴지를 건네자 서영이 눈을 떴다. 하지만 멍한 눈으로 바라보기만 할 뿐 움직이지 않았다.

다른 쪽 눈에서도 눈물이 주르륵 흘러내리자 그제야 그녀가 휴지를 받았다.

눈물을 닦던 그녀의 입가가 갑자기 일그러졌다.

"흐흑흑, 엉엉엉, 흐엉흐엉."

며칠 동안 뭔가 안 좋아 보이더니 드디어 터진 모양이다. 루카스는 목 놓아 울고 있는 그녀를 말없이 바라봤다.

눈물과 콧물을 쏟으며 울던 그녀가 코를 팽 풀었다. 여전히 울먹이고 있었지만 조금 진정된 것 같았다.

"하, 눈물 더럽게 많이 나오네. 내가 지금 좀! 슬프거든요. 왜! 슬픈지 알아요? 있잖아요. 내가요. 6년 동안 사귄 애인이랑 쫑났다구요. 그런데 눈물이 한 방울도 안 나. 조금도 안 슬픈 거예요. 근데 이 눈물은 뭐냐고요? 6년의 사랑이 끝났는데 어떻게 아무렇지도 않은지, 그게 슬퍼서 우는 거예요. 내 메말라 버린 심장이 불쌍해서 우는 거라고요. 알아요? 엉엉엉!"

다다다다 말을 쏟아 낸 그녀가 다시 눈물을 흘렸다.

애인과 끝났다는 한마디가 루카스의 귀에 꽂혔다. 그의 입가가 길게 늘어졌다.

한참 동안 울던 서영은 두 손으로 눈을 문지르더니 루카스를 빤히 바라보았다.

그녀의 시선이 느껴지자 루카스는 미소를 감추기 위해 정색했다. 그녀는 슬퍼하고 있는데 자신은 너무 좋아하는 것 같아 뜨끔했다.

하지만 좋은 걸 어떻게 해. 애인이랑 헤어졌다는데…….

다시 입술이 올라갔다.

그러자 서영도 따라서 배시시 웃었다. 그리고 눈을 가늘게 뜨며 그를 지그시 바라보았다.

"난요."

어느새 소파로 올라간 서영이 천천히 그에게 다가갔다.

몸을 앞으로 숙인 탓에 깊이 파인 옷 사이로 가슴골이 보였다.

"난요, 딥 키스보다는 베이비 키스가 좋고 키스가 끝난 뒤엔 입술을 핥아 주는 게 좋아요. 고양이가 된 기분이랄까? 고양이란 동물이 상당히 요염하잖아요. 히히."

얼굴로 피가 쏠린 루카스가 침을 꿀꺽 삼켰다. 베이비 키스가 좋다며 그녀가 쪽 소리까지 내고 혀로 입술을 핥을 때는 당장이라도 입 맞추고 싶었다.

고양이처럼 가슴을 바닥에 붙이고 엉덩이를 위로 쭉 뺀 서영의 모습은 요염하기 그지없었다. 비록 눈가가 판다처럼 시커멓게 번졌지만 그건 문제가 되지 않았다.

그가 겨우 들썩거리는 엉덩이를 진정시키자 다시 시무룩해진 그녀가 소파에 털썩 앉았다.

"나도 섹스 좋아하는데……. 이젠 한 달에 한두 번 하는 섹스도 끝이고, 성의 없는 키스도 끝이네. 휴우, 나 너무 불쌍하다. 훌쩍. 20대의 마지막 크리스마스가 뭐 이러냐고!"

다리를 동동 구르며 신경질을 부리는 서영의 모습에 루카스가 풋 하고 웃음을 터트렸다.

귀여워 미치겠다. 저 볼을 조몰락거리며 귀여운 입술에 꽉 입 맞추고 싶고, 물 흐르듯 유연한 허리와 엉덩이도 만져 보고 싶다.

그녀의 모든 행동 하나하나가 귀엽고 사랑스러웠다.

"눈이 나쁜 남자네. 이런 보석 같은 당신을 알아보지도 못하고……."

투덜거리는 그녀를 애정 어린 눈으로 보던 루카스가 조그맣게 속삭였다.

"다음에 만나면 내가 키스할게요. 당신이 원하는 대로……."

"뭐요? 크게 말해요!"

그때 클럽 웨이터가 문을 열고 들어왔다. 그는 루카스와 서영을 보더니 당황한 듯 눈이 커졌다.

"손님, 여긴 예약된 곳이라 들어오시면 안 돼요."

그 말에 루카스가 얼른 자리에서 일어나 웨이터를 밖으로 밀어 냈다.

"잠깐만 있을 거예요."

"지금 세팅해야 하는데……."

"금방 가요."

안 된다는 웨이터의 등을 막무가내로 떠밀어 복도 저만치까지 밀어 낸 루카스가 다시 방으로 들어왔다. 그런데 그사이 그녀가 없어졌다.

"어디 갔지?"

서둘러 밖으로 나온 루카스는 복도를 두리번거렸다. 그러자 기다렸다는 듯 웨이터가 재빨리 방으로 들어갔다.

"여기 세팅 시작합니다."

"아……."

웨이터와 입씨름할 시간이 없었다. 혹시나 싶어 서영의 룸으로 간 그가 문을 벌컥 열었다.

"엄마야!"

"누구야?"

낯선 사람이 갑자기 들어오자 놀란 듯 비명 소리가 터져 나왔지만 신경 쓰지 않았다. 룸 구석까지 기웃거렸지만 그곳에 서영은 없었다.

루카스는 다시 홀 쪽으로 나왔다. 춤추는 사람들과 술을 마시는 사람들을 죽 훑어보았지만 서영은 보이지 않았다.

"어디 갔지?"

다시 주위를 둘러본 루카스는 룸으로 들어가는 서영의 뒷모습을 발견하고 낭패 어린 표정을 지었다.

"Damn it!"

그녀와 좀 더 얘기하고 싶었는데…… 고백도 할 수 있는 좋은 기회였는데…….

애인과 헤어진 걸 알았으니 수확은 있었지만 아쉬운 마음에 그는 서영이 들어간 룸의 문을 연신 바라보았다.

✳   ✳   ✳

다시 서영과 만날 기회를 노리던 중 그녀가 다니는 출판사에서 콜이 왔다. 신년 파티에 와 달라는 얘기였다.

감사의 키스라도 퍼붓고 싶을 정도로 좋았지만 꾹 참고 도도하게 수락했다.

그리고 기다리던 파티 당일이 되었다. 파티에 참석한 다른 잡지사 직원들은 루카스가 온 것을 보고 꽤나 놀란 눈치였다.

"안녕하세요, 루카스 한. 편집장 김미리입니다."

"초대해 주셔서 감사합니다. 멋진 파티네요."

"감사합니다."

감탄한 듯한 루카스의 눈빛에 편집장이 어깨를 으쓱했다. 루카스가 온다고 해서 다른 때보다 한층 더 정성을 들인 보람이 있었다.

"저희 쪽 제안은 검토해 보셨나요?"

"검토했습니다."

"오늘 이곳에 오신 걸 보니 긍정적인 대답이 기대되는 걸요?"

매혹적인 웃음과 함께 살짝 들뜬 편집장의 목소리에 루카스 역시 환한 미소를 지어 보였다. 순수하면서도 어딘지 모르게 요염한 그의 미소에 편집장의 가슴이 두근거렸다.

섹시한 그림을 그린다더니 역시······.

사람이 화풍을 따라가는 건지, 화풍이 사람을 따라가는 건지 알 수는 없지만 확실히 매력이 철철 넘치는 사람이었다. 잡지에 싣기만 하면 판매고가 쭈욱 올라가는 것은 자명한 사실이었다.

활짝 웃는 얼굴로 그의 값어치를 매긴 편집장이 사람들을 소개해 주었다.

"이쪽은 몇 번 만나 보셨죠? 저희와 계약을 하시면 루카스 씨를 담당하게 될 최미선 팀장입니다."

"와 주셔서 감사합니다. 열심히 할게요."

"뭐, 네."

뜨뜻미지근한 그의 대답에 편집장은 불안함을 느꼈다. 어떤 초대에도 응하지 않았던 그가 파티에 온 것만으로도 계약이 성사될 거라고 믿었는데 생각지 못한 반응에 긴장하고 말았다.

아니나 다를까, 미선이 다른 곳으로 자리를 옮기자 루카스가 한 톤 낮은 목소리로 말했다.

"계약 조건을 보니 몇 가지 고치고 싶은 게 있어서요."

"물론 맞춰 드리겠습니다. 그건 걱정하지 않으셔도 돼요."

혹시 거절할까 봐 조마조마하던 편집장은 계약 내용을 수정하고 싶다는 말에 다시 마음을 놓았다. 조건만 고친다면 계약에 응하겠다는 뜻이기 때문이다. 그 순간 그가 미간을 찌푸리며 말했다.

"담당자를 바꿔 주세요."

"미선 씨를요? 저희 직원이 실수를 했나요? 아님, 결례라도?"

"걸레?"

"아! 무례한 행동이요."

"아니에요. 뭔가…… 이거…….."

적당한 단어가 떠오르지 않는지 입술을 달싹거리던 루카스가 검지를 머리 위로 세워 안테나를 만들었다.

"뿔? 촉?"

"Got it! 촉! 촉이 좋은 사람이 있어요."

"누구……."

"미스 차서영."

"차 팀장이요?"

편집장은 눈을 동그랗게 떴다. 루카스가 서영을 알고 있다는 사실이 놀라웠고 콕 집어 그녀를 지명하는 것이 뭔가 수상쩍었다.

서영은 루카스를 알고 있는 것 같지 않았는데 그는 어떻게 그녀의 이름을 알고 담당자로 요청하는 건지 잠시 머릿속이 어지럽게 돌아갔다.

"그것도 조건 중의 하나입니다. 오케이?"

"네, 좋습니다. 담당자를 바꾸는 것은 일도 아니죠. 그럼 다른 조건들은……."

"그건 제 매니저와 얘기해 보시구요."

"그럼 지금 매니저 일을 대행하시는 김민중 씨에게……."

"네, 그 친구랑 얘기하시고 저는 이만 실례."

"미스터 한!"

할 이야기는 산더미 같은데 갑자기 그가 자리를 뜨자 편집장은 한숨을 쉬었다. 계약서에 아직 도장을 찍지 않았으니 100% 수락한 게 아니었다.

사람들을 헤치며 어디론가 황급히 가는 그의 뒷모습을 보며 편집장이 이마를 짚었다.

"뭐야, 허술해 보이는 것 같은데 은근히 까탈을 부리네. 콘셉트야, 원래 저런 거야? 뭐, 구두로라도 조건 맞추면 하겠다고 했으니 절반은 성공한 셈이지."

편집장은 애써 좋게 생각하며 다른 사람들을 접대하기 위해 걸음을 돌렸다.

편집장과 얘기하던 도중 서영을 발견한 루카스는 서둘러 그녀를 눈으로 좇았다. 어느 구석에 박혀 있었는지 파티 내내 찾아도 보이지 않다가 이제야 겨우 찾아냈다. 그녀를 유심히 보던 그가 흐뭇한 미소를 지었다.

사람들을 향한 서영의 미소가 피곤한 듯 약간 굳어 있었다. 접대용 미소가 굳어지는 걸 보니 그녀가 향할 곳은 비상구가 틀림없었다.

그는 그녀가 사람들이 없는 곳으로 가 잠깐의 휴식을 취할 거라고 생각했다.

그녀보다 한발 앞서 비상구로 들어갔다. 5개월 동안 멀리서 바라보기만 했던 그녀를 곧 다시 만날 수 있을 거라는 생각에 그의 심장이 쿵쾅거렸다.

지난번 클럽에서 봤던 걸 기억할까? 술에 많이 취했었는데 기억하지 못하면 어쩌지? 다음에 만나면 키스한다고 했는데……. 그 말은 들었겠지? 싫다고 하면 어쩌지? 혹시 날 밀어 내면?

그녀가 올 거라고 생각하자 좋기도 했지만 걱정도 되었다. 태어나서 지금처럼 심장이 미친 듯이 뛴 적은 없었다.

이러다 덜컥 멈춰 버리면 어쩌나 싶을 정도로 빠르게 뛰는 가슴을 두 손으로 누르며 그가 중얼거렸다.

"멈추고 싶어도 참아야 해. 그녀에게 키스는 해야 하니까……."

심호흡을 하며 심장을 달래고 있는데 빠끔 비상구 문이 열렸다. 사랑스러운 핑크빛 원피스를 입은 그녀의 귀여운 엉덩이가 살금살금 먼저 들어오고 이어 등과 뒷머리가 보였다.

고양이처럼 눈치를 살피며 비상구로 들어오는 모습이 정말 깨물어 주고 싶게 사랑스러웠다.

"휴, 이제야 숨통이 트이네."

안도하는 서영의 얼굴이 발그레했다. 술을 꽤 많이 마신 모양이다. 잘 마시지도 못하던데…….

그래도 저번처럼 정신을 놓을 정도는 아닌 것 같아 다행이었다.

목이 마른지 마른침을 꿀꺽 삼킨 그녀가 혀로 입술을 축였다. 그때 서영의 손을 잡은 루카스가 가볍게 그녀를 당겨 안았다.

"누, 누구?"

드디어 꿈에 그리던 서영의 입술을 맛보았다. 그녀가 놀라지 않게 성급한 마음을 누르고 부드럽게 키스했다.

말랑하고 촉촉한 그녀의 입술이 자신을 유혹하는 것 같았다. 천천히 입술을 빨고 핥던 루카스의 혀가 자연스럽게 그녀의 입술 사이로 들어갔다.

굳건한 성벽처럼 매끄러운 치아가 버티고 있었지만 조급해하지 않았다. 하얀 캔버스에 조금씩 색을 입히는 것처럼 천천히 다가가기로 했으니까…….

그런데 순간 그녀가 성벽을 열었다. 루카스는 말캉한 혀끝을 느낄 수 있었다.

겹겹이 두르고 있던 인내심이 한순간에 날아가 버렸다. 이 기회를 놓칠세라 루카스는 그녀의 혀를 냉큼 붙잡았다. 미약을 바른 듯 달콤함이 입안을 채우자 황홀함이 온몸을 관통했다.

"읍!"

놀란 그녀가 가슴을 밀어 내자 마음이 급해졌다. 이대로 놓치면 다시는 기회가 없을 것 같아 루카스는 덥석 그녀의 머리를 움켜쥐고 더욱 깊이 혀를 넣었다. 빈틈없이 몸이 밀착되자 뜨거운 체온과 함께 얇은 옷 위로 여체의 부드러운 곡선이 고스란히 느껴졌다.

거친 숨결이 섞이고 달콤한 타액이 엉키자 서영이 서서히 반응하기 시작했다. 그의 옷깃을 힘껏 끌어안은 그녀가 적극적으로 키스에 응했다.

서영의 허락이 떨어지자 키스는 더욱 격렬해졌다. 혀가 뒤엉키고 남은 숨결마저 모조리 흡입할 듯 서로의 입술을 탐했다.

황홀함만이 머리를 가득 채우고 있을 때 숨을 헐떡이던 그녀가 그의 가슴을 두드렸다. 입술을 떼고 싶지 않았다. 아쉬운 마음을 반영하듯 쪼옥 소리를 내며 그가 천천히 떨어졌다.

발갛게 상기된 얼굴로 그녀가 싱긋 미소 지었다. 천사가 따로 없었다. 그 미소에 대한 보답으로 그녀의 입술을 살짝 핥았다. 그녀가 좋아한다던 고양이 키스로 마무리하자 서영의 눈이 커졌다.

쉽게 말을 꺼내지 못하고 난감한 미소를 짓던 서영은 더욱 방긋 웃으며 조심스럽게 입을 열었다.

"저, 사람을 잘못 보셨나 봐요."

"맞는데."

"네?"

"그쪽 기다린 거 맞다고."

"절 아세요?"

루카스는 다시 그녀에게 다가가 입술을 할짝거리며 핥았다. 그리고 미소가 사라진 그녀의 커다란 눈을 보며 달콤하게 속삭였다.

"키스 끝에 핥아 주는 거 좋다고 했잖아요. 고양이 같아 서……."

서영은 멍하니 입을 벌렸다. 놀란 것이 분명한 그녀의 눈 빛을 보니 장난을 치고 싶어졌다. 그래서 그녀의 귓가에 살 며시 속삭였다.

"다음에 만나면 내가 키스한다고 했는데, 분명히 말했는 데……."

서영은 여전히 어리둥절한 눈으로 그를 보았다. 아마 많 이 놀랐겠지만 이제 시작이다. 앞으로 그녀와 할 일이 아주 많을 테니까…….

루카스는 서영을 그윽하게 바라보며 잔잔한 미소를 지었 다.

—fin

작가
후기

2년 만의 완결입니다. 역시 완결은 힘들고 수정은 더 힘 듭니다. 19금 장면을 쓰면서 몇 번이고 한계에 부딪혀야 했 습니다. 쓰고 싶은 것은 많은데 실력이 따라 주지 못하니 그 것이 또 속상하네요.

하지만 쓰면 쓸수록 는다는 말을 믿으며 쉬지 않고 쓰겠 습니다.

어렵게 글을 완성하면서 도와주셨던 분들 감사합니다.

그녀의 서재 모든 식구들……. 내가 많이 좋아하는 거 알 지(부끄럽군요)?

같은 생각을 가진 사람들이 곁에 있다는 건 언제나 행복한 일입니다.

　부족한 글 갈고 닦아 주신 봄 미디어 분들도 많이 좋아합
니다.

　독자 여러분들도 많이 좋아합니다.

　　　　　　　　　　　　　　　　　　　　—김서현 올림.